한창훈의

나 는 왜 쓰 는 가

한창훈
산문

한창훈의
나는 왜 쓰는가

교유서가

그에게서 돌고래 냄새가 난다

그의 절친한 친구 유용주는, 반달곰 냄새를 풍기는데, 그의 절친한 친구 한창훈은, 돌고래 냄새를 풍긴다. 한창훈은, 바다에서 밥을 꺼내 먹고, 바다를 마시고, 바다에서 살다 그만, 반쯤 바다가 되어버린 바닷사나이다. 바다는 아직도, 文化(라고 해야겠지)에 덜 오염돼 있어, 이 海藏〔胎〕에는, 최초의 빗방울이 떨어져 들었을 때부터, 그 빗방울이 되어버린 말(은 창조의 말이었겠는다)의 비밀까지도 고스란히 그대로 품어져 있음에 분명하다. '위에 있는 것은 아래에도 있다.' '한 물방울 속에는 한 대양이 고스란히 담겨 있다.' 반은 바다가 되어버린, 이 바닷사나 속에도 그래서, 그 의미가 별로 밝혀져 본 적이 없는, 바다의 말이 고스란히 그대로 내장되어 있다. 이 海藏 속에서 이 말의 어부가 그물질하거나, 낚아 올리는 말들은, 그래서 아직도 덜 오염되어 있으며, 그리고 原意에 가까운 것들일 것인데, 바다가 어찌 고요하기만 하여, 충일되어 있는 것이기만 하던가? 이 바다를 두고 하지만, 뭔 소리를 더 주억거리려 할 것인가. 알고 싶거든, 달려가, 저 바다의 입술 끝에 발목이라도 물려 볼 일이다. 침몰을 통해 그러면 자네도, 한창훈의 싱싱하게 뛰는 이미지나, 살찐 상상력이, 어디에 배꼽줄을 잇고 있는지, 알게 될 터이다. 그가 뭉쳐내는 文化的 어(魚/語)묵에서까지도, 海藏의 羊水 냄새가 난다. 비리다. 그는 돌고래 냄새를 풍긴다. 그는 이미지의 물고기들을 사냥하는 돌고래이다. 바다는 그리고, 끝없이, 그리고 끊임없이 외롭다. 외로울 때 바다도 운다. 이 바닷사나도 외로워 보인다. 그런 울음하기의 悲悅이, 한 보따리 싸여, 여기에 있다. 풀어 헤치자마자 터져 나는 그 울음으로부터, 자넨들 어찌 자유스러울 수 있겠는가.

박상륭

나는 왜 쓰는가

왜 쓰는가, 이런 거 물어보는 거 아니다. 옳기는 하겠지만 좋지는 않다. 짧은 질문은 긴 대답을 요구한다. 차라리 쓰고 있는 사람을 지켜본 이가 답하는 게 더 좋다. '쟤는 아마 그것 때문에 맨날 뭔가를 끄적거리고 있을 거야', 이런 답이 나올 테니까. 왜 안 좋은가? 왜 사는가와 같은 질문이니까. 왜 사는가를 물어오면 스스로를 깊이 들여다보아야 하니까. 그렇게 하면 대부분 부끄럽고 쪽팔리니까.

글쎄, 왜 쓸까. 당장 대답하기 좋기로는 원고료 때문이다. 이거 틀린 말 아니다. 원고료 없으면 쓰지 않는다. 내가 일기를 쓰지 않는 가장 큰 이유는 원고료가 없기 때문이다(동네 주민들 탄원서 또는 파산신청서 같은 것을 쓰거나 고쳐주는 경우는 간혹 있다). 나는 직업이 작가다. 소설가다. 원고를 쓰고 돈을 받아야 쌀 사고 전기료와 수도세, 방세를 내고 딸아이 납부금도 낼 수 있다.

그런데 이렇게 대답하면 성의 없다고 할 것이다. 이것도 맞다.

정확히 말해보면 쓰는 행위가 먼저 있다. 왜 쓰는가에 대한 대답은 뒤에 생긴다. 늙은 농사꾼이 작물을 심고 가꾸어온 자신의 과거에 대해 새삼 생각해보는 것과 같다. 시작부터 이유와 의미를 정해놓는다면 '네 지금은 창대하나 나중에는 심히 미약해지리라' 소리 듣기 십상이다. 내가 어디로, 어떻게 갈지 아무도 모르니까. 살아본 다음에야 팔자를 알 수 있는 것처럼 말이다. 그전까지는 잘 모른다. 우리 동네엔 해녀들이 대여섯 명 남았다. 평생 물질을 해온 그들이 오늘도 물옷을 입고 바다로 나가는 이유는 단 하나이다. 어제도 나갔기 때문에.

물론 쓰겠다고 마음먹었을 때 나름의 이유가 없진 않았다. 거창한 이유를 대는 것은 볼썽사납지만 아무 생각도 없이 덤벼드는 것은 볼품없으니까. 가장 안 좋은 대답은 '그냥요'이니까.

스물여섯이 끝나는 겨울에 나는 소설가가 되기로 했다. 이유는 단 세 가지. 물론 그것도 여러 날 고민해서 정한 것이다. 첫째, 돈을 못 벌어도 욕 안 먹는 직업은 무엇일까 고민해보니 예술가였다. 어떤 놈이 아침나절에 산책 나섰다가 옆 도시까지 걸어가고 거기서도 돌아오지 않고 국도 따라 바닷가까지 걸어간다면 보통의 경우 묶어서 병원으로 데려가거나 무당 불러 굿을 하게 된다. 하지만 예술가면 그냥 둔다. 좋다, 예술가다.

그런데 미술은 동생이 이미 하고 있었고 음악은 돈이 많이 든다, 고 들었다. 연극은 남 밑에서 물 긷기 3년 청소 3년 밥하기 3년을 해야 한단다. 이건 싫다. 나는 시쳇말로 독고다이류이다. 조각은 소질이 없는 것을 이미 알고 있었다. 남은 것은 작가. 천 원어치 종이와 볼펜만 있으면 시작할 수 있는 직업. 문학은 고아가 하는 짓이다, 라는 명제는 나중에 듣게 된다.

둘째 이유. 최소한 저렇게는 안 살아야 된다는 것을 절감하고 있을 때였다. 일하고 책 읽고 데모하면서 조금씩 깨달은 것. 남의 피 빨아먹는, 남을 짓누르고 올라서려는 종자는 되지 말아야겠다는 것. 이 원칙을 훼손당하지 않고 오랫동안 유지할 수 있는 방법이 작가이겠구나, 하는 생각. 인간 DNA 속에 감춰진 악마를, 잔인함을 경계한다고 할까(이 발언 괜찮군).

하지만 소설을 쓰고 싶다기보다는 소설가란 직업을 가져야 되겠다는 생각이 더 컸던 게 문제이다. 그래서 쓰기 싫어했다. 딸아이가 초등학교 4학년 때인가, 가족신문 같은 것을 숙제로 만들었는데 나에 대해 이렇게 설명했다. '아빠: 한창훈. 직업: 소설가. 특징: 소설쓰기를 굉장히 싫어한다.' 당연히 밤새우면서 쓴 적 없다. 남이 일하는 시간에 썼다.

어렸을 때 글 잘 쓴다는 소리 한 번도 못 들어봤다. 거문도에서 여수로 전학 간 게 열 살 때였다. 가보니 사생대회나 백일장 같은 게 종종 열렸다. 나는 그중 참가비 없는 것으로 골라 나가곤 했다. 자산공원에 가면 거문도 쪽 바다를 바라볼 수 있었으니까. 집도 싫고 학교도 싫었으니까. 그러나 그 어느 곳에서도 장려상 쪼가리 하나 받아보지 못했다.

이렇게 말하면 사람들이 싫어한다. 마지못해 소설가가 됐단 말이지, 참 재수없군. 그래서 대답한다. 나는 어렸을 때부터 엉뚱한 생각을 자주 했다. 이를테면 갑자기 시간에 대해 고민했다. 백 년 전 나는 어디에서 무엇이었을까. 나중에 죽고 나면 나는 뭘까. 만 년 백만 년 천만 년 뒤의 나는 또 무어지? 그런 생각이 들면 쉬 빠져나오지 못했다. 태양이나 달을 하늘에 뚫린 구멍이라고 여긴 적도 있고 사람은 남자로 태어나 여자가 되고 여자로 태어나 남자가 되는 거라 생각하기도 했다.

어른들은 시키지 않은 짓 하는 애를 싫어한다. 생각하는 것까지. 그러니까 감각은 좀 가지고 이 세상에 온 것 같은데 예를 들어 오호, 이 아이는 색다른 감수성이 있군, 이렇게 나를 읽어줄 어른이 단 한 명도 없었던 것이다. 발굴되어보지 못했던 것.

지금도 어른들의 문제점은 그것이다. 가장 무능력한 어른은 아이가 물어오지 않는데도 답을 해주는 사람이다. 안 물어보는데도 자꾸 답을 해주는 이유는? 아이 때문에 괴로워지고 싶지 않으니까. 아이가 좋은 학교와 회사에 가고 번듯하게 결혼하는 것을 최고로 치는 이유와 같다. 그럼 좋은 어른은? 물어왔을 때 답을 해주는 사람이다. 그런데 답하기 쉽지 않다. 대부분 애들은 안 물어보면 좋겠거나 알고 있지 못한 것을 물어오는 게 대부분이니까. 다시 한번 좋은 어른은? 모르면 모른다고 솔직하게 답해주는 사람. 그리고 몰랐던 것을 찾아 공부한 다음 알려주는 사람.

또하나. 내 주변의 기록이다.

나는 섬에서 태어나 언어를 배우고 정서를 얻었다. 지금도 그 섬에 살고 있다. 작가는 고향을 책임져야 한다는 말이 있기는 하지만 그것 때문만은 아니다. 이곳은 변방이다. 보통의 국민들에게 이곳 사람들은 관광지의 주민들일 뿐이다. 간혹 〈6시 내고향〉에서 생선 먹으며 호들갑 떠는 그런 장소 말이다. 하지만 각종 세금 착실히 내고 있다. 그래서 그들 이야기를 쓴다.

『녹색평론』2005년 11-12월호에 있는 박혜영 인하대 영문과 교수의 서평「슬픈 대륙의 분노한 작가」를 보면 다음과 같은 말이 있다. '요즘 (우리나라) 문학작품을 읽어보면 조울증이나 자폐증에 걸린 작가들은 쉽게 볼 수 있지만 화가 난 작가들은 좀처럼 보기 어렵다.'

지금도 이 발언은 뜨끔하다. 도시 속 고독인들 왜 중요하지 않겠는가. 요즘은 골목마다, 층마다, 심지어는 방마다 우울증 환자가 넘쳐나고 있으니 그들의 속사정을 헤아리는 행위가 왜 필요하지 않겠는가마는, 문제는 '쉽게 볼 수 있다'와 '좀처럼 보기 어렵다'의 거리이다. 한쪽은 과잉이고 한쪽은 결핍인, 극심한 불균형.

사람의 기본 심리에 우울이 들어 있다. 살다보면 우울한 날 당연히 있으니까. 그런데 미국 의료회사들이 이것을 키워서 심각한 병으로 만들어버렸다. 그래야 진료와 약이 팔리니까. 어째 그런

거에 휘둘린 것 같기만 하다. 후배 작가는 이렇게 말하기도 했다.

"도대체 이런 이야기를 하는데 왜 그렇게 많은 작가들이 있어야 하지?"

예전에 이문구 선생께서 사석에서 기자들에게 '제발 내 소설에 농촌소설이라고 좀 붙이지 마' 하신 적이 있다. 농담 형태이지만 역정이 좀 들어 있었다. 안 그래도 이런 소설 잘 안 읽는데 농촌소설이라고까지 타이틀을 달아버리면 누가 읽겠는가.

사람들이 이문구 소설을 잘 안 읽는 이유에는 생각 없이 농촌소설이라고 붙여버린 문학기자나 평론가 탓이 분명하게 들어 있다. 주인공이 사회 비참과 무관심의 대상이면 독자들이 별로 안 내켜 한다. 예전에 〈아침마당〉에서 출연자가 어렸을 때 헤어진 가족 찾는 것을 수요일마다 했다. 진행 맡고 있던 이금희씨를 어쩌다 만난 자리에서 그 프로그램 관련 이야기를 했다. 그녀가 말하기를 '재수없게 아침부터 눈물바람이다'라며 불만을 표시한 시

청자가 제법 있었단다.

　나는 그따위 소리를 하는 사람들이 정말 보고 싶었다. 얼마나 인생이 평안하고 즐거우면 타인의 아픔을 그렇게 말할 수 있을까. 왜 아침에는 울어서는 안 되는가 말이다. 내가 쓰는 이유는 그들이 애써 알고 싶어하지 않는 당대 이야기로 그런 종자들을 불편하게 만들고 싶기 때문이다.

　인생은 요리와 비슷하다. 한 가지라도 빠지면 맛이 안 난다. 신체와도 같다. 오장육부 수백 개 뼈마디가 다 괜찮다 하더라도 이빨 하나 썩거나 발톱 갈라지면 통증 때문에 잠을 못 잔다. 국가를 하나의 생명체로 본다면 아침에 우는 사람들의 존재가 왜 중요할 수밖에 없는지 이해된다. 중심과 권력과 도시의 고독한 자아 외에도 저 먼 곳의 거친 삶도 하나의 뚜렷한 형태로서 인정받아야 하기 때문이다. 여기까지 해놓고 보니 문득 떠오른다. 사실 구구절절 떠드는 것보다 이게 가장 좋은 답이 될 것이다.

브레히트의 시(詩)「책 읽는 어느 노동자의 질문」이다.

성문이 일곱 개인 테베를 누가 지었을까?/ 책 속에는 왕들의 이름만 나와 있네/ 왕들이 손수 돌덩이를 운반해왔을까?/ 그리고 몇 번이나 파괴되었던 바빌론을/ 그때마다 누가 다시 세웠을까? 황금빛 찬란한/ 리마에서 건축노동자들은 어떤 집에서 살았을까?/ 만리장성이 준공된 날 밤에 미장이들은/ 어디로 갔을까?/ 위대한 로마 제국이/ 개선문으로 가득찼을 때 로마의 황제들은 과연/ 누구를 정복하고 개선한 것일까? 수없이 노래되는 비잔틴에는/ 주민들을 위한 궁전이 있었을까? 전설의 아틀란티스에서조차/ 바다가 땅을 삼켜버리던 밤에/ 물에 빠져 죽어가는 사람들은 노예를 찾으며 울부짖었다고 하지// 젊은 알렉산더는 인도를 정복했지/ 그가 혼자서 해냈을까?/ 시저는 갈리아를 무찔

렀지/ 그때도 요리사 하나쯤은 있지 않았을까?/ 스페인의 필립 왕은 그의 함대가 침몰당하자/ 울었다지. 그 말고는 아무도 울지 않았을까?/ 프리드리히 2세는 7년전쟁에서 승리했지. 그 말고/ 승리한 사람은 없었을까?// 역사의 페이지마다 승리가 등장하지/ 누가 승리의 향연을 차렸을까?/ 10년마다 위대한 인물이 나타나지/ 누가 그 비용을 치렀을까?// 그렇게 많은 기록들/ 그렇게 많은 질문들.

2015년

여전히 거문도에서 한창훈

차 례

일러두기

이 책은 『한창훈의 향연』(중앙books, 2009)의 개정판입니다.

1부

사람 떠난 빈 곳으로 바람이 분다

행방을 알 수 없는
한 사람에 대하여

여수에 황준선이라는 사람이 있었다. 언젠가 흘러들어온 이로 나는 그를 형이라 불렀다.

형의 별명은 '여수의 이외수'였다. 성능 좋은 세탁기에다 빨아도 제 색깔로 돌아갈 것 같지 않을 정도로 시커멓게 변한 외투에 떡이 진 머리카락, 땟국이 코팅을 한 얼굴, 새카만 매니큐어를 바른 듯한 손톱, 구멍난 신발의 인물이었다. 사람들이 흔히 이르기를 거지라 했다.

거지라면 직업의식은 아주 희박했다. 담배를 구걸하기는 하는데 누가 세 개비를 줘도 한 개비, 한 갑을 줘도 포장 벗기고 딱

한 개비만 받았다. 기호품만 그런 것이 아니었다. 풀빵도 한 개, 붕어빵도 한 개, 오뎅도 한 개, 오직 하나씩만 받고 나머지는 돌려주었다.

"혹시 숫자를 하나 이상은 못 세는 것 아니요?"

이렇게 물으면 웃는 듯 못 들은 듯 그런 얼굴을 했다. 그러니 거지가 아니었다. 스스로 그러한 사람이었다. 그냥 자연인 말이다. 주로 남산동 시장통과 봉산동 어름을 다니거나 서 있거나 했다. 그는 모든 것을 보기만 했다. 지나가는 사람들, 구름, 바다, 식당 간판, 양파가 쌓인 좌판, 메리야스, 신발, 양말, 아이스크림, 건전지, 버스, 택시, 오토바이. 그리고 또 무엇이든. 어쩌면 아주 많은 수를 눈으로 채워야만 하는 형벌을 받은 사람일지도 몰랐다.

나는 그때 내륙을 떠돌다가 징집영장 기다리느라 여수로 내려와 있었다. 어느 날 구봉산 약수터에 올라가 물을 뜨고 있는데 어디선가 울음소리가 났다. 그 새벽에 그가 약수터 한쪽에서 혼자 엉엉 울고 있던 거였다. 울음은 깊고 길었다.

이틀 뒤 저녁, 우연히 길에서 만난 나는 그를 연등천 포장마차 골목 단골집 51번 나로도집으로 데리고 갔다. 구걸은 시원치 않은데 술은 그렇지 않았다. 형과 나는 술친구가 되었다. 왜 울었느냐고는 묻지 않았다. 어른 울음의 대부분은 비밀에 부쳐지기를 원하지 않던가.

그는 서너 군데 중 한 곳에는 늘 있었기에 만나는 것은 쉬웠다. 만나면 나로도집엘 갔다. 나로도는 여수 앞 가막만 바깥의 섬으로 행정구역상 고흥군에 속해 있는데 주인아주머니가 그곳 출신이라 그렇게 이름 붙여졌다. 다른 손님이 힐끗거릴 때면 아주머니는 두 눈을 끔벅끔벅했다. 다음부터 데리고 오지 말라는 거였다. 단골이래도 눈치가 보였다.

비 오던 날이었다. 그는 어둠이 내려앉은 전신전화국 현관 앞에 서 있었고 나로도집은 만원이었다. 나는 남동생에게 빌려온 이천 원으로 4홉들이 소주 두 병과 새우깡 하나, 비닐컵 두 개를 사서 이제 막 공사가 시작된 돌산 연륙교 현장으로 갔다. 우산이 없어서 금방 젖었다.

아직 돌산도와 여수시는 이어지지 못하고 있었다. 이쪽에서 교각 하나에 그 거리만큼의 상판 한 칸, 저쪽도 딱 그 정도였다. 마치 서로를 향해 짧은 팔 하나씩 뻗대고 있는 듯했다. 장대비는 접근엄금 경고판마저 패대기를 쳐놓았고 교각 아래로는 검붉은 바닷물이 거칠게 흘러가고 있었다.

형은 한 소절에 기침을 서른아홉 번씩 하면서 노래를 불렀다. 비 내리는 고모령, 전선의 달밤, 불효자는 웁니다, 주로 어머니가 들어간 노래들이었다. 새우깡은 죽은 지 십 년 된 새우껍질처럼 변했고 사가지고 간 술을 다 마셨으나 잔은 비워지지 않았다. 우린 잔에 찬 빗물로 건배를 했다.

여러 날 뒤 오후. 시내를 걸어가는데 그가 나를 불렀다. 사흘 동안 나 지나가기만 기다렸단다. 그와 나의 차이는 두 가지 정도였다. 하나는 외형적인 입성이고 또하나는 그는 돈이 없고 나는 돈을 구할 수 있다는 거였다. 그가 나를 기다린 것처럼 나는 길에 서 있다가 막 학교에서 돌아오는 남동생에게 이천 원을 다시 빌렸다. 그동안 그는 약수터 입구에 서 있었다.

우리는 약수터로 올라갔다. 빈 잔과 반쯤 남은 쥐포를 앞에 두고 형은 한참이나 망설이다가 좋아하는 여자가 생겼다고 고백했다. 나는 박수를 쳤다. 그는 약간 부끄러워했다.

아침시간이면 늘 버스를 기다리는 여학생이 있다. 어떤 날은 책가방을, 어떤 날은 캔버스를 들고 있다. 흰 칼라와 검은색 블라우스의 교복을 입고 있는데 너무 예쁘다. 해가 뜨면 100미터쯤 떨어진 곳에서 기다린다. 드디어 여학생이 나타난다. 나는 가슴이 뛰고 기분이 좋고 목도 마르다. 이름도 모르고 성도 모르고 집도 모른다. 그 시간에 버스 탄다는 것만 알고 있다. 돌아오는 것은 보기가 어렵다. 날마다 몇 시간씩 서 있어도 보지를 못했다. 그러니 그 여학생은 늘 어딘가로 가기만 하는 사람 같다. 나 같은 사람이 누구를 좋아하면 안 되겠지만 그 여학생은 너무 예쁘고 좋다.

더듬으며 간신히 말을 마친 그는 열에 들뜬 듯도 하고 부끄러움이 과한 듯도 하고 좀 바보스러워 보이기도 했다.

"형이 왜 누굴 좋아하면 안 돼? 좋아하는 것은 누구나 해도 되는 거야."

"그, 그렇지?"

"근데, 그렇게 예뻐?"

그는 배시시 웃었다. 양 볼의 오래 묵은 땟국이 귓불 쪽으로 올라가 붙고 누런 이빨이 드러났다.

"그럼 고백을 해."

"해도 되까?"

"고백도 아무나 해도 되는 거야."

"나 같은 사람이."

"지나놓고 보면, 시도를 안 해봤다는 것이 가장 큰 후회더라구."

나는 내가 형이라도 되는 것처럼 말했다. 고백이라는 단어를 듣는 것만으로도 그는 더 부끄러워했다.

며칠 뒤 연등천 다리 위에서 그를 만났다. 마침 나로도집은 이제 막 문을 열어선지 비어 있었다. 나는 손가락 두 개를 세우며 들어갔다. 얼른 두 병만 마시고 간다는 뜻이다. 형은 고개를 숙여 인사를 했다. 아주머니는 한숨을 가볍게 내쉬고서 고개를 끄덕였다.

잔을 따르고는 그래 만나서 고백을 했느냐고 묻자, 했단다. 오늘 아침에 했는데 이렇게 했단다.

컴컴한 새벽부터 여학생 나오기를 기다렸다. 드디어 횡단보도에 그녀가 나타나자 다가갔다. 마침 버스가 오지 않았다.

"저, 저기요."

"어머, 저요?"

"예. 안녕하세요."

"아 예, 안녕하세요."

"저기요."

"예."

"제, 제가 정말 좋아하거든요……."

"……"

"당신하고 같이 자고 싶어요."

나는 웃었고 아주머니는 입술을 동그랗게 말고서 호오, 소리를 내더니 이야기에 끼어들었다.

"그래, 그 여학생이 뭐라고 해?"

여학생이 답했단다.

"보시다시피 저는 지금 고등학생이거든요. 반년만 더 다니면 졸업해요. 그때까지만 기다리실래요?"

그날 술은 길어졌다. 마시고 나서 함께 걸어 다녔다. 상판 하나가 더 덧대어진 돌산대교 현장과 신월동 바닷가와 중앙동 로터리가 차례로 다가왔다가 멀어졌다. 이별의 아픔을 견디는 중이던 나는 좀 흥분된 상태로 사랑에 대하여 떠들었다. 떠나가는 여자를 붙잡지 못한 내 무능력을 한탄하고 천이백 통의 연애편지를 보낸 끝에 결실을 맺은 어떤 남자와 시내버스 앞에 맨몸으로 누워가면서까지 사랑을 쟁취한 내 친구의 무용담을 이야기했다. 그는 들었다. 8,000미터 히말라야 산맥을 넘어 연인을 보러간 사람과 심지어는 지옥까지 찾아들어가 아내를 되찾아온 사람 이야기도 그는 들었다.

그러다보니 새벽이었다.

그는 아예 여학생 나오기를 기다리겠다고 했다. 집이 근처였던 나도 생각을 바꿔 여학생이 어떻게 생겼는지 볼 작정을 했다. 그때부터는 시간이 지루하게 흘러갔다. 나는 자전거포 벽에 기대 앉은 채 언제 기회가 되면 봉산목욕탕 사장에게 부탁하여 저 사람을 두어 시간 팅팅 불려 묵은 때를 벗겨낸 다음, 이빨도 한 사십 분 정도 닦이고, 기성복 하나 사 입히고, 머리에 포마드도 한번 발라보고……. 기성복값은 어떻게 마련하지……. 가만 내가 안 입는 옷 중에서……. 그런 생각을 하다가 졸았다.

그리고 그가 나를 흔들었다. 이미 해가 떠 있고 사람들이 돌아다니고 있었다. 그가 횡단보도를 건너는 한 여학생을 손가락으로 가리켰다. 순간 잠이 확 깼다. 걸어오는 여학생은 내 여동생이었다. 당시 여수여자고등학교 3학년이었다.

　이틀 뒤 다시 이천 원을 구해 형을 찾아갔다.

　그날 밤 나는 이루어진 사랑의 진부함에 대해 이야기했다. 여자가 떠나고 나자 찾아온 자유와 또다른 연애에 대한 가능성, 천이백 통의 편지를 받은 여자가 결혼을 한 것은 사실이나 우체부하고 그만 눈이 맞아버렸다는 것을 그는 들었다. 시내버스 타고 갈 때 그냥 보내버릴 것을, 내가 미쳤지, 날마다 후회하는 친구, 산맥을 넘고 지옥을 다녀온들, 어떤 지랄을 해도 성공한 사랑은 월급봉투와 싸움과 아이들 울음소리의 일상으로 바뀌기 마련이며, 그래서 다들 혼자였을 때가 그리워 땅을 친다고 말을 했고 그는 들었다.

　얼마 뒤 나는 집을 떠나게 되었고 여동생은 대학생이 되어 먼 곳으로 갔다. 그리고 그도 오래도록 보이지 않는다.

닻 주었던 자리

검은 구름은 멧기슭에서 어정거리며
애처롭게도 우는 산의 사슴이
내 품에 속속들이 붓안기는 듯
그러나 밀물도 쎄이고 밤은 어두워

닻 주었던 자리는 알 길이 없어라

— 김소월 「무신無信」 부분

이 시가 떠오른 것은 고흥군 도양읍을 다시 찾을 때였다.

십여 년 전 나는 이곳에서 여관 잠을 자며 일을 다녔다. 금일도 나 생일도에서 패류를 한 배 가득 싣고 돌아온 다음 가락동 농수산 시장 올라가는 8톤 트럭에 옮겨 싣는 게 내 일이었다. 작업선 타고 가는 데 두 시간, 싣고 돌아오는 데 두 시간 반 걸렸다.

돌아올 준비를 하는 잠깐 동안 서둘러 낚시를 던진다. 기다렸다는 듯이 뭔가가 물어댄다. 노래미, 용치놀래기 따위다. 뭐라도 좋다. 운좋으면 감성돔과 문어도 문다. 아주 커다란 동갈치를 낚은 적도 있다.

오후 새참으로 충분하다. 잡은 생선 회 뜨고 대가리와 껍질에 점심때 남은 김치를 넣고 소금 간하여 앉은뱅이 냄비 하나 대충 끓여놓으면 훌륭한 안주가 된다. 되들이 소주병이 빛을 발하는 것도 그때이다.

그거 몇 잔 마시고 나면 배는 해식 동굴 늘어선 섬들을 지나고 있다. 잔뜩 쌓아올린 짐 위에 벌러덩 누운 그 달콤한 휴식. 치맛자락처럼 퍼지던 오후 햇살. 반짝거리는 수면. 몸이 노동의 고단함을 탐하는 것도 이런 휴식이 준비되어 있기 때문이다.

거금도 오른편으로는 탁 트인 큰 바다가 펼쳐져 있다. 무학도 광도 평도 등이 있는 손죽열도와 멀리 초도 역만도 그리고 거문도 가는 길목이다. 어느 날 그쪽 바다에서 배 한 척이 오고 있었다. 그 배는 흰 스티로폼 박스를 가득 싣고 점점 다가오더니 긴 곡선을 그리며 도양을 향해 위치를 잡았다. 냉장 갈치 싣고 온

배였다. 우연히도 우리 배와 나란히 달리는 꼴이 되었다.

배가 나란히 가다보면 선장은 자기도 모르게 승부욕이 생긴다. 지기 싫기 때문이기도 하지만 뒤처지면 앞선 배가 만들어놓은 물살을 타야 하고, 그것을 피하기 위해서는 꽁무니 쪽으로 들어가야 하는데, 그게 괴로운 것이다.

우리는 엔진을 잔뜩 높였고 그건 그 배도 마찬가지였다. 시합을 하게 된 것이다. 경쟁을 하다보면 가까워진다고 했던가. 앞서거니 뒤서거니 하면서 두 배는 점점 가까워졌다.

그러다 돌을 던지면 맞을 정도로 가까워졌을 때 그 배의 선원 하나가 두 손을 입에 대고 뭐라고 소리를 쳤다. 나는 깜짝 놀랐다. 그가 부른 것은 내 이름이었다. 아아, 그 배의 선원은 어렸을 때 친구였다. 오랜 시간 서로 소식도 모르고 떨어져 있다가 우리는 바다 한가운데에서 시합하다가 만나게 된 것이다.

각자 짐을 풀고 식당에 앉아 급히 소주 한 병을 까고 나서야 그 친구가 간호사와 결혼을 했으며 아내가 마침 고향 보건소로 발령이 나서 함께 돌아오게 되었으며 그때부터 그 배를 타고 있다는 것을 알았다. 길이 멀어 친구는 서둘러 돌아갔고 내 손에는 그 친구가 내려놓은 무지갯빛 싱싱한 갈치 한 상자가 들려 있었다.

갈치 받아든 주인아주머니의 환호성은 생생한데 그 여관 자리에는 제과점이 들어서 있다. 이런저런 것을 샀던 슈퍼도 헐리고 단골 중국집은 한식집으로 바뀌었다. 그 자리 가만히 있기가 이렇게 어려운가. 나는 긴 시간의 공백이 주는 가벼운 감흥에 젖어 한숨을 내쉬었다.

예전의 자취를 찾아가는 여행은 쓸쓸하기 마련이기는 하지만 그러나 내가 아니면 누가 과거의 나를 찾을 것인가. 항해(航海)와 노동으로 채워졌던 이십대 후반의 시절은 기억 속에 촘촘한데, 삶의 매 시기마다 닻 주었던 자리는 이렇듯 흔적이 없다.

급한 물살을 배경으로 사람들이 북적인다. 소록도 다녀오거나 거금도 갈 사람들이다. 흰 사슴의 섬. 이 항구에서 한센인은 소록 도로 강제로 끌려 들어가고 가도 가도 끝없는 황톳길을 따라왔 던 가족이나 연인은 억지로 헤어져야 했다. 누구 시처럼 날마다 이별의 눈물이 보태어져 저리도 물살 거세다.

1톤 트럭에서 붕어빵 장사하는 아주머니는 거금도 사람이다. 하여 동네 주민들이 이곳에 오면 절로 들른다. 물건도 맡겨두고 시장기도 달랜다. 그냥 지나가려고 해도 일부러 불러 뭔가를 입 에 넣어주기도 한다. 그러니까 거금도 사람들은 도양항에 사랑 방을 하나 두고 있는 셈이다.

아주머니는 별안간 지나가는 누군가를 불렀다. 이번에는 뭔가 를 따진다. 들어보니, 몇 달 전 호떡 삼천 원어치 먹고 백만 원짜 리 수표를 내놓은 일행이 있었는데 그중 한 명이란다. 나중에 받 기로 하고 갔는데 가까운 곳에 살면서도 약속을 지키지 않은 행위를 그녀는 탓했고 호명된 사람은 표정이 일그러졌다. 요즘 아이들 말대로 딱 걸린 것이다.

아주머니는 여러 해 전 동서가 하는 식당으로 일하러 왔단다. 음식 만들고 서빙 하는 것은 못할 게 없었다. 그러나 사내들이 술 좀 따라라, 불러 앉혀두고 손부터 만지려 드는 작태가 싫어 그만두었다. 큰 도시로 가려는 그녀에게 동서는 붕어빵 장사를 제안했고 고민할 새도 없이 뚝딱 기계 주문해서 며칠 만에 지금의 가게가 생겼다.

처음엔 같이 앉아서 장사를 시작했는데 숫기 부족한 그녀는 붕어빵 틀만 내려다보았다.

"붕어빵 얼마예요?"

누가 물어오면 덜컥 가슴이 내려앉았다. 붕어빵이고 호떡이고 열에 아홉은 옆구리가 터져 차마 내놓지 못했다. 꼭 이렇게 해야 하나, 그냥 대도시 익명 속으로 흘러들어가 조용히 일이나 하고 살걸, 후회를 몇 번이고 되씹었다. 그래서 화장실 가는 횟수가 많았다.

그런데 화장실에 다녀오면 그새 동서가 잔뜩 팔아놓고는 했다. 현금상자로 쓰는 플라스틱 휴지통에 오천 원권 포함 천 원짜리가 수북했다.

"봐, 그새 이렇게 팔렸잖아. 장사란 게 시작이 어렵지 한번 길만 나면 수월하다니까."

용기를 내서 앉으면 다시 안 팔렸다. 내가 그나마 복도 없는 모양이구나 싶어 참담하기까지 했는데 또 한번 화장실 갈 때였다. 무심코 돌아보다가 동서가 자기 호주머니에서 돈을 꺼내 통에 넣는 장면을 보았다. 그가 화장실 갈 때마다 갑자기 팔렸다는 것은 동서 돈이었다.

동서의 고마운 그 마음 하나 의지 삼아 지금까지 자리를 지키고 있다면서 그녀는 웃었다.

 둘째 딸 산수 백 점 기념 수박 50% 세일
오래전 충남 청양 국도변에서 본 팻말이다. 논두렁 건달과
화장실 낙서가 사라지면서 이런 마케팅도 요즘은 사라져버렸다.

연등천의 여인들

육지에서 며칠 일보고 내려오면서 밤차를 탔다. 해가 뜨려면 한 잠 더 자야 하는 시간. 기차는 나를 내보내놓고 긴 숨을 몰아쉰 다. 항구의 새벽은 유난히 을씨년스럽고 춥다. 차가운 바람이 목 덜미를 파고든다. 떨린다. 머리카락 빠지는 것과 박자를 맞춰 해 가 바뀔수록 추위를 더 탄다.

전라선 종착역 여수항에 내린 손님들은 택시를 향해 종종 걸 음을 친다. 동으로 서로, 한 명씩 두 명씩 멀어지는 모습을 보면 서 나는 걷기 시작한다. 시간 보내기 가장 좋은 것은 걷는 것이 다. 하늘에는 아직도 별이 총총하고 나는 얼굴이 벌겋게 얼었다.

새벽 5시. 배 출발 시간은 오전 7시 40분. 배가 고프다. 연등천 시장 따라 걸어간다.

황준선씨는 사라져버렸지만 포장마차촌은 지금도 연등천에 있다. 요즘도 기회가 되면 간혹 찾아간다. 우선, 안주가 맛있다. 전국 웬만한 곳을 다 다녀봤지만 으뜸이 이곳이다. 포장마차에서 회를 먹는다는 것에 놀라는 방문객들이 많다. 이곳에서는 선어회를 판다. 활어회는 우리나라에만 있단다. 서로 믿지를 못해 살아 있는 놈에 칼 대는 것을 봐야 한다나. 하지만 회는 적당한 시간 동안 냉장된 게 가장 맛있다. 죽음의 시간이 주는 맛이다.

사실 여수의 음식은 소문나 있다. 그동안 박해받고 소외받은 곳이라, 언제 죽을지 모르니 우선 먹어 조지는 것으로 위안을 삼았다고도 하고, 예술적 감수성과 풍부한 해산물 덕분에 미각이 발달해서 그렇다고도 한다.

아무튼, 그곳에 앉아 병어회 한 접시 놓고 보해소주 한 병 비틀면, 고된 이동 끝에 비로소 집에 도착한 듯싶다. 포장 너머로 항구의 불빛 아른거리고 사람 떠난 시장 골목도 아스라이 잦아든다. 좀더 늙어버린 현장의 여인네들은 지금도 '들고양이들' 노래를 부르고 있을 것이다. 작은방에서는 손자가, 예전에 내가 그랬던 것처럼, 오늘도 이순신 장군을 본받겠다고 또박또박 글쓰기 숙제를 하고 있을 것이다. 변화가 더딘 것, 그래, 그게 항구의 미덕이다.

하지만 지금은 너무 이른 시간. 포장마차는 모두 닫혀 있다. 을 씨년스러운 시장통 길 가운데 고기상자 쪼가리로 피워놓은 모닥불이 있고 그것을 빙 둘러 황동색 손바닥만 여덟 개 모여 있다. 손바닥 뒤로 몇 겹 둥글게 만 목도리가 있고 그 사이에서 두 눈이 반짝 불빛을 반사한다. 내가 찾아들어간 곳은 대도맨션 다리 옆 해장국집.

메뉴는 돼지국밥. 그것 한 그릇을 시켜놓고 앉았는데 벙거지 쓴 영감, 장화 신은 영감, 두 눈이 쑥 들어간 영감, 로션이 얼굴에서 얼어버린 아주머니들이 차례로 들어온다. 와서 예외 없이 소주병 비틀어 맥주컵에 가득 따르고는 마신다. 마시고 주인아주머니가 건네준 국물을 들이켠다.

"뭔 날씨가 이렇게 춥다냐."

"붕알이 얼어 보타 떨어져도 모르겄네, 웨."

"이 정도 춥다고 떨어지믄 그것을 어디다가 써?"

"아따, 새복(새벽)부터 뭔 소리요. 얼릉 묵고 펑하니 갑시다. 아그들 기다리겄소."

"이것 한 잔만 더 하고."

"오메, 이따가 일은 워치게 할라고 또 마시요."

저 말들. 역시나. 저런 말 주고받으며 한 시절 같이 지냈던 여인네들이 떠오른다.

1998년. 여수가 배경이던 장편소설 『홍합』이 나오고 두어 달 뒤 네 명의 여인네를 만났다. 『홍합』에서 각각 강미네, 광석네, 석이네, 혜숙이네로 등장했던 이들이었다. 공장에서 가까이 지낸 이들을 소설의 소재로 써먹어버렸다는 미안한 마음에 식사 대접이라도 하고 싶었고 그들은 이곳 연등천에 붙어 있는 한 식당을 지목했다.

여인네들은 그사이 조금 더 늙어 있었다. 홍합 공장 반장이었던 강미네는 나를 보자마자 등짝을 한 대 후려치고는 눈을 흘겼다.

"아이구 참, 뭐한다고 그런 것까지 다 썼어? 아주 챙피해 죽는 줄 알았네."

소설에서처럼 폭력 남편과 이혼을 한 그녀는 한동안 홀로 살다가 새로운 인연을 만났는데 시쳇말로 팔자가 활짝 폈단다. 시장 옷가게는 아닌 곳에서 샀음직한 외투와 결 고운 목도리로 통통하게 변한 몸을 두르고 나타난 것으로 보아 풍문은 사실이었다. 남편이 어떤 회사 높은 직급이라는데, 그렇다고 홍합 공장에서 일했다는 게 창피하다는 말은 아닐 것이다. 사연인즉 이렇다.

"이것이 옛날 우리 공장 이야기요이. 여기에 나도 나온다요."
내 책이 나왔다는 소문을 듣고 강미네는 책을 사와 자랑을 했다. 자랑만 하고 그냥 갔다. 내용이 궁금했던 남편이 다음날 들고 출근을 했다. 손을 떠난 책은 한참 만에 손때를 잔뜩 묻히고 돌아왔다. 비로소 읽어본 그녀는 남편이 그동안 왜 실실 웃었는지 알게 되었다. 전남편 때문에 좀 거시기한 병이 옮았던 이야기가 나오기 때문이었다.

"우리 회사 사람들 다 알어."
남편이 말했단다. 그런 것까지 글로 써버린 입장이라 뭐라 말도 못하고 있는데

"허긴, 소설에 그런 것이 좀 들어가야 재미가 있을 거여."
한 번 더 등짝을 두드리며 깔깔 웃었다.

네 여인은 오래도록 단짝이었다. 가난하되 야무진 항구 여인네의 운명을 같이 걸어왔다. 그런데 친구 중 하나가 팔자 너무 피어버리면 남은 이들은 상대적으로 초라해질 수밖에 없을 것이다.
타고난 미모에 눈썰미가 날카로워 살아 있는 저울로 통했던 광석네는 반대로 지친 모습이었다. 주름 늘어난 얼굴에 별말이 없어 내 마음이 아팠다. 반면, 애교가 흘러넘쳤던 석이네는 웃으면 스마일로 변하는 눈자위가 그대로였다. 나는 우리 공장에 종종 와서 눈을 부라리던 그녀의 남편을 떠올리고 근황을 물었다.

"그래, 애기 아빠는 건강하게 잘 계시요?"

"우리 좆피리? 죽어부렀어."

190센티미터가 넘는 키에 마누라 눈두덩에 종종 시퍼런 멍을 만들던 성질빼기 사내가(그것 때문에 좆피리라는, 좀 민망한 별명을 그들이 붙여놓았다) 그사이 세상을 버렸단다. 누군가 죽었다고 하면, 추억은 갑자기 아득하게 먼 과거가 되는 기분이다. 나는 뒤늦은 조문 겸해서 술을 따랐고 그녀는 "사람이 죽고 사는 것은 맘대로 못해이. 그렇지, 우리 망구?" 이렇게 혜숙이네를 건들었다. 세 여자보다 나이가 많아 망구라는 별칭이 있던 혜숙이네는 여전히 포근한 보살형 얼굴이었다.

"이것이 인자 저도 망구가 됐으믄서⋯⋯, 콱 주둥아리를 찢어버릴라."

그러면서 고개 돌려 내가 건강한가, 하는 일은 잘되는가, 하나씩 묻고 흐뭇하게 웃곤 했다.

이 여인네들이 소주 일차로는 양이 안 차는 게 뻔해 그들의 취향대로 스탠드바로 모셨다. 한참 주가 올리다 슬그머니 사라져버린 항구의 쥐포공장처럼, 스탠드바 하나가 노래방 성업에 얹어터져 스러져가기 직전, 혼신의 힘으로 영업을 버텨내고 있었다.

손님은 우리 말고 달랑 한 팀뿐이었다. 곧 망할 집은 놀기에 좋은 곳. 나는 등 떠밀려 일명 '마스타'의 올갠 연주에 맞춰 마이크 들고 '오부리'를 했다. 저쪽 팀도 사내 하나가 예닐곱 명 여인네들에 파묻혀 춤을 추고 있었다. 참으로 사내 기근의 풍경이었는데, 강미네는 모처럼의 외출이 아까워 부산하게 몸을 놀리고 석이네는 애교스럽게 허리를 돌리고 혜숙이네는 흐뭇한 표정으로 박수만 쳤다. 광석네만 흥이 별로 안 일어 하는 모습이었다.

석이네의 애교는 역시 남다른 데가 있었다. 슬금슬금 흘러가더니 하나뿐인 저쪽 사내를 꼬드겨 우리 쪽으로 데리고 온 것이다. 그러면 그쪽 여자들이 우르르 몰려와 사내를 데려갔다. 그녀는 '니네 같은 것들이 한 트럭으로 와서 지켜봐라, 내가 못 꼬시나' 하는 눈짓을 한 다음 빙빙 돌며 그쪽으로 다시 다가갔다. 다가가서 사내 향해 둘째 손가락을 까닥까닥거렸다.

"저것이, 좆피리가 죽고 없응께 갈래끼(발정기)가 도졌는갑다요."

혜숙이네는 내가 권하는 맥주를 억지로 마시고는 한마디했다. 아닌 게 아니라 사내는 뭔가에 홀린 듯 저도 빙빙 돌며 석이네를 또 따라왔다. 여자들이 재차 몰려와 석이네를 무섭게 쏘아보고는 사내를 데려갔다. 그녀는 '봤지?' 하는 모습으로 깔깔거리며 그제야 자리에 앉았다.

그렇게 깊어진 밤. 광석네는 끝내 쓸쓸한 표정으로 먼저 몸을 일으켰다. 내가 잠자, 객지 나가 있는 아들이 모처럼 와 있다며 뿌리쳤다. 혜숙이네는 모처럼 봐서 반가웠다는 얼굴로, 석이네는 모처럼 재미있게 놀아 스트레스 싹 풀렸다는 얼굴로, 강미네는 모처럼 나왔는데 서운타는 얼굴로 뒤따라 돌아갔다.

네 여인 걸어가는 뒷모습 위로 세월이 출렁거렸다.

벌써 십 년. 더 늙었을 그들은 지금 어떤 잠을 자고 있을까. 아니면 아직도 이렇게 동네 해장국집에서 하루 일과를 시작하고 있을까. 해장국집 아주머니가 타준 국화차를 마시고 영감과 아주머니들은 돌아간다. 야간작업을 마친 이는 집으로, 하루를 시작하는 이는 현장으로 갈 것이다. 고단하면서도 활기찬 삶이 이어지는 여기는 항구. 마침내 해가 뜬다. 뱃고동 소리 들린다.

여수항

섬에서 여수로 이사를 한 게 열 살 때였다. 여수는 크고 넓었다. 끝을 알 수 없는 골목이 연이어 있었고 골목 하나당 수백 채의 집이 달라붙어 있었다.

여수로 전학한 첫날, 나는 집과 반대되는 곳으로 하교를 하고 말았다. 종포바닷가와 냉동공장 지나며 길을 잃었고 시장 골목을 몇 바퀴 도는 동안 삿갓 쓰고 있는 전봇대 가로등에 불이 들어왔다. 사람의 마을이 이렇게 크고 넓을 수도 있다는 것에 나는 절망했다. 뱃가죽이 등에 붙어 정신이 혼미해질 때쯤, 마침내 집으로 가는 길목의 동일여관을 발견할 수 있었다. 혹독한 신고식이었다.

노래미를 낚다가 물에 빠져 죽은 소녀를 본 것도, 자장면을 먹어본 것도, 지구 반대편을 향하여 배가 출발할 수도 있다는 것을 안 것도, 거웃이 돋아난 것도, 맨바닥 뒹굴며 싸움을 한 것도, 폴모리아를 듣고 넋이 나간 것도, 꽁지머리 여학생을 따라가본 것도, 시장 튀김집 골방에서 소주병 기울여본 것도 모두 항구 여수에서였다.

꽁지머리 여학생은 탁구장에서 처음 봤다. 태어나서 처음으로 낯선 여자에게 말을 건 게 그때였다. 여학생은 웃었다. 왼쪽 볼에 보조개가 패었다. 관문동 우리집에서 조금 걸어들어가면 이본 동시 상영을 하는 극장이 있고 극장 옆으로는 이화, 연지, 정 따위의 이름이 붙은 술집이 있었다. 술집은 늘 붉은 커튼으로 가려져 있었다. 나와 헤어진 여학생은 그중 한 곳으로 들어갔다.

내가 다니던 중학교는 별칭이 '돼지막'이었다. 일제강점기 일본군이 군용마를 키우던 곳이라서 그렇게 불러댔다. 그곳에서는 여수역과 오동도와 멀리 경남 남해도가, 그리고 그 사이 닻 내려놓고 있는 화물선이 잘 보였다. 역 근처에는 사창가가 있었고 그 가장자리에 있던 교회에서는 오후에 늘 찬송가를 틀어놓았다.

가수 지망생이었다가 창녀가 되었고, 그러다 성가대가 되었다는 여자는 약간 허스키하면서 호소력 깊은 목소리를 가지고 있었다. 나는 크리스마스이브에 단팥빵 얻어먹으러 딱 한 번 제일

교회 가본 게 전부이지만, 그 여자 덕분에 '내 영혼이 은총 입어'라는 곡은 지금도 가사를 모두 알고 있다. 그 노래가 들리면 가막만 쪽 노을이 도시를 뒤덮었다. 붉은 저녁 해와 아득한 수평선과 그곳에서 돌아오는 어선과 무리 지어 따라오는 갈매기와 시험공부의 지겨움과 시장의 소음이 뒤섞이며 공연히 쓸쓸해지곤했다. 항구란 쓸쓸할 틈이 없다는 것을 아직 잘 모를 때였다.

중학교 삼 년간 넣은 저금을 타던 날 밤, 친구 하나는 서울행 밤기차를 탔다. 우리는 천 원씩 걷어 여비에 보탰고 그 아이는 주먹으로 눈물을 훔치며 기차에 올랐다. 그가 가는 곳은 영등포 어느 알루미늄 공장이라고 했다. 육지와 바다의 경계인 항구는 떠나는 일이 일상이 되는 곳이기는 했다.

기차를 보내고 나서 나는 꽁지머리 여학생을 찾아갔다. 어둠이 내려앉은 골목 빈 리어카에 기대앉아 그 아이 집을 바라보았다. 신경질과 피로가 적당히 뒤섞인 사내들이 그곳으로 들어갔고 간혹 입술 붉은 여자가 함지박을 들고 나와 확, 개숫물을 버리기도 했다. 어장, 샛바람, 데리끼(선박용 윈치), 간조, 기관장 따위의 용어가 붉은 커튼 너머에서 튀어나왔다.

아닌 게 아니라 사내들 배경으로는 늘 기름때 묻은 목장갑과 수리중인 소구기관과 풍화되어가는 갑판 뚜껑, 충격 방지용 폐타이어, 그물과 밧줄 무더기가 있었다. 망치 소리와 용접 불꽃, 욕설과 웃음도 그곳에 같이 있었다. 똑같이 바다를 배경으로 하고 있지만 섬과는 다른 풍경이었다.

취한 사내들이 돌아가고 나서야 심부름 나온 여학생은 나를 발견했다. 그애는 기다리라는 눈짓을 하고는 커튼을 젖히며, 금방 들어온다니께, 소리를 내질렀다. 우리는 가로등 없는 곳을 골라 걸었다. 긴 골목의 끝에 다다랐을 때 나는 키스를 하고 싶다고 말했다. 그애는 다음에 하자고 했다.

다음이 되었을 때도 그애는 키스는 다음에 하자고 했다. 키스란 늘 다음에 하는 거였다. 나는 끝내 그 여학생과 키스를 하지 못했다. 당시 나는 여자중학교 아이들에게 '아주 뭣 같은 새끼'로 소문이 나 있었다. 한창훈을 조심하자, 가 그녀들이 주고받은 정보였다. 심지어 어떤 반에서는 칠판에 내 이름을 크게 써놓고 빨리 죽어라, 합동으로 저주를 내리기도 했다고 한다. 나만 모르고 있었다.

내 친구 중 짓궂은 몇몇이 밤길에 여학생들을 만나면 달려들어 브래지어끈을 당기곤 했단다. 그리고 "나는 여수중학교 3학년 9반 한창훈이다"라고 꼬박꼬박 내뱉어온 탓이었다. 그래서 그랬는지 꽁지머리 여학생은 나중에 내 친구와 키스를 했다.

그러는 동안에 키가 컸다. 크는 동안 몇몇 실패를 경험했다. 실패와 함께 술 담배를 배웠고 그리고 음악실을 찾아다녔다. 당시 여수에는 음악실이라는 게 있었다. 음악 듣는 곳이 다른 곳이라고 없었겠는가, 마는 이쪽 동네 것은 좀 유별났다. 술을 마시면서 음악을 듣는 거였다. 주로 클래식을 틀어주는, 다른 지역의 음악감상실에 비하면 술집에 가까웠지만 큰 도시의 학사주점처럼, 신청곡과 라이브가 있되 떠들썩한 곳에 비하면 찻집에 가까웠다. 여수에 여럿 있었다. 사람들은 신청한 음악을 들으며 술을 마셨다. 바다는 사람을 조용하게 만드는 능력이 있어서 더욱 그랬다.

그러다보니 이십대 초반, 나는 바닷가 어느 음악실에서 DJ를 하게 되었다. 한울타리, 마이클 잭슨, 버티 히긴스, 포코, 최백호를 주로 틀었다. 나를 버리고 떠났던 여자를 못 잊고 있던 때라 몹시 외로웠고 연애를 하고 싶었다. 검정 티셔츠 단추 한두 개 정도 풀고 박스에 앉아 있곤 했던 이유도 그것 때문이었다. 약간의 우수와 약간의 퇴폐와 약간의 시심(詩心)을 지니고 있는 그런 아가씨가 나타나기를 기다리고 있었다.

어느 날, 오렌지주스를 들고 온 종업원이 5번 테이블 손님들이 직접 뵙기를 원한다고 전해왔다. 나는 내심 웃으며, 겉으로는 약간 피곤하다는 얼굴로, 러닝타임 육 분 사십 초짜리 바클레이 제임스 하비스트의 〈푸어 맨즈 무디 블루스Poor Man's Moody Blus〉를 턴테이블에 걸어놓고 나갔다. 그러나 5번 테이블에는 떠꺼머리 세 놈이 앉아 있었다. 그들은 느닷없이 일어서더니 나를 향해 고개를 숙였다.

"형님으로 모시겠습니다. 받아주십시오."

하나같이 빠치망(멸치배)에 갖다놓으면 딱 들어맞을 몰골들이었는데, 그래도 나름으로 음악을 깊이 사랑한다는 고백이 있었다. 그래, 뱃놈 낯바닥이라고 음악 좋아하지 말란 법 있던가. 약간의 우수와 약간의 퇴폐와 약간의 시심이 있어 보이는 여자 앞에는 늘 약간의 여유와 약간의 액션과 약간의 학벌을 가지고 있어 보이는 사내가 앉아 있곤 했다.

팔자에도 없는 사내 동생들과 음악실 빠져나와 막걸리를 마시다보면 밤바다에는 맞은편 조선소 불빛이 환했다. 그리고 저 예전의, 알루미늄 공장으로 올라간 친구처럼 사람들도 어딘가로 흘러갔다. 나도 그랬다. 여수는 전라선의 종착역. 기차칸에 사람이 자꾸 들어차면 상행선이었고 조금씩 빠지다가 텅 빈 칸이 되면 하행선이었다. 올라간 사람은 훗날 내려왔다. 친구는 세 아이의 아빠가 되어서 내려왔다. 나도 육지 이곳저곳을 떠돌다 돌아오곤 했다.

내륙에서의 내 이력에는 늘 섬과 항구가 자리하고 있었다. 내륙 사람들은 산과 벌판을 말하고 나는 바다를 이야기했다. 그들에게 나는 먼 곳에서 온 사람이었다. 그곳은 해가 뜨거웠고 건조하고 먼지가 많았다. 그럴 때마다 바다가 떠올랐다. 습습함을 기억하는 것은 마음보다 몸이 먼저였다. 그리고 먼 길을 흘러 마침내 돌아오면 항구는 늘 그만큼의 떠들썩함과 그만큼의 습습함을 지닌 채 그 자리에 있었다. 돌이켜보면 숱하게 떠났고 떠난 횟수만큼 돌아왔다.

여수항은 성장통 다음 코스로 삶의 지난함과 노동을 준비해놓고 있었다.

이십대 중반부터 몇 년간 나는 여수에서 일을 했다. 수산물 가공공장과 현장, 작업선 위가 내 거처였다. 대략 줄잡아보면, 신월동을 중심으로 서쪽으로는 소호항도에서 고진 거쳐 장수면까지, 동쪽으로는 돌산도의 굴전 지나 향일암이 있는 임포까지 숱한 수산물 가공 현장을 거쳤다. 뱃놈이 되어서 가막만과 여자만까지 구석구석 돌아다녔다. 가는 곳마다 인정물태가 넘쳐났다.

화려한 과거와 강인한 근력, 술을 장기로 삼은 사내들이 있었고 가난과 정신력과 자식에 대한 애정을 재산으로 갖고 있는 여인네들이 있었다. 그들은 대부분, 나와 꽁지머리 여학생처럼, 시작부터 뭔가가 어긋나 있었다.

쥐고기 홍합 굴 장어 서대 독새우 피조개 새조개 키조개, 하여간 바다에서 나는 모든 것이 그들의 손에 의해 벌어지고 벗겨지고 해체되었다. 사내들은 힘으로, 여인네들은 재빠른 손놀림으로 그 일을 해냈다. 쥐고기 공장 다니는 여인네는 어깨 힘이 좋았고 새우 까는 할매는 손등이 맨들맨들했다.

여인네들은 모두 손가락만한 칼을 지니고 있었다. 일이 끝나 버스를 기다릴 때 누군가 오만덕이(개미더덕)를 주워와 칼로 벗기면 나는 가게로 뛰어가 소주를 사와야 했다. 한잔 마신 여인네가 문득 선창을 하고 뒤이어 다들 따라 불렀다.

생각이 나면 생각이 나면 내 이름을 불러주세요
달과 별이 없는 어두운 밤도 당신이 부르시면 찾아가리다
생각이 나면 생각이 나면 언제든지 불러주세요
(우우후 불러주세요)
언제나 이 마음 달맞이꽃 되어 오로지 그대만 기다려요
(우우후 불러주세요)

아무도 불러주지 않았기에 그들은 그냥 집으로 돌아갔다. 지치고 무거운 발걸음이었다. 거꾸로 들어 털어보면, 철학자 한두 명 가지고는 어떻게 해볼 수 없는 무게의 고통이 쏟아질 것 같았다. 니체 말대로, 세계사 한 편씩 기록될 것 같았다. 그러나 나는 우는 여인네는 한 번도 보지 못했다. 대신 웃었다. 깔깔깔. 대화의 반 이상이 웃음으로 채워졌다. 웃음이 없었다면 여인네들은 말라 죽어버렸을 것이다. 눈물은, 나중에 환갑상 받아놓고서야 한 방울 흘릴 일이었다.

동행의 이유

여수 앞바다 아침은 여전히 분주하다. 여인네들과 일하던 시절
이 바다에는 오씨 부부가 있었다.

소금기 밴 반백의 머리카락이 하늘로 뻗대 있던 오씨는 여수
토박이로, 늘 젖어 퉁퉁 부은 손과 까맣게 탄 얼굴의 아내 김씨
는 인근 면(面) 출신이었다. 중매로 만나 2남2녀를 두었으며 바
닷가에 고만고만한 집, 고만고만한 장롱, 고만고만한 화장실을
두고 살았다. 고만고만한 개도 한 마리 키웠다.

오씨는 배운 게 뱃일이 전부였고 김씨도 호미 들고 갯것 하다
가 시집왔었다. 부부는 1.5톤짜리 동력선을 가지고 그물질을 했

다. 남편은 선장 겸 항해사 겸 기관장이었고 아내는 갑판장 겸 화장(배의 주방장)이었다. 그것으로 낳고 기르고 먹고 살았다.

당시 나도 배를 타고 일을 했다. 여수 시내에서 신월동 쪽으로 가다보면 신항이 나오는데 그곳이 우리 배를 묶어두는 곳이었고 그는 그 옆에 종종 배를 정박시켜두곤 했었다. 뱃일에 필요한 여러 잡화(장갑, 장화, 간식거리 따위)를 팔며 주점을 겸하는 신신상회 안주인이 뭐라고 한마디할 때도 있었다.

"아이고, 하루이틀도 아니고 서방 각시가 딱 붙어 댕기니 좀 성가시고 귀찮어?"

나는 신신상회 안주인 말에 한 표 던졌다. 부부가 같이 다니니 좀 좋아? 흔히들 말하곤 하는데 사실은 비아냥거림에 가까웠다. 만약 진정으로 부러운 사람이 있다면 배우자가 어디에서 무엇을 하는지 파악이 안 되는 팔자이기 십상이다. 그걸 아는지 부부는 별 대꾸 하지 않았다.

실제로 부부는 단 한시도 떨어지지 못했다. 뱃일에는 최소한 두 사람이 필요했고 그들 벌이로는 선원 쓸 형편이 못 되었던 것이다. 같이 밥 먹고 같이 배 타고 나가 좁은 배 위에서 같이 생활한 다음 나란히 서서 집에 들어왔다.

배라는 것이 그렇다. 육지라면 화장실 갈 때만이라도 헤어질 수 있는데 손바닥만한 배 위에서는 그것도 불가능하다. 보기 싫어도 봐야 했다.

아무리 금실 좋은 부부라도 그 정도면 애틋함 같은 것은 물건너간 지 오래다. 그 부부도 그랬다. 오씨가 뭔가를 집어던지며 고함을 칠 때가 왕왕 있었다. 욕도 드물지 않았다. 그러면 김씨는 귀 닫고 먼 산만 바라보았다. 반대도 있었다. 신경질 난 김씨가 눈을 찢으며 새된 소리로 하나둘 따지면 오씨는 되돌아 앉아 뻐끔뻐끔 담배만 피웠다. 고단함보다 지겨움이 더 크고 무거운 얼굴들이었다.

그러니 둘은 평소에도 별말이 없었다. 이제 서로에게 할말이 없어진 것이 더 큰 이유일 것이다. 부부로 만나 채워야 할 말의 총량이 있다면 그들은 진즉 채우고도 남은 상태였다. 덧댈 정(情)도, 새로이 피어날 마음도 없어 보였다.

겨울이었다. 늦은 밤중에 배에 찾아간 적이 있었다. 몇 가지 일 처리한 다음 보니 아직까지 신신상회 불이 켜져 있었다. 손에 묻은 기름때를 씻기 위해 나는 문을 열었다.

뜻밖에도 그 시간에 오씨 부부가 있었다. 그런데 두 사람 모두 젖은 몰골로 껴안듯이 연탄 화덕에 달라붙어 있는 게 아닌가. 담요를 뒤집어쓴 김씨는 기침 쿨럭이며 뜨거운 국물을 홀짝이고 있고 오씨는 소주를 마시고 있었다.

나는 오씨 빈 잔에 술을 따르고 추운 날 이게 무슨 일인가 물었다.

어제저녁 조업을 나갔단다. 별 재미도 못 보고 돌아오는 중에 그만 엔진이 멈춰버렸다. 떠다니던 그물이 프로펠러에 걸린 것이다. 배에서 골치 아픈 게 그런 경우이다. 엔진만 돌아간다면 어떻게 해서든 돌아오겠는데 촘촘한 그물이 잔뜩 엉겨 붙어 있어서 도저히 해볼 도리가 없었다. 배는 차가운 북풍에 자꾸 떠밀렸다. 닻을 놓고 기다렸다. 가까이 지나가는 배가 한 척도 없었다.

날이 저물어 가자 오씨는 칼을 집어들었다. 김씨가 말렸다. 하지만 그는 이 상태로 밤을 보낼 수는 없다는 판단에 끝내 물속으로 들어갔다. 어찌어찌해서 프로펠러에 걸린 그물을 잘라내고 올라왔다. 목숨은 붙어 있는데 몸은 얼음이 되어버렸다. 그는 쓰러졌다. 혼마저 얼어가는 남편을 아내가 조타실에 눕히고 옷을 벗겼다. 젖은 옷을 벗겨야 저체온증을 막을 수 있다. 그리고 그곳에서 할 수 있는 유일한 방법을 감행했다. 자신도 옷을 벗고 맨몸으로 남편을 껴안은 것이다.

덕분에 숨은 돌렸는데 대신 이 사람 몸이 잔뜩 식어버려 이 지경이라고, 오씨는 심심한 어투로 말을 이었다. 그러고는 아내 손을 끌어 두 손으로 감쌌다. 김씨는 연신 코를 훌쩍이며 손을 맡겨놓고 있었다.

늙은 부부가 겨울 밤바다 한가운데서 알몸으로 껴안고 상대에게 체온 나눠주고 있는 모습을 나는 잠시 그려보았다. 부부의 애정보다도 더 깊은 차원의 그 무엇이었다. 집으로 가기 위해 겨울 바다 속으로 들어가고 얼어붙은 남편을 위해 옷을 벗는 그들은 하나가 없으면 남은 하나도 곧바로 소멸해버릴 그런 존재였다.

둘은 지금도 낡은 그물을 가지고 여수 앞바다를 항해중일 것이다. 악도 쓰고 고시랑거리도 하고 간혹 그렇게 알몸으로 껴안으면서.

걸었다,
생각을 지우기 위해

–

부산

다시 찾은 부산.

사람의 눈은 얼마나 좁은가. 보이는 길만 다니다보니 이 도시가 있다는 것을 잊고 있었다. 세월은 가도 항구는 남는 법. 여름날의 바닷가 가을의 자갈치시장. 그래, 시장 아지매의 억척도, 쌍고동 울리며 마도로스 떠나는 풍광도 여전하다.

이곳을 찾아와 살았던 스무 살 시절이 있었다. 처음으로 당구를 배웠던 대신동 당구장에는 어떤 건물이 들어서 있을까. 대선소주 따라주던 떠꺼머리들은 어느 곳에서 어떤 모습으로 살아가고 있을까. 기타리스트가 되겠다던 아이는 지금도 악기를 만지고 있을까. 군수가 되겠다던 아이는 이장이라도 하고 있을까. 정류장에서 종종 마주쳤던 커트머리 아가씨는 어떤 갱년기 장애를 앓고 있을까.

걷다보니 왁자한 골목이다. 꼼장어도 여전하다. 지금 저 석쇠 위에서 몸을 뒤집는 꼼장어는 내가 먹었던 것의 몇 대 후손이 될까. 맞아, 상어지느러미도 먹었지. 유명하고 비싸다는 상어지느러미를 나는 친구들과 남포동 먹자골목 사과 궤짝 앞에 쪼그려 앉아 먹었다. 오호, 자꾸 생각이 나는군. 동서화합의 마지막 피날레가 되었던, 입장료 일금 일천오백 원의 디스코텍 '발바닥'.

그러나 아련한 추억으로만 자리한 곳이 어디 있겠는가. 내가 독한 실연을 당한 곳도 이곳이다.

난 미팅을 딱 한 번 해봤다. 고등학교 3학년 때 가을. 막막하기 그지없던, 그래서 시간이 뭉텅 흘러가버리기만 바라고 있던 그때 한 여학생을 만났다. 사랑이 시작되었고 희망과 집착이 동시에 생겼다. 침 뱉어 던져둔 책을 다시 펴든 것도 그 때문이었다.

먼 데 의원이 용한 법. 새로운 마음을 먹으면 보통 먼 곳으로 가곤 하지 않던가. 졸업을 하고 나는 광주의 반대편, 부산으로 왔다. 이곳에서 다시 공부를 시작했다.

그리고 한 계절이 지나기도 전에 이별을 통보받았다. 먼 곳에서 나는 괴로웠다. 이유를 알 수 없었다. 수저 들어온 식혜 그릇처럼 뒤엉켜 혼란스럽기만 했다. 그냥 받아들일 것인가, 전면적으로 나서서 갈등을 해결할 것인가, 어제 한 고민 오늘도 되풀이했다.

오랜만에 만난 그녀는 눈빛이 변해 있었다. 다른 이유가 있는 것이냐, 그냥 헤어지고 싶은 것이냐 묻자 뒤쪽이라고 답을 했다. 우렛소리를 내며 가슴이 무너졌다. 보내주자. 나는 돌아섰다. 그러자 고스란히 상실만 남았다.

낙동강 둑을 걷다가 밤 이슥하면 어두운 곳으로 들어가 블랙사바스의 〈쉬즈 곤 She's Gone〉을 들었다. 그것으로는 빈 마음이 채워지지 않았다. 무작정 걷기 시작했다. 그러니까 이곳은 고통스러운 도보의 출발점이었다.

겨울이 와도 내 행보는 그치지 않았다. 나는 세상길을 숫제 다 걸어버릴 작정을 했다. 여러 도시를 떠돌았다. 여전히 빈 곳이 채워지지 않았다. 더 걸었다. 세상의 것들이 나를 스쳐 뒤로 물러났다. 아무 곳이고 들어가 일해주고 밥 얻어먹고 그리고 걸었다. 구도자가 걷는 이유가, 생각을 지우기 위해서라는 것을 그때 눈치챘다.

충동과 도보와 침묵의 몇 년이 지나자 그녀는 비로소 나에게서 빠져나갔다. 문득, 부쩍 성장한 내 자신을 발견하기도 했다. 그러자 알게 되었다. 그토록 사무치게 그리웠던 게 그 여학생보다 처음으로 행복했던 그 시간대라는 것을.

실연을 당하던 해 겨울 나는 광주에서 잠시 동안 포장마차를 했었다. 애지중지하던 카세트를 전당포에 맡기고 돈을 구했다. 지산동 법원길. 그곳에서 닭발과 참새와 소주를 팔았다.

점심때 장 봐와서 오후 내내 손질했다가 보통 여섯시 정도에 문을 열었는데 그때 하던 일 중 하나가 연탄불 살리는 거였다. 자취방 불을 빼올 때도 있었지만 밤 깊어 영업 한창일 때 불이 싸야 했으므로 보통은 구공탄으로 불붙이고 접시로 바람 일으켜 불 키우기 바빴다. 그때 손님이 들어오면 얼른 고기가 익지 않아 난감할 때도 많았다. 그러나 한번 일어난 불은 공기구멍 조절하는 대로 새벽까지 잘도 탔다.

함박눈이 펑펑 내리면 포장마차 속은 아늑해지고 그럴수록 나는 쓸쓸해졌다. 눈 내리는 날의 손님들은 유난히 행복해 보여 더 그랬다. 주로 귓속말 나누는 연인들이 들어왔다. 그들은 머리에 눈을 이고 들어와 서로 털어주며 밀착하곤 했다.

연탄불 위에 닭발이나 닭목(울대를 빼고 껍질 잘라 편 다음 살과 뼈를 으깨 껍질 위에 얹어놓은 것으로 인기가 좋았다), 참새(참새와 병아리 구분하는 법을 나는 손님에게 배웠다), 돼지고기를 구우면 연기가 났다. 화덕이 가운데 있어서 연기는 금방 포장 안에 들어찼다. 하여 천장에는 네모나고 자그마한 들창이 있었다.

그걸 밀어젖히면 연기가 그 위로 빠져나갔다. 그리고 탐스러운 눈송이가 붉은 열기 이글거리는 연탄불 위로 떨어져 내렸다. 명멸하는 눈 꽃송이를 보면서 이 도시 어딘가 아름다운 조명 아래 있을 그녀를 생각했다. 지금쯤 무얼 할까. 무엇을 하고 있을까……. 함박눈은 새벽이 되도록 붉은 불빛 위에서 소멸해갔다.

*

부산에서 살던 시절, 친구들과 술을 마시려는데 돈이 부족했다. 네 명 모두 돌아갈 차비를 빼고 합쳐보아도 술집은커녕 안주 하나 살 정도도 못 되었다. 대선 소주 다섯 병을 사자 삼백 원이 남았다.

근처에 형이랑 자취를 하는 친구가 있었다. 나는 계란 다섯 개를 사서 냄비에다가 계란찜을 좀 해오라고 일렀다. 내가 생각해도 괜찮은 방법이었다. 우리는 굴다리 아래 신문지 깔고 기다렸다. 한참 지나자 그 친구가 라면 일곱 개는 충분히 끓일 수 있는 양은 냄비와 수저를 가지고 왔다. 그리고 말했다.

"연탄불이 꺼자뿟는데 안 살아난다."

냄비 속에는 날계란 휘저은 것이 들어 있었다. 우리는 수저를 들고 안주로 떠먹었다. 떠지지가 않아 소주 다섯 병을 다 먹고 나서도 그대로였다. 수많은 사람들이 우리 곁을 지나갔다.

가을 운동회가 있던 풍경

이번에도 어김없이 딸아이 운동회에 불려갔다.

학생 수가 천오백 명이라더니 이학년 율동 채 끝나기도 전에 사학년 릴레이가 시작될 정도로 정신없이 진행된다. 아이들이 일으키는 먼지는 운동장 구석까지 밀려왔다. 손사랫질하던 어머니들은 손수건을 꺼내 선글라스와 캠코더 렌즈 순으로 닦았다. 아이들은 대개 몸이 무거웠고 느렸다. 그 애들이 먹고 버린 청량음료 캔 덕분에 쓰레기통은 금방 들어찼다. 그럴 때마다 내가 다녔던 거문도 동도초등학교 가을 운동회 한 장면이 아스라이 떠오른다.

파란 바다를 배경으로 운동장 가득 만국기 매달아놓고 차일 치면 운동회 날이었다. 청군 백군 띠 머리에 두른 아이들이 올림 픽 출전 국가대표 선수처럼 의기양양하게 등장하고 곱하기 5 정 도의 어른들이 나무그늘 찾아 모여들면 시작이었다.

아이고 이거 오랜만입니다 선상님, 어서 오십시오 용철이 아 버지, 그래 요즘 어장은 잘되십니까, 아따 영 그렇구만요, 거시기 엄니, 돼지괴기 워디다 놨소?

어른들 떠드는 소리와 국민체조 음악을 배경으로 아이들은 체 조를 했다.

오자미 던져 박 터뜨리고 밀가루 판 속에서 엿 찾아 먹기도 하 고 줄 끊어진 풍선 산비탈 타고 올라 바다 저편으로 날아가고 나 면 서로 바짓가랑이 잡고 늘어진 촌로들은 어느새 얼굴 불콰하 게 변해 있곤 했다. 운동장 한쪽에 가마솥 걸리는 날도 그날이었 다. 아주머니들은 구슬땀 흘리며 고기 삶아 썰고 집에서 무쳐 온 나물을 담아냈다.

가마솥 밥은 노련한 아주머니 손에 한 주걱씩 들어가 소금 간 한 다음 단단한 주먹밥이 되었고 그게 점심으로 하나씩 우리들 손에 쥐어졌다. 보리쌀이 한참이나 섞인 것이었는데 어떻게 그 렇게 여물게 만들어냈는지 모르겠다.

당시 육학년에 난이 누나가 있었다.

누나는 얼굴도 예쁘고 운동도 잘했다. 육학년은 해마다 사람 찾는 달리기를 했다. 도착점 50미터 정도 남은 곳에 쪽지가 놓여 있다. 트랙을 돌아온 학생들이 순서대로 손이 가는 쪽지를 펴본 다음 거기 적힌 사람을 찾아서 함께 골인하는 시합이었다. 마을 별 이어달리기 시합만큼이나 인기가 있는 종목이었다. 키 작은 학생부터 시합을 시작했고 운동장은 환호성과 웃음소리로 가득 했다.

드디어 키 큰 학생들이 나오는 마지막 차례.

"난이 나온다, 저기 난이 나온다."

누군가 그렇게 말했다. 사람들은 누나의 활약을 보려고 비좁게 모여들었다. 붉은 입술 꾹 문 채 흰 선에 발끝을 대고 선 누나는 여자아이들 중에서 단연 돋보였다. 머잖아 탕, 소리가 났다. 출발 부터 일등이었다. 질끈 묶은 생머리 휘날리는 것을 보고 제트기 꼬리에서 나오는 불꽃같다고 나는 생각했다. 운동장 돌아 쪽지 놓인 곳에 도착했을 때는 2등을 근 십여 미터나 앞질러 있었다.

그런데 가운데 쪽지를 들어 펴본 그녀는 그만 우뚝 서버리고 말았다.

"왜 그러는데 난아?"

"누군데? 얼른 찾아."

마을 사람들이 애타게 불러도 석고상처럼 굳은 몸은 풀어지지 않았다. 뒤늦게 도착한 아이들이 담임선생님을 붙들고, 소사 아저씨 찾아 잡고, 이장님 끌고 줄줄이 골인하는 동안 움직이지 않았다. 꼴찌로 도착한 미순이네 작은딸마저 뚱뚱한 할머니와 뒤뚱거리며 골인할 때까지 그대로 서서 쪽지만 쥐고 있다가 끝내 울음을 터뜨리고 말았다. 무슨 일인가 싶어 달려가는 사람들 틈에 나도 있었다.

누나가 든 쪽지에는 '어머니' 세 글자가 또렷하게 적혀 있었다.

그녀는 어머니가 안 계셨다. 바닷가로 갯것 갔다가 잘못되어 세상을 뜬 지 반년 남짓이었고 중학교 다니는 언니와 밥이나 간신히 끓여먹고 사는 중이었다. 동네 아주머니 아무나 붙잡고 뛰어도 됐으련만 그렇게 하지 못했다.

이어달리기 시합에도 그녀는 나오지 않았다.

오후는 마을 축제로 무르익어버리는 시간이었다. 동네별 줄다리기가 끝나자 축구로 한판 붙자고 청년회장이 소리쳤고 이장이 뭐라고 한마디 거들기도 했다. 그것보다는 장구나 한번 치자고 부녀회장이 발의하고 어촌계장이 그러자고 말 받아 어울리다보면 어느덧 해질녘이었다.

그러는 동안 내가 가보지 않는 곳이 없었다. 교실에도, 창고에도, 심지어는 학교 뒤 동백나무 숲에도 누나는 보이지 않았다.

취한 아버지 등 밀며 갑식이네 돌아가고 할머니 부축하여 을순이네도 가고 나자 운동장은 텅 비어 조용했다. 가을 석양 붉은 기운만 가득했다. 아이들마저 하나둘 멀어져가고 나 혼자 남아 있을 때 어디선가 누나가 걸어 나왔다. 붉은빛이 머리카락 끝에 달라붙어 있었다. 아무 말도 안 했다.

크레용

크레용이 생긴 것은 초등학교 입학했을 때였다. 작은 주사기처럼 생긴 그것으로 세상을 그린다고 했다. 세상을 그리기 시작하자 파란색이 가장 먼저 닳았다. 동무들 크레용도 그랬다. 운동장에서 어디를 둘러보아도 푸른 바다였다.

나는 세상이란 게 약간의 땅과 끝없는 바다로만 이루어져 있다고 생각했다. 내 잘못이 아니다. 그것은 베두인족 아이가 몇 뼘 오아시스를 제외하면 온통 모래로만 되어 있는 세상을 그리는 것과 같았다. 바다는 한정 없이 넓었다. 남자 어른들은 날마다 배를 몰고 그곳으로 나갔고 아낙들은 산비탈 밭으로 갔다. 밭에서는 바다가 더 잘 보였다. 나는 섬에서 태어났다. 이 좁은 땅 덕분에 익사를 모면한 것이다.

늘 바다를 그렸기에 우리들 그림은 모두 파랬다. 극단적으로 파랬다. 크레용은 파란색만 따로 팔지 않았다. 베두인족 아이는 황토색이 먼저 없어졌을 것이다. 파란색과 더불어 줄어드는 것은 흰색이었다. 등대와 어선은 흰색이었다. 종이가 하얗기 때문에 색칠을 안 해도 됐으련만 담임선생은 빈칸을 용서하지 않았다. 흰색 크레용도 몹시 짧아졌다. 빨간색은 전혀 닳지 않았다. 나는 붉은 바다가 있다면 좋겠다고 생각했다. 우리 마을 맞은편에 서도라는 섬이 있다. 노을은 늘 서도 너머로 져서 붉은 바다는 볼 수가 없었다.

마을 뒤로는 당재라고 부르는 고개가 있었다. 너무 가팔라 코가 땅에 닿는다 하여 코재라고도 불렀다. 고갯마루에 오래 묵은 소나무와 참나무 숲이 있고 그 안에는 사당이 있었다. 어른들은 섣달 초하룻날, 그곳에서 제를 지내고 삼발이 솥에다가 생쌀과 돈을 넣어두었다. 아이들은 배가 고프면 그 속의 흰 쌀과 지전을 떠올렸다.

삼발이 솥에 손을 대면 손이 싹둑 잘리며 쌀을 먹으면 입이 비틀어진다고 모든 어른들이 말했다. 그들의 증언에 의하면, 오래전 어떤 아이는 손 잘리고 입이 돌아가는 것도 부족해 사람 몸에 생길 수 있는 나쁜 것들이 한꺼번에 생겨 육지로 실려가고 말았단다. 금기가 강할수록 유혹도 강했다. 우르르 몰려 당재까지는 올라가보지만 아무도 사당 안으로는 들어가지 못했다. 유혹이 강할수록 금기도 강한 것이다. 신의 음식을 훔쳐먹는다는 것은 목숨을 걸어야 하는 거였다.

사당을 그렸으면 녹색 크레용을 써먹을 수 있었을 것이다. 하지만 금기는 그림까지 전이가 되어 아무도 그 숲을 그릴 생각을 못했다. 사당 뒤로 다시 푸른 바다가 있었다. 수평선을 바라보고 있으면 배가 더 고팠다. 그 아래로 내려가면 몽돌 해안이 나왔다. 우리는 그곳에서 갯돌을 뒤져 게를 잡았다. 손가락만한 무늬발게였다. 게는 삶아 먹고 나면 똥 눌 때 똥구멍이 아팠다.

학교는 옆 마을에 있어서 매일 자그마한 고개를 넘어가야 했다. 그곳에는 일제강점기 때 파놓은 방공호와 자그마한 공동묘지가 있었다. 우리는 툭 하면 방공호엘 들어가 고함을 질러보고 공동묘지에서 삘기를 뽑다가 학교엘 가곤 했다. 방공호 앞에는 보리수나무가 있었다. 늘 아이들 손을 타는 탓에 그 나무는 평생

익은 열매 하나 만들어보지 못했다. 나는 지금도 그 보리수나무에게 미안하다.

하지만 아무도 해찰 부리지 않는 날이 있었다. 건빵 배급이 나오는 날이었다. 그날이 되면 모두들 정부미 마댓자루 하나씩 들고 서둘러 등교를 했다. 일찍 갔다고 해도 배급은 종례 시간에 나왔다. 선생님은 한 명씩 호명한 다음 아이가 벌린 마댓자루에 다섯 바가지씩 덜어주었다. 하교는 등교보다 더 빨랐다. 아이들은 상장 받은 것처럼 서둘러 돌아갔는데 가족이 그것을 기다리고 있어서 그러하기도 했다. 건빵은 가족들 점심 대용으로 쓰였다. 우유 배급이 나온 다음날은 골목에서 모여 노는 아이들 입이 모두 하얗게 변해 있었다.

물이 나면 갯바위를 타고 집으로 돌아오기도 했다. 고개를 윗길, 바닷가를 아랫길이라 불렀다. 아랫길로 오면 드러난 갯바위가 놀이터가 되었다. 바위 틈새에서 어린 물고기를 잡으면 기차표 고무신이 그것들의 집이 되었다. 돌멩이 두 개, 파래 한 조각, 고동도 몇 개 함께 넣어주어 집으로 돌아오는 동안 나는 한쪽이 맨발이었다. 고무신은 모양이 똑같았기에 저마다 페인트로 표시를 해놓았다. 동그라미, 네모, 막대기 따위를 그려놓기도 하고 제 이름을 큼지막하게 써놓은 아이도 여럿 있었다. 아무런 표시가 없는 게 내 신발이었다.

파란색 크레용이 딱 한 번 쓸 정도가 남았을 때 친구 하나가 전학을 갔다. 친구 집은 학교 바로 아래 있었다. 식구들 짐 꾸려 여객선 타는 모습을 우리는 운동장에서 지켜보았다. 장롱과 장독, 이불보따리 따위가 친구와 함께 섬을 떠났다. 마침 미술시간이었다. 나는 마지막 남은 파란색과 흰색으로 친구를 싣고 떠난 여객선을 그렸다. 여객선은 파란 바다를 하얗게 가르며 등대 너머로 멀어졌다.

그때 내가 그렸던 그림은 모두 어디로 갔을까.

이름이란
그렇게 생길 수도 있다

내 이름은 원래 영훈이었다. 지금도 거문도 어른들 중에는 나를 영훈이라고 부르는 분이 있다.

거문도 언어 중에 '남'과 '늠'이 있다. '남'은 누구 아버지, '늠'은 누구 어머니로 쓰인다. 그래서 내 어머니 호칭은 지금도 '영훈 늠'이다. 딸 이름을 따와 나는 '단하 남'이다. 나암, 느음, 이렇게 부드럽게 발음한다.

어렸을 때 섬에 용운이라는 사람이 있었다. 너무 천재로 태어난 바람에 바보가 되어버렸다는 이로 사람들이 누구를 타박할 때 아이구 저 용우이 같은 놈, 이라 하곤 했다. 내 이름의 발음인

영우이와 비슷했다.

내가 태어나자 할아버지께선 창길이라고 이름을 지어 보내셨다 한다. 그래서 섞어야 했다. 영길이라고 하자니 뒤에 길 자(字)가 들어가버리면 웬만해서는 촌스러움을 면하기 어려우므로(대길, 삼길, 영길, 만길처럼) 창훈이라는 이름을 만들었다.

외삼촌과 함께 그물 걷으러 나갔을 때였다.

노래미, 쏨뱅이, 참돔, 망상어, 돔발상어, 쥐치, 소라 따위가 드문드문 잡혔다. 그물이 거의 끝날 때쯤 모양 뚜렷하지가 않은, 마치 노란 밀가루 반죽 같은 생선이 올라왔다. 생전 처음 본 거였다.

"팔저리다."

이름도 처음 들어본 거였다. 희한한 녀석이라 자꾸 눈이 갔다. 그런데 만지지 말라는 것을 무시하고 만져보았다가 깜짝 놀라고 말았다. 어깻죽지까지 전기가 부르르 치솟아 올라오는 것이 아닌가. 그 녀석은 전기가오리였던 것이다. 만지면 팔이 저리니까 팔저리라 한다. 이름이란 그렇게 생길 수도 있었다.

외삼촌은 여수에서 거문도를 다니는 여객선 선장이셨다. 덕일호라는 여객선의 선장으로 있을 때 만삭의 임신부가 거문도에서 탔다. 몸 상태가 안 좋아 큰 병원으로 나가는 중이었는데 그만 극심한 진통이 오고야 말았다. 의사나 간호사가 탔으면 다행이겠으나 그날 배에는 모두 구경하려는 사람들뿐이었다.

결국 외삼촌이 나서서 객실 하나를 치우고 이불을 깐 다음 직접 아이를 받았다. 화장은 물 끓이느라 바쁘고 사무장은 구경났다고 모여든 사람들을 돌려보내느라 정신없었다 한다.

훗날 새댁이 부끄러운 표정으로 아이를 안고 찾아와 고맙다는 인사를 한 끝에

"이왕지사 이렇게 됐으니까 선장님이 이름을 지어주시요" 했다.

마땅한 이름이 떠오르지 않은 삼촌은 장난기가 발동하여 말했다.

"덕일호에서 낳았으니까 덕일이라고 하시요."

그러고는 설마, 했다. 김덕일이는 지금 예쁜 처녀가 되어 있다고 한다.

예전에 고개 너머에서 살 때였다. 엽서 부치러 면 소재지가 있는 맞은편 섬으로 갔다가 우연히 한 사내를 만났다. 이런저런 이야기를 나누다가 아내와 3녀1남을 가족으로 두고 있다는 것을 알게 되었다. 딸을 내리 셋 낳고 마지막으로 아들을 보았는데 더

낳아보고 싶었으나 박봉으로 어떻게 해볼 수가 없어서 단산했다고 한다.

그러면 맨 끝의 딸 이름이라는 게 뻔했다. 후남 말자 종말 끝님, 그런 것. 그런데 셋째 이름이 서이였다. 아주 매력적인 이름이어서 속으로 서이, 서이, 되뇌어보기도 했다. 어떻게 그렇게 독특한 이름을 다 지었냐고 물었는데 설명을 듣고는 가슴 깊은 곳이 저려 오는 것을 어쩌지 못했다.

외진 곳만 골라 다니는 자의 고통

청소년 장편소설 『열여섯의 섬』은 그 사내를 만나고부터 쓰기 시
작했다.

우체국에서 나오는데 나를 부르는 소리가 있었다. 전복 양식을
하고 있는 초등학교 동창이었다. 양식장이라는 게 워낙 투자가
많이 들어가는 업종이라 농협이나 수협에 볼일이 많았던 것이
다. 그날도 농협에서 이자가 싼 대출 신상품이 나와 등본부터 여
러 가지 서류를 챙겨 가지고 왔었다. 웃돌 빼서 아랫돌 괴듯 새
대출 받아 저번에 받은 대출을 갚은 것이다.

친구는 나를 중국집으로 데려갔다. 보증인으로 따라온 그의 형

수가 우리의 일행이 되었다. 그곳에서 친구가 한 중년 사내와 알은척을 한 것이다. 그는 초등학교 사무원이라 했다. 보통 키에, 약간 성긴 머리카락, 찾아왔는지 찾아가는 도중인지 여하튼 둘 중 하나는 분명하다는 것을 보여주는 두툼한 가방에 깨끗하게 빤 운동화를 신고 있었다.

그가 다닌 섬은 참으로 많았다.

여수시에 부속 섬이 좀 많은가. 돌산도 백야도 개도 사도 금오도 소리도 손죽도 평도 초도 거문도, 그리고 또 무슨 섬, 섬. 그는 그곳의 초등학교를 옮겨다녔다고 했다. 이게 얼핏 들으면 〈TV문학관〉 한 장면처럼 고즈넉하게 보이지만 외진 곳만 골라 다니는 자의 고통은 등대 옮겨다니는 등대지기의 그것과 비슷하기 마련이다.

속을 짐작한 내가 그의 여정에 대하여 경의를 표하며 가족에 관해 물었다. 가장의 잦은 이동은 가족들의 안정치 못한 삶을 보증해주는 것 아닌가. 그리고 막내딸 이름이 서이라고 들은 것이다. 어떻게 그런 이름을 지었냐는 내 질문에 그는 답했다.

"뭔 특별한 이유가 있었간디요. 솔직히 셋째까지 딸을 낳아서 영 섭섭합디다. 그래서 한문 맞춰 이름 짓기도 귀찮고 해서 그냥 서이라고 했소. 하나, 둘, 서이, 너이, 하는 식으로."

집으로 돌아오는 내내 나는 가슴이 아렸다. 아름다운 이름이 아니었던 것이다. 사투리로 숫자를 셀 때 하던 말. 단순한 숫자 3. 이름 하나도 제대로 받지 못하는 존재. 그러자 내 여자 동창들이 떠올랐다.

스무 살에 산골 깊숙한 골짜기로 시집간 서이. 마산 공단 산업계 야간 고등학교 간 서이. 섬 출신 배경 때문에 사랑하는 사람과 끝내 헤어진 서이. 또 어디 어디로, 섬에서 조금이라도 더 멀리 가기 위해 애를 썼던 여러 서이들. 섬을 친정으로 둔 내 친구들.

섬〔島〕.

도시의 삶에 지쳐 있는 이에게는 환상의 세계이다. 푸른 바다, 작렬하는 태양, 파도 하얗게 부서지는 백사장, 구릿빛 피부, 갓 잡아올린 생선, 산비탈 흰 등대, 담벼락에 기대어 있는 수선화, 수평선 너머로 깔리는 노을. 뭐 이렇다. 섬을 찾아온 사람은 그런 것을 만난다.

첫째 날. 환호성을 지른다. 갯바위를 걷고 동백나무 터널을 지나고 백사장 거닐며 행복해한다. 좋겠다, 이런 곳에서 살면. 이러면서……

둘째 날은 첫날의 감격이 가라앉은 탓에 차분하게 산책을 한다. 슬그머니 내려놓고 갈 미움이나 갈등 같은 것에 대해 골똘히 사색하는 분위기이다.

셋째 날은 핸드폰을 만지작거린다. 슬슬 지겨워진다. 등돌려 두고 왔던 것들이 불안한 것이다. 결국 지하철과 극장과 술집과 이웃과 말이 풍성한 곳으로 돌아간다.

무엇이 여행객을 괴롭힐까.

침묵이다. 특히 거대한 수평선의 침묵이 부담스러운 것이다. 저 큰 한일(一)자가 미동도 않는 탓에, 바라보던 눈이 공연히 흔들리는데, 흔들리다보면 저 깊은 곳에 숨겨둔 것까지 자꾸 바깥으로 기어나오려고 하기 때문이다. 그게 싫어 고개 돌리면 어제와 별다를 바 없는 무료함이 떡 버티고 있다. 떠나고 싶어진다. 어쨌든 그들은 섬의 아름다운 모습만을 보고 간다.

그러나 섬은 푸른 바다 한가운데 익사 모면할 정도의 몇 뼘 땅.

광활한 수평의 세상을 버티고 있는 수직의 장소. 방파제를 넘어 달려드는 거대한 파도와 초속 30미터의 강풍. 어부의 죽음. 가지가 한쪽으로만 늘어나버린 팽나무. 단 한 뿌리라도 더 캐려다가 비탈에서 떨어져버린 아낙. 살아남은 자들의 깊은 주름. 급경사의 밭. 끝없이 이어지는 일. 이젠 됐다 툭, 떨어지는 동백꽃.

바다와 바람 외에는 모든 결핍의 장소. 이별과 쓸쓸함만큼은 풍족한 곳. 사람도 섬을 닮아버린다. 각자 독립된 고립이다. 그렇게 서로가 서로의 풍경이 된 채 달이 가고 해가 바뀐다. 섬은 고독을 가족으로 받아들이지 못하면 견디기 힘들다.

천형처럼 이곳을 고향으로 둔 친구들이 나는 자꾸 떠올랐다.

지금은 아이 엄마가 되어 있을 숱한 서이들. 서울과 부산에서, 수원과 광주에서, 여수나 거문도에서 중년의 삶을 사는 그 애들은 그 시절의 꿈을 기억하고 있을까. 섬의 딸로 태어나 혈혈단신 상륙하여 고단한 청춘을 보냈던 그들은 꿈을 이루었을까. 지금도 망망대해를 벗어나고 싶어 꿈을 꾸고 살지는 않을까.

바이올린 하나 들고 세상을 여행하는 여자를 만나면서 숨어 있는 자신을 찾게 되는 서이 이야기 『열여섯의 섬』은 그때부터 쓰기 시작했다.

님 떠난 방에는 사진만 남고

자라에겐 깊이 4미터 연못이 세상 전부이듯, 토끼에겐 반달 뜬 뒷산 골짜기 치마폭이 그렇듯, 나에게는 나고 자란 섬이 그랬다. 산골 아이 지게 작대기 너머 비행기 올려다보듯 세상이란 돌담과 몇 이랑의 밭과 그것보다 조금 적은 숫자의 어선(漁船), 그리고 끝을 알 수 없는 바다로만 되어 있다고 나는 생각했다.

　좁은 땅, 넓은 바다.

　어느 쪽이든 몇 발자국만 걸으면 해안선이었다. 해안선은 총 들고 지키는 국경보다 더 시퍼런 경계였다. 섬의 사내는 빈주먹 쥐고 먼바다로 나갔고 아낙은 수평선을 오래도록 바라보곤 했다. 돌아오지 못하는 이도 있었다. 사내와 헤어진 그 경계에서 아낙은 먹을 것을 따고 아이는 뛰어다녔다. 나는 이곳에서 언어를 배우고 정서를 키웠다.

"오매 오매, 내 천금아."

섬의 모든 아이는 이 말을 듣고 큰다. 천금(千金, 天金) 같은 아이. 아이에 대한, 이보다 더 지극한 표현을 다른 곳에서는 못 들어봤다. 나는 천금처럼 태어나 첫걸음마를 떼고 탄성을 질렀다. 바다는 푸르기가 한정 없었고 넓기가 끝이 없었다. 그 푸른 바다 위로 바람이 불어오고 구름이 몰려오고 새가 날았다. 그리고 사람들 말이 귀에 들어왔다.

"아직도 저렇게 만니(큰 너울)가 드네."
"그래도 하늬바람 터지는 거 보니께 날이 보라질 모양이구만(갤 것 같다)."
"엊그저께 긔석이 남(규석이 아버지)이 가랑이찢어진데(지명)에다 그물을 낳는디 참돔이 생전(많이) 들었다 그라등만."
"담배 한 대 피우고 우리도 가보세."
"근디 오늘이 몇 물이더라?"

오후 햇살에 두 눈을 깊은 곳으로 집어넣은 어부는 담벼락에 기댄 채 그렇게 말을 주고받았다. 눌러쓴 모자 챙 끝에서는 보푸라기가 일고 삐져나온 머리카락은 바람을 닮아 함부로 치솟아 올라 있었다. 반백의 짧은 수염은 볼우물 쪽으로 모여들었는데 그럴 때마다 담배 불똥이 빨갛게 달아올랐다.

어부들이 바닷가로 내려가는 길에는 고추밭이 있었다. 고추밭 아래 동백나무 몇 그루가 있었고 그늘에는 아낙들이 있었다. 아낙들도 말을 주고받았다.

"저 집 아들이 이번에 이항사(이등항해사)로 올랐다메?"

"그랬다데. 휘유, 우리집 새끼가 저 집 아들 쪼끔만 닮았어도."

"흐흐, 또 빙(병)이 도졌단가?"

"며칠 전부터 여수 나간다고 지랄염병만 떨고 자빠졌어. 어쩌다 그런 것이 나왔을까."

"그러기에 처음부터 저 집 아들을 낳지 그랬능가."

"웃자고 하는 소리라도 골라서 하소."

"허긴, 젊은 사람이 섬에서 썩으면 뭐하겠어. 넓은 디로 나가야 뭐라도 붙들고 벌어먹지."

"그런 생각으로 나가믄 좀 좋은가? 이 새끼는 숫제 돈 못 써서 죽은 귀신이 붙었어. 돈에 대해서 반절밖에 못 배웠어. 벌 줄은 죽어도 몰라."

그러고들 있을 때 저만치에서 강아지풀 입에 문 아들이 건들건들 올라왔다.

"안 그래도 저기 오네."

"너 뭐한다고 올라오냐."

아들은 씹고 있던 것을 퉤, 뱉었다.

"돈 좀 주라니께."

"니가 다 써부러서 백 원짜리 낯바닥이 이순신 장군인지 세종대왕인지 기억도 안 난다."

"아따, 횡 허니 바람 한번 쐬고 온다니께."

"돈은 한푼도 없은께 에미를 갖다 폴든지(팔든지) 말든지 알아서 해라."

그는 피식 웃으며 마치 중요한 일이나 되는 것처럼 남쪽 바다에서 북쪽 바다까지 주욱 훑어보았다.

"쪼그랑 할마씨를 누가 산다고."

"작것, 터진 주둥아리라고 말하는 것 좀 보소."

아들은 항구와 육지가 있는 북쪽 바다에서 눈을 거둬들이지 않고 혼잣말을 했다.

"하고많은 땅덩어리 중에 어째 하필 이 좁은 섬에다 나를 낳았을까."

"내가 낳았다냐? 니가 빠닥빠닥 기어나왔지."

아들은 흔들흔들 멀어지다가 문득 돌아보며 한마디 더 내뱉었다.

"좀 전에 길자 엄니가 저번 미역값이라고 돈 갖다줍디다. 엄니는 돈 하나도 읎다니께 그 돈은 그럼 내 돈이요."

"뭐시여? 야이 빌어묵을 새끼야, 거기 안 서냐. 이 양복 입고 칼 차고 나서 벼락 맞고 뒈질 놈아."

그러나 아들은 순간 사라지고 없다. 아낙은 악을 쓰다가 제풀에 눌려 주저앉고 만다. 한동안의 침묵이 동백나무 아래를 맴돌았다.

동무가 생기고부터 바닷가는 내 놀이터가 되었다. 썰물이 되면 조간대가 드러나며 섬은 제 영역을 키웠다. 아직 달의 인력을 몰랐던 때라 나는 밀물과 썰물이 바다가 숨을 쉬는 것이라고 생각했다. 바위에는 배말(삿갓조개), 밤살(성게), 보찰(거북손) 따위가 달라붙어 있었다. 갯돌을 뒤집으면 쥐노래미가 발등을 스치며 달아났고 질총(해초류)이 발목을 감기도 했다. 발은 물에 팅팅 불어 더할 나위 없이 하얗게 변했다.

어느 날은 빗줄기가 떨어졌다. 움푹 파인 갯바위가 우리의 피난처가 되었다. 쪼그려 앉은 동무 머리카락 끝에서 떨어지는 빗방울은 유난히 아롱거렸다. 해안선과 수평선이 물빛으로 뒤엉키는 것을 바라보다보면 물안개가 피어올랐다. 돌아오는 길에 왕자표 고무신은 자꾸 미끄러렸다.

비는 오락가락했다. 뒷산 동백나무 이파리는 빗물에 씻겨 손뼉치듯 반짝이고 있고, 해수욕장 모래밭에서는 초로의 여인네 열댓 명이 장구를 두드리며 원을 그리고 있었다. 나와 동무가 갯돌을 들추고 있을 때 한복 곱게 차려입고 대나무 소쿠리에다가 바리바리 싸서 등대 올라가던 이들이었다. 동무의 할머니도 끼어 있었다. 갯날이었던 것이다.

등대 잔디밭에서 밥을 먹었을 것이다. 등대장에게 부탁하여 사진도 찍었을 것이다. 흰 건물 배경으로 단체로 십오도 각도 틀어 한 장. 수선화 줄기 꺾어들고 각자 한 장씩. 막걸리도 한잔. 그러다 비를 만났고 비 그치자 우리처럼 돌아오는 중이었을 것이다. 사람 하나 없는 백사장을 공연히 밟아보고 싶었을 것이다. 비가 야속해서 그냥 돌아가지는 못했을 것이다.

우리님 반듯이 빗었던 머리, 동남풍 분바람에 산발이 되었네
님 떠난 방에는 사진만 남고 배 떠난 부두에는 연기만 남았네
덩기닥 궁 다다다 덩기닥 궁딱
서산에 지는 해는 지고 싶어 지느냐,
날 버리고 가는 님 가고 싶어 가느냐
저 달아 보았느냐 본대로 일러라 사생결단 하려고 님 찾아간다

노래와 함께 춤도 이어졌다. 손수건은 손수건대로, 수선화는 수선화대로 어깨와 가슴으로 작은 원을 그렸다. 막걸리잔은 줄어들고 저고리 목단치마는 바닷물에 젖어가고 빗물이 눈물처럼

목덜미까지 타고 내려왔다.

물질과 밭일에서 벗어난 그녀들만의 카니발. 이날만큼은 모든 것을 잊어버려도 되는 해방의 날이었다. 이별을 숙명으로 안고 사는 여인네의 노래는 물안개에 실려 멀리 흘러갔다. 코고무신 발자국이 모래밭에서 마을로 이어지자 샛바람(동풍)이 불기 시작했고 숲에서는 쨋밤(구실잣밤나무 열매)이 후두둑 떨어졌다.

종일 굶은 나에게 어머니는 귀보시탕(목이버섯탕)에 밥을 비벼주고 항각구국(엉겅퀴를 넣은 갈칫국)을 떠주었다. 입은 달고 새 옷은 포근했다. 바람이 불 때마다 처마 끝에서 물방울이 휘날렸다.

밤이 깃들면 젊은 아낙들이 마실 와 뜨개질을 했다. 날카로운 대바늘이 네댓 개씩 달라붙어 있어서 마치 군인들 옷을 만들고 있는 듯했다. 손은 손대로 움직이고 입은 입대로 열렸다 닫혔다 했다.

"딸네가 해준 저고리를 아끼고 아끼다가 오늘 입고 갔는디 몽땅 젖어서 오셨등만."

"우리 어무니는 취해서 잠들어부렀어."

나는 해수욕장에서 장구춤 추던 초로의 여인네들을 떠올렸다.

"등대에서 비를 만나 유리미(해수욕장 이름)에서 노셨다등만."

"치마고 신이고 모래가 잔뜩인디 그것을 벗으면서도 노래를 하시드랑게."

대바늘이 어떤 순서대로 움직이는지는 아무리 들여다보아도 알 수가 없었다. 어머니는 반쯤 만든 스웨터를 내 목에다가 끼워보고 이리저리 살폈다. 검정색 실을 훔치고 나서 노란색 실을 이은 아낙이 시어머니 노래를 흉내냈다.

꽃피면 온다더니 열매 맺어도 오지 않네
세월만 무정터냐 사람도 무정터라.

더러 웃기도 하고 더러 옆 사람 어깨를 치기도 했다. 아낙의 스웨터에는 노란색 무늬가 만들어졌다. 빗물이 양철 지붕을 때리기 시작했다.

"하이구야, 비가 또 오네."

어머니는 호야불(유리 덮개를 씌운 석유등불) 심지를 올렸다. 대바늘 끝이 반짝였고 아낙들 뒷머리채 아래는 더욱 어두워졌다. 보라색 목도리를 짜던 아낙이 나지막이 흥얼거렸다.

비야 비야 오지 마라 우리 언니 시집 간다
가마 꼭지 물에 분다 비단 치마 어룸진다

더러 웃고 더러 고개 끄덕였다. 노래는 빗물에 눌려 바닥으로 퍼지는 듯했다. 바닥에 퍼져 땅속으로 스며드는 듯했다. 노란 무 늬 만들고 있던 아낙이 조용히 노래를 받았다.

더러 한숨짓고 더러 고개 들어 먼 곳을 바라보기도 했다. 엄 니…… 혼잣말로 불러보던 아낙은 반짝, 눈물도 보였다. 걸레 끄 집어당겨 팽, 코도 풀었다. 노란 무늬 만들어지는 속도가 느려졌 다. 그녀들은 대부분 어머니가 죽었거나 다른 섬에 친정을 두고 있었다. 육지가 친정인 이도 있었다. 그러다 벌컥 문이 열렸다.

"엄마야."
"아이고 놀래라."

몸뻬 입은 아낙 하나가 쟁반 받쳐들고 들어왔다.

"비도 오는디 뭔 그런 청승맞은 노래를 불러?"

보자기를 젖히자 쟁반에는 오꼬시, 다이아몬드 모양의 부추전, 기름기 빠진 돼지 비곗살, 김치, 노란 설탕 시럽을 얹은 비행기 모양의 과자, 색색 젤리, 연양갱, 사과 두 알과 함께 막걸리가 있 었다.

"이것이 다 뭐다냐?"

"시엄씨 기 개리고(계 치르고) 남은 것이여."

계를 치르는 집에서 음식을 도맡아 하는데 몸뻬 아낙이 그 집 며느리였던 것이다. 연양갱은 내 입으로, 오꼬시는 손으로 왔다. 뜨개질 속도는 더 느려졌고 나는 졸렸다.

이 아래 갱변(바닷가) 꿀 까는 처녀야, 언제 다 까고 내 사랑 될 거냐
오랍씨(오라버니) 장가는 후년에 들고, 검엉소 팔아서 날 여워주소

그 노래는 누가 불렀을까. 호호호. 웃음소리가 잠의 장벽 너머에서 아스라이 들렸다.

마을에 풍어제가 열리면 어린아이까지 마음이 들떴다. 아무도 집에 가만히 있지 못했다. 일없이 몰려다녀 마을에는 아이들 수가 몇 배로 늘어난 것 같았다. 제(祭)는 사당에서 지냈다. 한지 놓인 제상에는 떡과 과일과 생선이 가득했다. 아이들은 수시로 밀려났고 그럴수록 바짝 다가갔다. 대감 감투 쓴 제관이 뭐라고 알 수 없는 말을 길게 읊었다. 나는 그게 용왕이나 산신령이 쓰는 말이라고 생각했다.

사내들이 순서대로 절을 했고 소지를 올리고 나서 술을 마셨

다. 따라서 절을 하는 아이도 있고 소지 사른 검은 재를 만져보는 아이도 있었다. 물밥을 땅에 묻어 돌로 덮고 난 사람들은 모두 바닷가로 내려갔다. 바닷가에는 연회(불을 지펴 배 밑둥을 그을리는 것. 해초와 패류를 떨어내고 배를 단단하게 만든다)를 마친 어선들이 오색 만선기로 치장하고 있었다. 모두 새 배 같았다.

배는 기차놀이를 하듯 마을 앞바다를 빙빙 돌았고 남은 사람들은 바닷가에서 그것을 바라보았다. 배질을 마친 사내들은 머리에 수건 두른 채 줄을 지어 노래를 했다.

어럴럴 가래야, 어기엉처 가래로세
뱃노래라 뱃사공아 꼬물에다 꽃사공아
허리때 밑에 화장놈아 돛을 달고 닻 감아라
울고간다 울릉도야 앓고간다 아랫녘아
어기영차 배질이야 어기영차 배질이야

앞소리 메기는 노인의 구성진 목소리는 꾹 감은 눈에서 만들어지는 듯했다.

어야디야 자 어야디야 자 어야디야 잘도 간다
웃나 배는 잘도 간다
앞산은 가쳐와가고 뒷산은 멀어진다

사내들의 합창 소리에 수면이 파르르 떨리는 듯했다. 그들의 굵은 팔뚝을 보며 훗날 나는 어떤 배를 타는 선원이 될까, 생각했다. 어떤 노래를 부르게 될까도 생각했다.

풍어제 뒤풀이는 풍요제가 되곤 했다. 넓은 마당에 아무렇게나 흩어진 채 술잔이 먼저 돌고 안주가 돌고 뒤따라 노래도 돌았다.

각시야 잠자자 방쓰러 올려라 밤중에 샛별이 산 넘어간다

중년의 사내가 양은주전자를 때리며 목청을 올리면 엉덩이가 유난히 컸던 아낙이 노래를 받았다.

남남이 만나서 부부라 치고 수십 년 뱃삯 없이 내 배를 탔네

사람들은 땅바닥을 치면서 와르르 웃었다. 경황에 술잔도 엎어졌다. 왜 웃는지도 모르면서 나는 따라 웃었다.

그런 날이면 젊은이들은 자기들끼리 모여 산다이(이를테면 여흥. 'sunday'에서 왔다는 설이 있다)라는 것을 했다. 그들은 기타 치는 청년을 중심으로 빙 둘러앉아 노래를 불렀다. 조개껍질 묶어 그녀에 목에 걸고. 노래는 어색하게 시작해서 나중에는 크게 올라갔다. 침 잘 뱉던 청년은 짓궂은 목소리로, 살모사 껍질 벗겨 그녀에 목에 걸고, 를 불렀다. 비명 소리와 웃음소리가 뒤섞였다.

그리고 수건돌리기를 했다. 자기가 좋아하는 상대 뒤에다가 수건을 놓는다고 흔히들 말했다. 나팔바지 입은 청년은 담배를 꼭 입 끝에다가 물고 피웠다. 소주 들고 온 이도 있었다. 그들은 소주를 유리컵에다가 가득 따라 마셨다. 금방 붉은 얼굴이 되었다. 처녀들은 뭐든지 싫다고 도리질을 쳤으나 되돌아가는 이는 없었다. 나팔바지는 꽁초를 내뱉고 트위스트라는 것을 췄다. 몇몇이 따라 추기도 했다.

다시 어장과 밭일과 물질이 시작되었다. 해녀는 잠수를 했으며 나와 동무는 낚시하는 법을 배웠다. 참돔 볼락 삼치의 이름을 익히고 자망, 정치망, 주낙 따위 어장 종류를 알게 되었다. 산다이를 하던 처녀 총각들은 운동화 깨끗이 빨아 신고 육지로 나갔다. 그들이 섬에 두고 간 것은 꼭 성공하겠다는 약속 하나였다. 그리고 더 많은 수의 사내들이 외항선으로, 중선 배로, 유자망 배로 나갔다. 그들이 떠난 곳에서는 쉬지 않고 바람과 파도가 몰려왔다.

그러다가 참나뭇잎 소용돌이를 타고 우수수 휘몰아 떨어지던 날 마을에는 울음소리가 났다. 울음소리는 사흘간 꼬박 이어졌고 북서풍에 파도 하얗게 부서지는 바다를 배경으로 상여가 나가기도 했다. 그때도 노래가 나왔다.

무슨 잠이 이리 깊어, 영영 깨지 못하는가

북망이 멀다 하나 문전밖이 북망일세

여 여 여어어라넘차 여너라 너어엄차 너화너

 사람과 함께 태어나 함께 살다가 함께 스러져간 변방의 말〔言〕
과 노래.

사람 떠난 빈 곳으로
바람이 분다

겨울밤이 길다.

밤이 세상의 주인이다. 한번 밀려온 어둠의 장막은 쉬 물러가지 않고, 갔다 하더라도 서둘러 돌아와 바다가 보이는 산중턱 내 거처를 감싸안아오곤 한다.

문득 잠에서 깬다. 아직 새도 울지 않는 깜깜한 새벽. 찬바람은 밤하늘을 날카롭게 베다 말고 수직으로 낙하하여 집 구석구석을 핥아댄다.

춥다. 인연이 되어 나에게 밥 얻어먹으며 살고 있는 고양이도 다리 부러진 의자 위에서 눈 질근 감은 채 어서 해 뜨기만을 기다리고 있을 것이다. 제기랄, 양말을 신고 잘걸. 북서풍은 고양이 뒤통수 털을 쓸어올릴 것이다. 운다. 춥다고 고양이가 운다.

늦가을부터 부는 게 북서계절풍이다. 태평양을 향해 대륙에서 출발한 것으로, 예전 사람들이 돛 달고 일본이나 오키나와 갈 때 이용하던 바람이다. 바람 불지 않는 바다는 적도뿐이다. 그래서 바다의 특산품은 대구나 참돔이나 돌김보다 바람이라고 해야 더 맞는 말이다.

초여름부터 늦가을까지 불어오는 남동계절풍은 훈훈하다. 대신 이것은 무거운 너울과 습기를 데려온다. 북서풍은 그런 너울과 습기가 없는 대신 살갗을 파고드는 매서운 추위가 부록으로 따라온다. 남동풍이 큰 칼을 묵직하게 휘두른다면, 이것은 날카로운 표창을 쉬지 않고 던지는 형국이다. 바다는 겨울잠을 자는 듯 잠잠하되 거친 물비늘이 수면을 덮는다.

그러니까 여름에는 태평양이 대륙에 강력하고 습한 편지를 보내고 겨울에는 냉정하고 야멸찬 답장을 받는 것이다. 이렇게 큰 존재들이 한 번씩 소식을 주고받으면 일 년이 간다. 나는 어쩌자고 이 대륙과 대양 사이에 끼어 있는 것인가.

나는 이불 속으로 한사코 코를 박고 저 하늘 위로 지나가는 것들을 생각한다. 지금 나가보면 얼음 망토 넓게 펼친 여신이 모진 얼굴을 하고 지나가고 있을 것이다. 별도 꽁꽁 얼어붙었을 것이다. 빗자루질이라도 하면 툭툭 떨어질 것이다. 그나마 동지 지나고부터 하루에 쌀 한 톨만큼씩 밤이 짧아지고 있는 중이다.

남도(南島)는 바람에 의해 제 할 일과 표정이 만들어진다.

북서풍이 부니 옷을 더 껴입어야겠어. 아침엔 뭘 먹지? 마땅한 게 없군. 오른편 방파제 너머로 낚시를 가볼까. 그곳에서는 벵에돔이 곧잘 물곤 하지. 근데 수온이 떨어져서 어떨까 몰라. 톳이라도 좀 베어오자. 이곳 주민들이 보릿고개 넘길 때 가장 많이 먹은 게 톳이었지.

부르르, 보일러 돌아가는 소리가 문득 들린다. 반가운 소리다. 이제 곧 방바닥은 따끈해지고 공기도 훈훈해질 것이다.

어렸을 때에도 이렇게 눈뜨면 바람이 태평양 쪽으로 섬을 밀고 있었지. 문풍지 파르르 떨리고 따끈했던 방은 식어 있었어. 그때 들리던 아궁이 불 지피던 소리. 잠결에 듣던 그 소리. 솔잎에서 솟아오른 불길이 동백나무 이파리에 옮겨붙는 소리. 부지깽이 들고 있는 손이 황동색으로 환하게 달아오르는 소리. 이 세상에서 가장 따뜻한 소리.

그러면 기분좋게 잠 속으로 다시 스며들어가곤 했지. 그 소리. 방을 데우는 소리. 이제는 보일러 돌아가는 소리. 이제 따뜻해질 거야. 그때처럼.

물론 나는 보일러를 꺼둔 상태이다. 탱크에 약간의 기름이 남아 있지만 더 추운 날을 위해 남겨두고 있다. 마을에서 기름 사

옮기는 것도 자꾸 미뤄지고만 있다. 그러면 저 소리는? 저것은 어둠의 장막을 찢고 바다로 나가는 어선 기계 소리이다. 항해등 하나 켜고 밤바다 가로지르는 소리이다. 그러나 그 소리를 나는 내 집 보일러 소리로 여긴다. 이제 아주 포근해질 거야, 생각한다.

그러면서 나는, 지금 저 배에 타고 있을 선원을 생각한다. 이 차가운 겨울 바다로 나가는 사내. 모자에 눌린 채 바람에 휘날리는 머리카락. 빨갛게 언 코. 굳은살 박인 손. 어디 가는 배일까. 갈치 배는 아직 들어올 시간이 안 됐고 그물 걷으러 가기에는 너무 이르다. 객지에서 온 통발배인가.

그는 더욱 추울 것이다. 바람이 칼날처럼 온몸을 찌를 것이다. 저 사람보다는 전기장판 위에 이불 덮고 있는 나는 몇십 배 더 따스하다. 얼어붙은 배 한 척으로 나는 따뜻한 존재가 된다.

내가 빌려 사는 곳은 오래전에 오렌지 농장을 했던 곳이다. 시부모와 며느리가 십 년 도시락 싸가지고 다니며 맨땅에 삽 찔러 돌멩이 캐고, 캔 것으로 담을 쌓으며 만들었다. 시부모와 며느리는 차례차례 세상을 버렸다. 오렌지 나무는 잡목처럼 변했고 열매는 새 먹이가 되었다. 돌담만 넝쿨과 이끼를 끌어모으고 있다. 그들의 수고가 폐허로 변한 이곳에서 나는 밥을 끓이고 자판 두들기고 낚시채비를 만든다.

며칠 전 환갑을 앞둔 여인네 하나 등대 가는 길에 내 거처에 들렀다. 나는 차를 내왔다. 그녀는 서울내기로 사 년 전 이곳 출신의 사내를 만나 들어왔다. 오래 앓은 천식과 낯선 곳에 대한 동경이 그녀를 이곳에 오게 했다. 오던 날 파도가 높아 고생이 심했다. 두 번 다시는 배를 타지 못할 것 같았다. 사내는 살뜰하게 그녀를 보살폈다. 천식 증세도 맑은 공기 덕분에 좋아졌다.

그러나 여인네는 흔들리고 있었다. 아무래도 섬을 떠나야 할 것 같다며 차보다는 술을 한잔 달라고 했다. 나는 술을 내왔다.

"잡는 손 뿌리치기가 쉽지 않으실 텐데요."

"맞아요."

그녀는 한숨을 내쉬며 말을 이었다.

"우리 아저씨보다 아버님이 더 걸려요. 아까도 내 손을 붙잡고……."

"……"

"아가, 제발 나가지 말아라. 내가 살아보니까, 외로움이, 외로움이 가장 괴롭드라. 너 나가버리면 우리 아들 외로워서 어떻게 사냐, 이러면서 우시드라고요."

눈물은 떠나려는 이를 붙드는 최고의 하소연이다. 그 어른은 자타가 공인하는 이곳 최고의 낚시꾼이었다. 낚시만으로 돈을 벌었다. 어느 물때 어떤 장소에 무슨 고기가 있는지 알고 있었다. 때문에 그가 배를 몰고 나가면 사람들이 돈 들고 기다렸다. 원하는 만큼 낚아오기 때문이었다. 그러나 그녀가 이미 떠나는 자의 눈빛을 하고 있는 것으로 보아 며느리를 낚아내는 데는 별 도움이 되지 않은 모양이었다.

"노인네가 얼마나 불쌍한지."

그녀는 술 한 잔을 다시 넣으며 도리질을 쳤다. 나는 가 있을 곳은 있는가, 물었고 친구 집에 당분간 있으면서 일자리를 알아볼 거라는 답을 들었다.

"천식이 다시 재발하면 어떡하시게요."

"마음이 떠나니 몸은 걱정도 안 됩디다."

그러면서 자신도 울었다. 눈물은 거절의 한 방법이기도 했다.

아스라이 날이 밝아온다. 직박구리가 시끄럽게 울기 시작한다. 이 녀석이 설치고부터 동박새가 울지를 않는다.

나는 얼마 되지 않은 영토를 둘러보는 가난한 왕처럼 길을 나선다. 해장죽숲도, 꽃 달린 동백나무도, 누구네집 무덤도 밤새 바람에 시달려 지친 몰골이다. 12월 찬바람은 모든 사물을 제 색깔 뚜렷하게 만들어놓는 버릇이 있다. 다들, 너무 벗어버려 춥고 부끄러운 얼굴이다.

바다는 바람 하나에 표정이 바뀐다. 북서풍 물비늘이 일면 가장 황량한 곳이 된다. 이런 날 섬엘 오면 쓸쓸하고 고달프다는 생각뿐이다. 그러나 어느 바람도 일순 잘 때가 있는 법. 그러면 12월 바다는 액체 사파이어로 변한다. 아주 맑고 푸르다. 낚싯줄에도 푸른 물이 배어들 것만 같다. 혹한을 대비한 준비이거나, 또는 겨울잠 직전의 몸부림이거나, 침묵을 앞둔 처연한 축제 같다.

그녀는 아침 배를 타고 갔다고 한다.

선착장에는 홀로 남은 사내만이 무거운 눈으로 담배를 피우고 있고 늙은 아비는 먼발치에서 아들을 바라보다가 고개를 돌리고 있다. 전설적인 낚시꾼도 아들에게는 외로움을 유산으로 물려주고 말았다.

올해는 갈치가 도통 나지 않았다. 이곳의 경기는 갈치가 좌우한다. 갈치 배마다 가득 싣고 돌아와야 어판장은 시끄럽고 다방 아가씨도 바쁘고 사람들 얼굴에도 웃음이 핀다. 12월은 갈치 어장이 끝나는 시점. 몇몇 배는 미련을 가지고 밤바다로 나가보지만 시원치 않다. 다들 얼굴이 어둡다. 어부의 우울은 풍랑과는 상관없이, 빈손으로 돌아오는 것에서 비롯된다. 이제 그들은 배 묶어놓고 내년 늦봄까지 숨죽이며 기다릴 것이다. 떠난 것이 돌아오는 데는 시간이 걸린다.

이곳은 바다 가운데, 섬이다.

그녀 떠난 곳에서 바람이 불어온다.

육지의 터미널이 물리적인 이동을 위한 분기점이라면, 이곳은 생을 긋는 장소이다. 많은 사람들이 새로운 인생을 꿈꾸며 떠났고 그보다 적은 수의 사람이 같은 이유로 이곳을 찾아들었다. 오늘 떠난 여자는 이제 다시 서울 사람으로 살아갈 것이다.

나는 주민 하나 줄어들어버린 마을을 가로지르다가 거문상회 앞에 잠시 오토바이를 세운다. 잡화점인 이곳은 주유소를 겸하고 있다. 창고에서 한 되들이 유리병 하나 들고 나와 붓는다. 휘발유다. 섬은 세상의 축도이다. 이곳 쓰레기 수거 차량은 경운기이다. 술집과 미장원과 다방이 관공서와 붙어 있다시피 하고 삼치와 갈치 포장하고 운반하느라 부산스러운 어판장이 있다. 학교 하나. 냉동 공장 하나. 중국집 하나. 피시방 하나. 직원 한 명의 KT 지소.

마을을 벗어나면 곧바로 갯바위다. 섬마을이 세상의 축도라면 그것의 축도는 갯바위다. 갈라진 틈에 거북손과 삿갓조개가 다닥다닥 붙어 있다. 좁다, 좁다, 하면서도 한귀퉁이에 바짝 붙어살고 있는 사람들의 모습이 저렇다. 그것을 배경으로 떠난 자와 남은 자가 있다. 섬에서는 상징 아닌 게 없다.

그녀가 4년 만에 이곳을 떠나듯, 지난가을 나는 이곳으로 돌아왔다. 육지에서는 바다가 그리웠지만 바다로 오면 육지가 아팠다. 그래도 나는 이곳으로 왔다. 무엇 때문일까. 무엇이 나를 고독과 불편의 고장으로 끌어당기는 것인가.

북서풍은 바다를 하얗게 부숴놓는다. 그녀가 탄 배는 물보라를 일으키며 지금쯤 초도를 거쳐 거듭 북상하고 있을 것이다.

어제 오후는 오랜만에 날이 맑았다. 그 시간에 짐을 쌌을 여인네는 그래서 서둘렀을 것이다. 바람이 정지하는 짧은 순간이 바다가 주는 기회이다. 가려는 사람은 그때 움직여야 한다.

사람 떠난 빈 곳으로 바람은 거듭 불어온다. 눈이 시다. 이 정도면 오후에는 풍랑주의보가 내릴 것이다. 아침 배를 끝으로 한동안 이곳은 유배지가 된다. 몽골 사막처럼 바다도 바람은 숙명이다. 바람에 의해 움츠리고 흔들리고 떠밀린다. 그런데 서울로 가는 여인네, 훗날 기침 재발하면 이곳 억센 바람을 그리워하게 될까. 사내 생각할까.

길은 마을을 벗어나면 뚜렷해진다. 저만치 고갯마루에 몇 년 전 내가 기거했던 곳이 있다. 두 해 동안 적막과 맞대면하며 지낸 곳이다. 바람과 달빛이 유일한 방문객이었던 저곳에서 장편소설 『섬, 나는 세상 끝을 산다』를 썼다. 그 소설을 다시 꺼내 읽으면 마음이 아프다. 몸 한 조각을 잘라내 정신의 진물로 반죽한 다음 빚어놓은 느낌이다.

적막을 맞대면한다는 것은 혹독한 짓이었다. 하여, 저곳 정리해 다시 육지로 나간 다음, 간혹 이곳을 찾아와도 바라보아지지 않았다. 예전의 형장(刑場)을 바라보는 그런 느낌이라 곧바로 외면하곤 했다. 이제는 그렇게 살 필요도, 이유도 없다고 생각하지만 그러나 그 형장에서 몇백 미터쯤 떨어진 곳으로 다시 돌아오고 말았다.

목수가 십수 년 동안의 망치질 총량을 어느 날 문득 헤아려보고는 몸서리를 치는 행위와 소설쓰기는 비슷하다. 책 속에 그때의 기억이 고스란히 남아 있다. 그러면서 다시 망치를 잡듯 그다음 소설을 쓴다.

길은 등대 있는 곳까지 이어진다. 거대한 컨테이너선 하나가 수평선 따라 지나가고 있다. 가득 실어 건물 하나 통째로 흘러가는 모습이다. 이곳은 중국으로 가는 바닷길이기도 하다. 예전에 내가 탔던 배들은 지금 어디쯤을 항해중일까.

컨테이너선 지나가는 곳에서 모자반 더미가 떠밀려 온다. 노인들이 갈퀴로 그것을 건져내고 있다. 지금은 모자반이 떠밀려 오는 시기이다. 예전에 모자반을 캐러 갈 때 탔던 배가 떼배이다. 컨테이너선이 세계무역과 조선기술의 총화라면 떼배는 섬마을 기술의 총력이었다. 제주도에서는 태우라고도 불린다는 그 배는 삼나무 줄줄이 이어 엮어 만드는 것으로 갑판과 노 젓는 대(臺)만 있는, 격벽이고 뭐고 하나도 없었다.

사람들은 떼배 타고 나가 삿대로 모자반 줄기를 감아 끊어올려 포화 상태가 넘을 정도로 실었다. 해초로 된 자그마한 동산 하나가 만들어졌고 무게 때문에 바닥은 점점 내려갔다. 그러니까 격벽도 없는 상태에서 바다에 잠긴 채 움직이는 것이다.

반쯤 가라앉아 가는 배.

돌에 눌린 배추씨앗처럼, 익사 직전의 상태에서 언어의 싹을 틔워야 한다는 의미에서 그것은 창작하는 이들과 닮았다. 노질을 하고 있는 이상 언젠가는 바닷가에 닿을 것이고 그러는 사이 배는 낡아간다. 결핍과 상처를 창작의 질료로 삼으라는 말은 맨 처음 누가 했을까.

그 시절 어른 아이 할 것 없이 모자반 무더기를 끌어올렸던 곳이 치끝이었다. 한겨울 가장 큰 일거리였고 중노동이었다. 모자반은 산란장 역할도 해서 무더기 속에서는 노래미, 군소 같은 게 심심찮게 나왔다. 아이들은 그 재미로 덤벼들었고 어른들은 땀 훔치며 무슨 소린가를 하며 웃었다. 참모자반은 팔거나 반찬으로 먹었다. 먹지 못하는 개모자반은 밭의 거름으로, 변소 뒤닦개로 썼다.

내가 처음 낚시를 배운 것은 일곱 살 때였다. 두 뼘짜리 막대기에 그만큼의 낚싯줄을 달고 어른이 묶어준 바늘에 고동살을 끼워 진대(베도라치)를 낚는 거였다. 치끝에서 동무들과 낚시를 하다보면 저편으로 노을이 지고, 바다는 푸른색에 붉은색이 덧칠을 했다.

내 이름 부르던 마지막 아이도 돌아가고 혼자 남아 있던 어느 순간, 문득 사는 게 슬퍼졌다. 먼먼 옛날에도 나는 이 자리에서 이러고 있었던 것만 같은데, 한 백만 년쯤 지난 뒤에는 나는 무엇일까, 모든 게 사라지고 없어지면, 그다음에는 무엇일까, 내가 사라진 다음의 나는 무엇일까, 가당찮게도 이런 생각을 했던 것이다. 이를테면 삶과 죽음의 비의를 살짝 맛보아버린 것인데 그러고 있는 나를 저 붉은 하늘에서 무언가가 내려다보고 있는 듯도 했다.

시안(詩眼)이라는 말은 이정록 시인에게 처음 들었다. 그리고 시안은 한시에 어울리는 단어로 우리말에서는 문안(文眼)이 맞다고 그가 덧붙였을 때 나는 공안(空眼)을 생각했다. 글 속에서 눈 하나 떠, 읽는 이를 바라보고 있다는 말을 허공에 떠서 나를 바라보는 눈으로 여긴 것이다. 나로 하여금 무언가를 하게 하고 금지시키는 눈. 나는 그것을 두려워하며 살았다.

이곳은 바닷가에서 길이 시작되고 끝도 바다에서 마무리된다. 사나운 바람이 절벽에 부딪히며 부서진다. 바위가 운다. 여인네 탄 여객선은 나로도 거쳐 여수를 향해 마지막 숨가쁜 질주를 할 것이고 4년 동안 그녀의 남편이었던 사내는 몇 개의 담배꽁초를 더 만들어놓았을 것이다.

아닌 게 아니라 조업 나갔던 배들이 속속 들어오고 있다. 이곳 사람들은 새벽이면 수평의 세상으로 나갔다가 저녁이면 수직의 집으로 돌아온다. 바다 한가운데 솟은 섬. 그 둘의 교차점에서 생명을 유지한다. 수평으로 날다가 수직으로 낙하하는 가마우지처럼.

전복적인 생각으로 가득찼을 때, 어선과 작업선을 타며, 질통을 메고 아시바를 걸으며, 소설가가 되자고 마음먹었다. 나는 어쩌면 소설가보다는 어부를 직업으로 선택했어야 했는지도 모른다.

가난과 외곽을 그리는 소설이 의미를 잃는 시대에 나는 소설가로 살고 있다. 변방의 삶을 그들의 언어로 쓴 소설이 나오면 으레 고색스러운 방 하나에 한꺼번에 모아놓고 체크인 해버리는 게 요즘 풍토이다. 토속적이다, 질편하다, 한마디 내뱉어주면 된다고 여긴다. 평론가들의 모국어 기피, 근친 혐오. 그 배경 속에서 쓰고 있다.

도시에서 살기 때문에 욕망과 만나고, 그렇기 때문에 우울하고, 우울하기 때문에 웬만한 책임은 피할 수 있는 소설이 대부분이다. 대중 속의 고독도 사람의 일이라 작가가 그곳으로 손을 뻗지 않으면 안 되지만, 너무 많이들 어두운 카페로 걸어들어가버렸다. 개인의 우울이 사회의 비참보다 더 크고 강렬해져버린 것. 이른바 문학적이다. 그러나, 문학을 키우는 것은 비문학적인 것이라고 나는 믿고 있다.

파도 더욱 높아가고 바람은 사나워진다. 이제 집으로 돌아가야 한다. 마땅한 게 없다 하더라도 먹을 게 없는 것은 아니다. 고양이도 배가 고플 것이다.

내가 이곳을 찾아온 이유는 어쩌면 단순함 때문일지도 모른다. 내 일과는 아주 단순하다. 새벽 기상. 바람의 방향과 세기를 가늠하기. 담배 피우면서 그냥 있기. 원고 쓰기. 낚거나 뜯어온 것으로 국 끓여 밥 먹기. 책 읽기. 산책이나 생계형 낚시하기. 그리고 사람들 이야기 듣고 있기.

"당신이 고향에 두고 온 것들 중에 무엇이 가장 그리운가."
몇 년 전 몽골 울란바토르에서 유학 온 여학생에게 내가 물었다. 흔히 가족이나 친구, 또는 연인 중에 하나를 댈 텐데 서울 생활 삼 년째라는 그녀는 바람이라고 대답했다. 사막에서 불어오는 독한 바람. 극도로 추웠던 바람. 너무너무 지겨웠던 그게 가장 그리운 거란다. 허락한다면 고향에서 한 사흘 그 바람만 맞다 돌아오고 싶다고 말했다. 나는 이해가 됐다.
하매, 여인네는 서울 가는 기차에 몸 실었겠다. 4년 동안 그녀를 감싸고 있었던 바람과 파도와 소금기가 문득 아득한 먼 옛날처럼 느껴질 것이다. 그리고 어느 날 불현듯, 이곳을 떠올릴 것이다. 그러면 울란바토르 출신의 여학생이 그러했듯, 그 사나운 바람과 거친 파도가 그립구나, 할 것이다.

2부

살기 좋은 곳은
스스로 부지런해지는 곳

선생님, 강물이 뭐예요?

섬마을 초등학교 2학년 때의 담임은 깡마른 남자였다. 몸이 약했던 그분은 얼굴이 하얗고 목소리도 크지 않았다. 사실인지 아닌지는 모르지만 폐병을 앓고 있다는 소문이 있었다. 그것 때문에 섬 근무를 자청했다는 소문도 함께 묻어 다녔다.

보리수 열매가 빨갛게 익어갈 즈음 1교시 수업에 낯선 여자가 들어왔다. 그는 담임이 병이 심해져서 병원에 입원을 했으며 퇴원해서 오는 날까지는 자신이 임시 교사라고 했다. 교사라기보다는 두 집 건너에서 놀러온 마을 아낙 같았다.

그도 그럴 것이, 그 여선생님의 첫 수업은 학교 옆 도랑으로 우리를 데리고 가는 거였다. 철수와 영희가 바둑이를 데리고 어찌어찌했다거나, 두 자리 수 빼기를 할 때 어떻게 한다거나, 하는 것보다는 우선 새까맣고 지저분한 아이들 낯바닥과 손이라도 좀 깨끗이 씻겨야겠다고 생각하신 것이다.

　도랑은 학교 울타리와 언덕 사이에 있었다. 돌돌돌, 맑은 물 흘러내리는 그곳엔 양 비탈에서 올라온 동백나무가 서로 맞대어 있고 그 사이사이에서 햇살이 우산살처럼 부서지고 있었다. 짝을 맞은편에 두고 길게 줄을 지어 앉은 우리는 기차표 고무신을 닦곤 하던 그 물에 손을 담가야 했다. 봄이 무르익었지만 산에서 내려온 물은 차가웠다. 아이들이 코를 훌쩍이며 손이 시리다고 칭얼거리자 여교사는 막대기를 일정한 간격으로 흔들며 노래를 하나 가르쳐주었다.

　냇물아 흘러흘러 어디로 가니, 강물 따라 가고 싶어 강으로 간다.
　강물아 흘러흘러 어디로 가니, 넓은 세상 보고 싶어 바다로 간다.

　노래는 쉽고 재미있었다. 조심조심 따라 부르던 40명 아이들의 목소리는 점점 커졌다. 박박 깎은 맨머리에 기계충을 앓고 있던 아이는 고래고래 악을 쓰기도 했다. 시끄럽다고 여자아이들이 물을 튀기자 그는 고름이 흐르는 자신의 머리통을 느닷없이 들이대서 비명을 지르게 만들었다.

그러면서 우리는 생각했다.

냇물이 무엇인지는 알 수 있었다. 지금 손 담그고 있는 도랑이 그것 같았다. 바다는 너무 잘 알고 있었다. 섬이란 동서남북 온통 시퍼런 바다에 둘러싸인 곳 아닌가. 넓은 세상이 무엇을 말하는지도 모르지 않았다.

물론 섬에서 가장 높은 봉우리에 올라가도 보이는 것은 적당한 거리를 두고 흩어져 있는 다른 섬과 수평선뿐이었다. 거문도에서 볼 수 있는 섬은 초도 연도 청산도 여서도 백도 삼부도 정도이며 날이 맑으면 제주도가 보이기도 했다. 비슷하면서도 각기 다른 그 섬들은, 내려오는 전설이나 사연도 제각각인데다 해 뜨거나 해 질 때 보면 저마다 장엄하거나 아늑한 자태를 가지고 있었다. 그렇지만 고작 그 정도를 가지고 넓은 세상이라 말할 수는 없었다.

섬마을은 집집마다 외항선 타는 어른들이 있었다. 그들은 외국산 카메라와 선글라스, 야자수 사진을 들고 일 년이나 이 년에 한 번씩 집엘 왔다. 태평양, 인도양, 대서양, 안 가본 곳 없으며 오사카, 부에노스아이레스, 리우데자네이루, 마다가스카르, 노트르담, 블라디보스토크 정도는 뒷동네 구멍가게 가듯 돌아다니다가 왔다고 말했다. 내가 아직 한 번도 못 가본 여수나 부산, 인천 따위는 축에도 못 들었다.

말과 얼굴색이 다른 나라 사람들. 세상에서 가장 높은 산을 거꾸로 처박아도 닿지 않는다는 깊은 바다, 끝이 없는 사막과 세다 보면 분명히 헷갈리게 되는 높은 건물, 순전히 고기로만 만들어놓은 밥에 대해서도 이야기했다. 그러니까 동네 사랑방에서 얻어들은 그들의 증언은 넓은 세상에 관한 거였다. 그들은 바다를 통해 그곳엘 다녀왔기에 넓은 세상 보고 싶어 바다로 간다, 는 것은 맞는 말이었다.

"선생님, 강물이 뭐예요?"

머리를 두 갈래로 땋은 여자아이가 물었다. 선생님이 시킨 대로 조약돌로 손등을 밀고 있던 우리들도 같은 생각이었다. 도대체 강물이 무얼까. 그것은 시작과 끝은 알겠는데 중간을 모르는 것과 같았다. 이를테면 아이가 있고 노인이 있는데 중간인 어른이 없는 것과 같았다.

우리가 앉아 있는 자리에서 보면 냇물이 저 아래 강약국집 지나 곧바로 바다로 흘러들어가버리고 있기에 더욱 그랬다. 그러니까 섬에서 그 노래를 만들었다면 냇물아 흘러흘러 어디로 가니, 넓은 세상 보고 싶어 바다로 간다, 이렇게 되었을 것이다.

"이런 도랑이 수백 수천 개가 모여 만들어진 아주아주 커다란 도랑이야."

선생님은 손톱 속이 늘 새까맣던 아이의 손을 씻어주며 대답했다. 그 아이 손등에서 시커먼 때가 둘둘 말려 나오자 여자아이들은 신음 소리를 내며 호들갑 떨었지만 그 애들 손도 크게 다르지 않았다.

아주아주 커다란 도랑. 나는 짐작이 되지 않았다. 수백 수천 개가 모인 도랑도 그랬다. 아주아주 커다란 물고기라면 알 수 있었다. 한 달쯤 전 해광호가 그물에 걸린 고래를 배 옆구리에 묶어 가지고 온 적이 있었다. 아주아주 커다란 배도 괜찮았다. 유조선 항해사를 하고 있던 이모부의 사진에는 집보다, 골목보다 큰, 심지어는 섬 크기만한 배가 있었다.

그러나 아주아주 큰 도랑은 아무리 머리를 굴려도 그려지지가 않았다. 그것은 아주아주 높은 하늘처럼, 그럴 것 같기는 한데 설명하려면 입이 붙어버리는 그런 거였다.

"수백 수천 개가 어떻게 모여요?"

이번에는 내가 물었다. 선생님은 도랑 위쪽에서 천천히 내려오며 좌우에서 시냇물 흘러내리는 모습을 설명했다. 발자국 하나가 산 하나씩이었다. 그래서 더욱, 우리는 강이 무언지 알 수 없었다.

"누가 그렇게 해놨어요?"

늘 노란 콧물을 달고 다니던 아이가 물었고

"밥 일곱 그릇 먹은 장사가 이렇게, 이렇게 만들어놨어."

기계충 앓은 아이가 과한 동작을 하며 곡괭이질 시늉을 냈다. 아이들은 우헤헤, 웃었다. 선생님은 콧속까지 손가락으로 후벼 파서 씻으라고 이르고는 말을 이었다.

"자연이 알아서 만들어놓은 것이야."

자연이란 단어는 들어본 것 같아서 우리는 고개를 끄덕였다. 정작 노란 콧물 아이는 씻느라 설명을 듣지 못했지만 얼굴이 설날 아침처럼 말끔해졌다. 2학년 1반 아이들은 깨끗해진 손을 흔들며 돌아왔다. 운동장 가로지를 때도 그 노래를 불렀다.

나중에 들은 바로, 그분은 맞은편 섬마을이 집이며 교사 자격증은 없지만 약간의 학력으로 인해 보조교사 자격에 들었다고 했다. 한 달 뒤 담임이 퇴원하여 돌아왔고 여선생님은 볼 수 없게 되었다. 우리는 종종 그분을 떠올리며 이야기하곤 했다. 다른 교사들은 날마다 가르치려고만 했지 씻겨주지는 않았던 것이다.

2년 뒤 나는 항구로 이사를 갔다.

항구는 복잡하고 시끄러웠다. 땅은 훨씬 넓은데도 섬보다 좁은 것 같았다. 가게는 즐비하고 어선과 여객선이 수시로 드나들었으며 사람도 많았다. 조금만 어떻게 해도 어른들이 욕부터 해서 나는 우리 속에 갇힌 기분이었다. 섬에서 뛰노는 꿈을 꾸고 난 다음날 멍하니 정신을 놓고 있었던 것도 그 때문이었다.

학교도 다르지 않았다. 교실마다 아이들이 넘쳐났고 부잣집 아이들은 편을 갈라 같이 놀아라, 말아라, 어른들 흉내를 내고 있었다. 교사도 매를 자주 들었다. 나는 짜장면의 황홀한 맛을 볼 때만 섬을 떠올리지 않았다. 짜장면은 아주 특별한 날에만 먹는 것이기에 두고 온 섬이 자꾸 생각났다.

친구가 생기자 이곳에 강이 있느냐고 나는 물었다. 친구는 있다고 대답했다. 그리고 자기 집 바로 옆이라고 덧붙였다. 그가 나를 데려간 곳은 연등천이라는 하천이었다. 시장과 상가 지역 가운데 있는 것으로 더러운 물이 고여 있다고 해도 될 만큼 천천히 흘러가고 있었다. 양쪽으로 서 있는 시멘트 축대에서는 수시로 거품이 쏟아졌고 죽은 쥐가 떠 있기도 했는데 도랑보다는 확실히 컸다.

"이게 강이야?"

"글쎄 나도 잘 몰라. 하지만 여수에서 가장 큰 거야."

안 본 것만 못했다.

몇 년이 흘렀을 때 나는 차멀미에 시달리고 있었다. 고등학교를 가기 위해 광주로 가는 도중이었다. 버스가 간이 휴게소에 서자마자 서둘러 건물 뒤편으로 걸어갔다. 항구로 이사 가면서 지독하게 시달렸던 멀미의 악몽이 나를 덮치고 있었던 것이다.

그리고 어떤 풍경이 기습적으로 눈에 들어왔다.

숲 우거진 산이 저멀리에서부터 첩첩 겹쳐 있었다. 먼 곳은 아련했고 가까운 곳은 또렷했는데 산과 산이 만나는 부분에 저곳에서 이곳까지 이어지는 푸른 물이 있었다. 은사시였던가? 나무가 왼편으로 무리 지어 서 있고 건너편은 흰 조약돌 밭이었다. 처음 보았지만 나는 본능적으로 그게 강이라는 것을 알았다. 아닌 게 아니라 근처에 보성강이라는 팻말이 보였다.

강물은 여울에서는 진동을 하듯 부르르 떨었고 거기를 지나면 안정을 되찾았으며 내가 서 있는 언덕을 돌아 휘어지면서 멀리멀리 흘러가고 있었다. 숲도, 자갈밭도 끊어지는 듯하면서 이어지고 있었다. 골짜기마다 흘러내리는 시냇물이 스며들고 있기도 했다. 넓은 땅 깊숙한 곳에 이렇게 기막힌 게 있었다니. 나는 바다 앞에 섰을 때처럼 눈과 마음이 시원해졌다. 그때 떠오른 노래. 냇물아 흘러흘러 어디로 가니, 강물 따라 가고 싶어 강으로 간다. 강물아 흘러흘러 어디로 가니, 넓은 세상 보고 싶어 바다로 간다……. 이 강은 저렇게 흘러 내가 살았던 섬마을로 가겠지, 우리 손을 씻겨주었던 그 여선생님은 어떻게 변해 있을까, 뿔뿔이 흩어진 친구들은 다들 어디에서 무엇을 하고 있을까 생각했다.

바다가 아름다운 이유가 적당한 거리를 두고 섬이 있는 거라면 육지가 아름다운 이유는 맑고 푸른 강물을 숨기고 있기 때문이다. 처음으로 육지가 좋아진 나는 안내양이 찾으러 와서 잔소리할 때까지 그곳에 서 있었다.

이사

예전 아이들의 놀이노래 중에 '우리집에 왜 왔니 왜 왔니 왜 왔
니, 꽃 찾으러 왔단다 왔단다 왔단다'가 있다. 장난감은 드물고
아이들은 넘쳐났던 시절에 사람 머릿수만으로 하던 놀이였는데
나는 한 번도 하지 않았다.

주로 여자아이들이 했던 놀이이기는 했지만 '우리집'이라는 단
어가 거슬렸기 때문이다. 우리집이라는 것을 내가 살고 있는 집
이 아닌, 소유하고 있는 집으로 받아들였던 것이다. 소유하고 있
는 집이 없어서 당연히 이사가 잦았다.

어린 시절부터 지금까지 살았던 집을 헤아려보는 것은, 내 경

우에는 불가능하다. 어린 시절에도, 머리가 좀 굵은 다음에도, 어른이 되어서도 너무 많은 이사를 하고 살았다. 일곱 세대가 변소 하나를 썼던 집, 끊임없이 곰팡이가 생겼던 집, 한여름이면 아예 잠을 포기했던 집, 충전소 불빛이 새어 들어오던 집, 또 그렇고 그런 집, 집들이 내가 거쳐온 곳이다. 청년 시절에는 택시 한 대로 이사가 충분하기도 했지만 그렇기에 늘 고달팠다.

심지어 이십대 후반에는 이삿짐센터 직원 노릇도 했었다. 밧줄로 장롱을 들어올리고, 넷이서 피아노를 메고 고층아파트를 올라가곤 했다. 소유하고 있는 물건과 주인의 품격이 그대로 이어지는 것을, 가지고 있는 것 이상의 자아는 없다는 것을 확인했던 것도 그 시절이었다.

이번에 또 이사를 했다. 다시 한번 바다를 건너 고향 거문도로 온 것이다. 산중에 비어 있는 집을 사글세로 얻어 들었다.

라캉은 말했다. '유혹은 화려하고 소유는 참담하다.' 소유의 참담함을 이유로 들어 나는 앞으로도 집을 갖지 않기로 다짐하기도 했다. 주변 사람들은 땅을 치며 탄식했지만 그게 또 이사가 잦았던 이유 중의 하나였다.

그러나 참담함은 비소유 때도 나타난다. 거미처럼 건축자재를 아랫배에 담고 다니거나 달팽이처럼 제집을 짊어지고 다닌다면 좋겠지만 그러지를 못하니 한 바가지의 땀과 낡은 벽지의 우울 때문에 이동은 고단할 수밖에 없었다.

새로 얻은 집은 차가 올라올 수 없어 사람 힘으로 짐을 옮겼다. 지금까지 했던 숱한 이사 중에 가장 힘들었다. 도와주러 온 동료들이 땀깨나 쏟았다. 앞으로도 최소 한 번 이상의 이사가 보장되어 있는 셈이라 이사의 이력은 끝나지 않은 것이다. 아마 여러 번 더 있을 것이다. 도대체 이 숱한 이동은 나를 어디에 이르게 하는 장치들일까.

고향으로 가니 좋냐, 고 물어온다. 고향이라고 무조건 좋을 것만도 아니어서 대답이 쉽지가 않다. 단지 아침에 일어나 빗자루를 들 수 있어서 좋다. 마당 비질하는 소리가 가슴속 묵은 때를 벗겨내는 소리만 같다. 고향이든 아니든, 살기 좋은 곳은 스스로 부지런해지는 곳이지 싶다.

야무진 섬 처녀

–

방이 이모

내 외할아버지는 젊은 나이 사이판에서 미군 B25 폭격에 돌아가셨다. 태평양전쟁 막바지였다. 탓에 외삼촌과 이모는 단 한 명씩뿐이다. 대신 외할아버지 외할머니 형제분들이 자식을 넉넉히 낳아 오촌 이모나 외숙이 모두 몇 명 되는지 지금도 알 수 없을 정도이다.

그중 한 명인 방이 이모는 외할아버지 형제의 딸로 일찍이 아버지를 여의고 홀어머니 밑에서 오빠와 단둘이 자랐다.

섬이라는 게 아이들에게는 한여름 물놀이 외에는 놀 곳도, 놀 것도 흔치 않은 곳이다. 어렸을 때 나는 종종 이모집엘 놀러갔다.

이모는 늙고 병든 어머니를 모시고 있었다. 지금도 큰 차이는 없지만 여자 몸으로 벌이를 하기가 쉽지 않은 곳 또한 섬이다. 오빠는 일찌감치 외항선 타러 나갔고 이모는 머리 만지는 기술을 배워 간이 미장원을 하며 베를 짜기도 했다.

찾아가면 "놀러왔니? 지금 손님 계시니 조금 기다려라". 야무진 섬 처녀 얼굴로 활짝 웃어 보이곤 했다. 그러면 나는 한쪽에 쪼그리고 앉아 장작불에 달군 고대기로 머리카락 주욱 감아올리는 모습을 구경했다. 일을 마치면 고구마 껍질도 벗겨주고 십 원짜리 하나 꺼내 주머니에 넣어주기도 했다.

한 마을 사내와 연애하여 결혼도 했다. 어머니가 세상을 뜨자 이모부는 외항선 기관수로 나갔고 이모는 부산으로 이사를 했다. 섬 사내들은 외항선을 많이 탔는데, 승하선의 편리와 정보교환의 이점이 있어서 다들 부산에 가서 살았다. 그 덕에 부산 영도에는 거문도 출신들끼리 마을이 만들어지기도 했다.

이모는 아들 둘을 두었다. 남편이 오대양 육대주 항해하며 보내오는 월급을 차곡차곡 저축했다. 알뜰하게 부업까지 하면서도 힘든 내색 한 번 없었다. 마침내 집도 한 채 장만했다.

십여 년 전 나는 여수에서 바닷가 현장 일을 하고 있었다.

어느 날 방이 이모가 느닷없이 이사를 와 식당을 열었다는 소식이 들려왔다. 한참 개발붐이 일던 여천 외곽의 자그마한 식당이었다. 아파트 공사현장을 빼고는 아직 공터가 절반이 넘는, 세가 싼 곳이었다.

서너 해 못 본 사이에 이모는 좀 늙어버린 듯했다.

"잘 왔다. 마침 재워놓은 게 있다."

이모는 불고기를 구워 자꾸 권했고 내가 먹고 있는 모습을 바라보기만 했다. 이모부도 외항선 기관장을 그만두고 함께 와 있었다. 이모부와 나는 쿵짝이 잘 맞아서 함께 일을 다녔고 그러자니 이모네 식당엘 자주 가게 되었다. 그런데 이 식당이 좀 이상했다. 도통 손님 욕심을 내지 않는 거였다. 전단지라도 하나 만들어서 돌리면 어떻겠냐, 해도 고개만 가로저을 뿐이었다.

주요 손님이 근처 공사현장 사람들이었는데 끼마다 생일상처럼 차려주는 것도 그랬다. 원래 음식 솜씨가 남다른데다가 손을 아끼지 않는 스타일이라 해도 저래서 남겠나, 걱정이 들 정도였다. 보통 식당에서 고기 2인분을 시키면 장정들은 모자라기 일쑤다. 그런데 두 사람이 배불리 먹을 수 있는 만큼 듬뿍 주는 것이 다반사였다. 심지어는 허술한 차림의 늙은 사내들이 밥 먹고는 그냥 간 적이 있었다. 돈 받았냐고 하자 이모는 누가 들을세라 입 다물라는 손짓을 했다.

"아니, 이모. 이래가지고 돈 벌겠어요, 어디?"

숫제 돈까지 받지 않은 모습을 보고 나는 좀 놀랐던 것이다. 이모는 못 들은 척했다. 이모의 그런 행동은 오래도록 이어졌다. 달라는 대로 주고 돈 없이 배고파하면 공짜로 먹였다. 그 이유를 알게 된 것은 조금 뒤였다.

고등학교 다니던 둘째 아들이 가출을 했단다.

이유도 알 수 없고 연락도 전혀 되지 않아 마음고생이 심했다. 보이는 것 족족 눈에 걸리고 들리는 것 족족 가슴에 부딪혔다. 뭐라도 해주고 싶은데 방법이 없다는 게 가장 괴로웠다. 그래서 생각한 게 식당이었다.

"객지에서 고생스러울 텐데, 밥이나 제때 먹는지, 잠이나 잘 자는지……. 에미라고 할 수 있는 게 아무리 생각해봐도 이것밖에 없더라. 부자라면 아예 공짜 식당을 열고 싶지만 그러기는 어렵고 해서 들르는 사람은 무조건 배를 채워 보내기라도 하려고 이걸 연 것이다. 그래야 개도 어디에서든 배곯지 않을 것 아니겠냐."

이모는 내 접시에 고기 점을 올려주며 좀 쓸쓸하게 말을 마쳤다.

둘째는 이태 뒤 연락해왔다. 제 인생을 스스로 개척해보고 싶었단다. 무슨 인연인지 그 아이는 조리사가 되어서 돌아왔다. 한식 전문이랬다. 시간이 흐른 다음 손자도 보았다. 손자 본 것을 축하하자 "허참, 그런 것은 누가 안 갈쳐줘도 알아서 잘만 해!" 하며 이모는 빙그레 웃었다.

술과 낚시를 사랑했던 엔지니어

–

방이 이모부

방이 이모부는 술꾼으로 유명했다. 이모가 이모부랑 결혼한다고 했을 때 술꾼이라서 주변 반대가 없지 않았다.

결혼을 앞두고 이모네 집안에 무슨 잔치가 있어 이모부는 인사차 들렀다. 처가 쪽에 점수를 좀 따려고 했던 것인데 잔치에 쓸 술이 하필 잘 익었다. 훗날 처남, 동서 될 이들과 더불어 그만한 동이 동동주를 다 마셔버렸다.

밤 깊어 잔뜩 취한 세 사람은 맞은편 섬에 가서 한잔 더 마시기로 하고 거룻배(노 젓는 배) 위에 올랐다. 그런데 아무리 노를 저어도 배가 꿈쩍도 하지 않았다.

"이놈의 배가 왜 이리 안 나가?"

"거기 노좆 빠졌는가 봐."

"아 제길, 노질을 어디 한두 번 했어?"

"배가 왜 이리 말을 안 들어. 니미랄 것."

"끝까지 저어, 끝까지. 누가 이기는가 보자."

셋은 기진맥진할 때까지 노를 저었다. 그러다 뒤엉켜 쓰러진 채 잠이 들어버렸다. 배는 마을 앞에 그대로 있었다. 어떻게 된 것인가 아침에 보니 닻을 안 캤던 것이다. 닻이 박힌 배를 끌고 가겠다고 세 사내는 탈진할 때까지 노를 저었던 것이다.

훗날, 한 명은 외항선 기관장, 또 한 사람은 여수와 거문도를 오 가는 고속 페리 선장, 또 한 사람은 10만 톤급 유조선 선장이 된다.

말했듯이 방이 이모부와 나는 죽이 잘 맞아 한 일 년 함께 뱃 일을 다녔다. 그는 낚시를 좋아했다. 외항선 나갈 때면 늘 낚시채 비를 가져가곤 했다. 오대양 어디고 그의 낚싯줄이 안 들어간 곳 없었다. 태평양에서는 청새치를 낚아 두고두고 회를 먹기도 했 단다.

그러니, 함께 뱃일을 나가 조금이라도 짬이 나면 그와 나는 낚 시를 했다. 무엇이 물든 회를 떠놓고서 소주병을 비틀었다. 성격 이 소탈하고 잔잔해서 소주 한 병과 말 통하는 사람 하나 있으면 행복해했다.

여수 앞바다 돌산이나 금오도 갔다 오면 방이 이모는 마중을 나와 있곤 했다. 짐 풀고 뒷정리하고 나면 이모가 찬합에 싸온 것 들고 같이 뒷산엘 올라가 술을 더 마셨다. 먼바다 이야기가 늘 함께 있었다. 그러면 좋았다. 세상은 나쁜 것과 나쁘지 않은 것, 두 가지만 있었다. 나쁘지만 않으면 우리는 그것을, 좋다, 라고 말했다.

세월은 흐르고 삶은 제각각이라 서로 근근이 소식만 주워들은 게 한참이다. 이모부는 끝내 술로 인한 병으로 입원을 했고 지난 2006년 여름 운명했다. 술과 낚시를 사랑했던 치프 엔지니어는 그렇게 세상을 떴다. 그러나 뱃사람 운명으로 태어난 이치고 그의 임종은 괜찮은 편이었다.

말수 적은 바다 신사

—

방헌 외숙

2005년 4월 나는 동료 작가들과 함께 현대상선 컨테이너선 하이웨이호를 타고 두바이를 다녀왔다. 항해기를 『깊고 푸른 바다를 보았지』라는 책으로 냈는데 거기 작가의 말에 이렇게 썼다.

지난 2004년 11월 14일 저녁. 일본 홋카이도 이시카리만에서 마린 오사카호가 강풍에 밀려 방파제와 충돌한 뒤 침몰했다는 소식을 듣고 나는 비탄에 빠졌다. 6명 사망 1명 실종 명단에 선장 남방헌, 내 외당숙이 들어 있었던 것이다.

가난하여 철들기 전부터 배를 타 고생으로만 살아온, 선장이 되고도 만 원 한 장 쥐고 나가면 그대로 들고 들어왔다는 당숙은 평생이 별의 바다를 항해하다가 그렇게 인생을 마무리지었다. 당숙처럼 바람과 파도가 영혼을 데리고 가버린 숱한 항해자들은 그렇게 흔적 없이 사라졌지만 이렇게 작가 하나 그들의 삶을 기억하고 땀방울을 확인하고 발자취를 따라가보고자 한다.

그분들 살다가 떠난 곳에서 술 한잔 따르고 조시(弔詩) 한 편 올리니 조촐하게나마 위안이 되시기를.

방헌 외숙은 방이 이모 오빠이다. 훤칠한 키에 말수 적은, 점잖은 신사였다. 일찍이 외항선 선원으로 출발하여 경력과 시험을 쌓고 치르면서 선장까지 올랐다. 외항선 은퇴한 다음에는 인천에서 제주 다니는 카페리 선장을 여러 해 했다.

승무원이 저지른 실수를 대신 책임지고 배에서 내린 다음 한동안 쉬었다. 그러다가 월급 많지 않은 배의 선장으로 다시 가셨다. 그리고 끝내 그렇게 뱃사람의 운명에서 벗어나지 못하게 된 것이다. 혼탈(魂脫)된 외숙이 돌아온 곳은 부산의 한 병원 영안실이었다. 순하게 웃고 있는 아버지 영전 아래 지친 딸은 뽀얀 허릿살 내보이며 쓰러져 잠들어 있었다. 방이 이모는 얼마나 울었는지 목소리가 아예 나오지 않았다. 조문하는 나에게 숙모는 "우리는 어떻게든 살아가지. 다만 그 사람이 평생 고생만 하다가 죽은 게 너무 불쌍하고 불쌍해서……."

말끝을 흐렸다. 바다에 삶을 두고 살아가는 이들의 숙명이었다. 나는 고생 없이 살다가 죽은 사람도, 한 명쯤은 집안에 있으면 좋겠다고 생각했다.

제사로 협박하는 여인

–

외할머니

할머니와 함께 어떤 어르신 무덤에 벌초를 간 적이 있다. 집안도
아니고 친척도 아닌 분인데 유족들과 연이 닿아 해마다 벌초 부
탁을 해오는 중이랬다. 묘는 한참이나 먼 곳으로, 해수욕장과 비
탈길을 지나 맞은편 등대가 있는 섬 안에서도 거의 꼭대기에 있
었다.

우리는 오토바이 타고 비탈길 너머까지 갔고 그곳에서부터는
등대를 향해 걸었고 등대가 나오기 직전에 경사 급한 산비탈을
타고 올라갔다. 하늘수박 넝쿨이 칭칭 감고 있는 동백나무 숲을
지나고 조금만 헛디뎌도 돌이 무리 지어 굴러떨어지는 너덜겅도

지나고 나서야 묘에 도착했다.

　사방 탁 트인 곳이라 거칠 것 없는 호방함을 대문으로 두고 동백나무가 동그랗게 울타리를 하고 있는 곳이라 호젓함을 벽으로 삼고는 있었지만 벌초 때 찾아오는 할머니가 유일한 손길인 관계로 쓸쓸함을 주춧돌로 삼고 있는 모습이었다.

　한참 동안 낫질을 하고 잡목을 뽑아내고 해서 우리는 묘 하나를 제 모습으로 되돌려놓았다. 할머니가 기억하는 묘의 임자는 새댁 시절의 노인으로 풍채도 좋고 성품도 너그러운 분이셨다. 할머니는 내게 지워온 가방 속에서 사과 두 알과 소주를 꺼냈다. 사과는 쪼개 동서남북으로 던지고 소주는 컵 가득 따라 묘 앞에 놓았다.

　"영감님. 이제 내년에는 내가 올 수 있을지 못 올지 모르겠소. 혹 내가 못 와도 섭섭해하지 마시요."

하더니 목소리 낮춰 뭐라고 한마디 더 했다. 조용한 곳이라 내 귀에도 들어왔다.

　"우리 야(나를 지칭함), 소설 등단 좀 하게 해주시요."

　나는 웃으며 등단이라는 말을 어떻게 아느냐고 물었다.

　"누가 그러더라. 소설은 등단이라는 것을 해야 한다고."

　그것은 이미 했으니 걱정 말라고 하자 할머니는 바로 뒤를 달았다.

"그것은 다 했다요……. 어쨌든 성공하게 해주시요."

손자가 공무원도, 회사원이나 흔한 가게 사장님도 아닌, 작가라는 이상한 직업을 가진 탓에 무엇을 빌어줄까 혼동되었을 것이다. 할머니에게 있어서 나는 등단이라는 것을 하기는 한 모양인데 성공하지는 못한 존재였다.

내려오는 길에 열매 무성하게 달린 동백나무를 발견했다. 털고 주워 담고 쪼개어 씨 꺼내고 하는 바람에 우리의 귀가는 한참 늦어졌다.

할머니는 유난히 화초를 잘 키우신다.

시들시들한 녀석을 맡겨놓으면, 중환자실에서 기적적으로 소생하듯 살아나 꽃을 피우곤 했다. 할머니는 귤나무를 한 그루 키우고 싶어했다. 그 말 들은 어떤 분이 제주도 간 김에 한 그루 사다가 선물했다. 그런데 해마다 꽃만 무성하게 피었지 탱자만한 것 하나 열리지 않아 할머니는 끌끌 혀를 찼다. 그러던 어느 초겨울, 나무에 큼직한 귤 두 개가 떡 열려 있었다.

"어, 할머니. 이거 드디어 열렸네요."

그런데 대답이 없었다. 대신 모처럼 친정 온 이모가 피식 웃었다. 눈치가 이상해서 다시 보니 실로 매달아놓은 거였다. 보다못한 할머니가 어디에서 이바지 들어온 것 중에 굵고 여문 것으로 골라 나무에 묶어놓은 거였다. 네가 만들어야 할 것이 이것이다, 이렇게 샘플을 달아준 것이다. 나는 어이가 없어서 웃었고 할머니는 침묵했다.

그리고 그 다음해 겨울 내 웃음을 취소하기에 이르렀다. 나무가 귤을 주렁주렁 만들어낸 것이다. 그 이래로 지금까지 해마다 단단한 귤이 잔뜩 열린다. 우연이었을까?

외삼촌과 함께 삼치 낚으러 다닐 때였다. 삼치는 배를 몰고 다니면서 수심 50미터 정도에서 낚아올린다. 배가 앞으로 가는 상태에서 낚시를 그 깊이까지 집어넣으려면 납덩어리를 한참이나 매달아야 한다. 그 무거운 것을 손에 쥐고 종일 싸돌아다니며 하는 일이라 경비도 적잖이 들고 고생도 심했다. 추석이 다가올 무렵 나와 외삼촌은 며칠째 똥깡구(고기 못 잡는 것을 이르는 섬의 말) 상태였다.

그날 새벽(해 뜨기 전부터 낚시를 시작한다). 우리는 오늘도 공탕할 것 같으니 차라리 나가지 말까, 하며 유난히 의기소침해 있었다. 풀죽은 아들과 손자를 한동안 바라보던 할머니는 갑자기 마당으로 나가 깜깜한 밤하늘을 올려다보며 이렇게 일갈을 내질렀다.

"귀신은 읎다."

이건 또 무슨 소린가.

"귀신이 있다믄 이럴 수가 없다. 아들하고 손주하구 자기 지세(제사) 지낼라고 고기 잡으러 댕기느라 쌔빠지게 고생을 하는디, 귀신이 있다믄 이럴 수는 읎다. 귀신이 읎는 것이 분명하니께 올해부터는 지세 안 지낼란다. 인제 지세 지내지 말자."

그것은 일찍이 태평양에서 세상 뜬 남편에게 하는 소리였다(추석 전전날이 제사였다). 아들과 손자 어장을 도와주지 않는 남편에게 하는 경고였던 것이다.

우리는 그저 웃고 어장을 나갔다. 그날 나가서 채비 넣자마자 4킬로그램 넘는 삼치가 연달아 물어댔다. 방어도 쉬지 않고 물었다. 그런데 삼치 어장 나간 열댓 척 배 가운데 우리만 낚았다. 이것도 우연일까(다음날 마을 배들이 속도 모르고 우리만 따라다녔다).

할머니가 귤 묶어놓던 그해, 나는 고개 너머에 있는, 귀신 나온다는 폐가를 얻어 지냈다. 수도가 끊겨 있어 물을 구하러 마을로 내려오곤 했는데 그럴 때마다 할머니는 쑥을 뜯고 있었다.

햇살 내려앉는 경사진 밭 귀퉁이에서 동그랗게 몸을 만 채 칼질을 하고 있는 늙은 여인. 접으면 손바닥만하게 접힐 것 같은 가녀린 육신. 육신보다 더 크고 굵은 열 손가락. 굵고 거칠어진 손을 흔히들 북두갈고리 같다고 하는데 그 단어가 무색할 지경이다. 그동안 거친 현장 떠돌며 갈고리들을 숱하게 보아왔지만 막노동으로 늙은 사내의 손가락보다도 할머니 것은 두 배가 더 두껍다. 그래서 목장갑을 끼지 못한다. 들어가지가 않는다.

푸른 바다를 배경으로 두고 할머니는 쑥 밑동을 잘라 다듬는 일에 몰입되어 있었고 나는 바라보기만 했다. 그 작은 몸에서 뿜어져 나오는 기운을, 느낌을 어떻게 설명해야 할까.

천진한 어린아이 같기도 하고 평온한 영적 세계에 다다른 듯도 한 모습이기도 했다. 몰아(沒我). 태풍 지나간 다음 찾아온 수평의 바다. 고난의 끝을 넘어, 인간 바깥세상과도 소통이 되는 존재가 그곳에 있었다. 하나의 자연물이며 적막이 담긴 살아 있는 그릇. 오랜 수련을 통과해온 고승대덕의 정신세계를 할머니는 자신도 모르게 만들고 쌓아온 거였다.

나는 삼매경지에 들어선 할머니를 향해 경배했다. 작가로서 받들어 모셔야 할 수많은 것 중 저 모습보다 더 중하고 귀한 것을 아직 찾지 못했다. 새벽에 지는 별 보고 바람 짐작하고 마당 쓸고 밭에 나가 일하고 바닷가 나가 가사리와 고동 잡고 해 기울면 들어와 하루 노동의 뒷마무리하고 달 뜨면 누워 휴식하는 그 심심한 반복이, 적막과도 같은 그 장면이 가장 높고 어려운 거였다. 인류의 원래 모습이 이랬을 것이다. 페루나 그루지야 어느 시골 마을에도 이런 할머니 하나 잔잔하게 앉아 있을 것이다.

"언제 내려왔냐?"

인기척을 느낀 할머니는 고개 들어 웃었다.

"밥 안 묵었으믄 채려 묵어라. 찬장 안에 밥그릇 라면도 있응께 더 묵고."

밥그릇 라면은 컵라면을 이르는 할머니식 표현이다. 할머니 표현에 의하면 소보루빵은 '우에다가만 찌끌어논 것'인데, 하여 그 빵은 영 쳐주지를 않는다. 티브이를 보다가 '이북 소쟁이 영감 나왔다' 하면 고 정주영 회장 나왔다는 소리다. '주둥이 쫑쫑한 양반이 참 우스워야' 이러면 개그맨 김국진이, '저놈 별 굿을 다 하고, 아주 궁글르고 살어, 안 나오는 데가 읎어' 이러면 가수 엠시몽이다. '요즘 찬호가 영 고라져베렸어'는 박찬호 활약이 형편없어졌다, 라는 소리이다.

나는 물 긷는 것도 미뤄두고 그대로 곁에 앉았다. 마파람 불기 시작해서 등대 수월산이 안개에 포위당할 때까지, 벼랑 위 가마우지가 잠수 끝내고 깃털 다듬을 때까지, 오후 여객선이 바다를 하얗게 가르며 들어올 때까지, 밤 어장 나가는 어선이 슬슬 밧줄을 풀 때까지 할머니의 일은 계속되었다. 세상 시간이 이 정도 속도로 흘러가주는 게 고마웠다.

*

여동생은 꿈으로 무언가를 맞히거나 짐작하는 능력이 있다. 외가에서 물려받은 것으로 보인다.

부랑자처럼 떠돌던 이십대 중반, 먼길 끝에 여동생이 다니는 학교엘 찾아간 적이 있었다. 겨울방학 때였고 일요일이었다. 무작정 찾아간 나는 수위의 통제에 막혀 학교 안으로 한 발자국도 들어가지 못했다. 낯선 여대 정문 앞에서 담배만 피우며 서성거렸다. 그때 한 여학생이 다가와 말을 걸었다.

"어머, 저기, 혹시."

그러며 내 이름을 물어왔다. 맞다고 하자 그는 잠깐 기다리라고 하고는 바삐 사라졌다. 머잖아 저만치에서 동생이 달려왔다.

간밤에 내가 학교로 찾아오는 꿈을 꾼 동생은 여러 학생들에게 꿈에서 보았던 내 인상착의에 대해 설명을 해놓았단다. 그중 하나가 나에게 말을 걸었던 것이다. 그 학생이 나를 보고 놀랐던 것은 인상착의에 대한 설명과 실물이 딱 맞아떨어졌기 때문이었다.

여동생의 능력은 어머니에게서 물려받은 것이다. 어머니도 꿈을 통해 먼 곳의 상황을 알거나 앞날에 대한 계시를 받기도 한다. 어머니의 능력은 외할머니에게서, 외할머니는 자신의 어머니에게서 물려받았다.

특이한 능력이 가장 강했던 이가 그분이셨다.

노할머니라 불렀던 그분과는 몇 달 동안 한방에서 함께 산 적이 있었다. 섬을 떠나기 전 초등학교 3학년 때였다. 노할머니는 자그마한 몸에 아주 정갈한 분이셨다. 장죽으로 담배를 태우시는데도 고약한 냄새 같은 것을 한 번도 느끼지 못했다.

그분은 모든 것이 열악한 섬마을의 해결사였다. 우선 의사 노릇을 했다. 거의 날마다 환자들이 찾아왔다. 큰 병이 든 이는 꿈을 통해 찾아올 것을 알고 있었다. 이를테면 단독으로 얼굴이 붉게 달아오른 사람은 우물 속 민물 파래를 바르라, 이렇게 처방해주었고 효험도 좋았다. 심한 사람만 육지 병원으로 보내고 나머지는 다 고쳐주었다. 종기 정도는 아프지 않게 처치해주었다.

누구네 집에 찾아올 문제를 대비하게 해주기도 했다. 예를 들어 누구네 뒷담이 무너지는 꿈을 꾸었으면 담장 보수를 하게 했다. 그냥 있으면 예언대로 횡재를 당하기에 다들 잘 따랐다. 손이 가는 곳은 무엇이든 좋아졌다. 심어놓은 것은 잘 자랐고 버린 것은 잘 썩었으며 매만져놓은 것은 밝아졌다. 죽은 아이의 영혼이 자꾸 찾아오는 집이 있으면 영혼을 잘 달래 천도시켜주기도 했다. 귀신도 잘 따랐다.

돋보기 쓰고 조용히 앉아 계시던 모습이 지금도 떠오른다. 오후 햇살이 어린 창호지 문을 배경으로 버선 꿰매던 모습. 팥알 골라내던 모습. 누가 찾아오면 한두 마디 일러 보낸 다음 다시 소반 위로 고개 돌리던 모습. 입은 다물기 위해서 존재하기도 한다는 것을 보여주는, 그 무심한 품위.

노할머니의 그 능력은 그렇게 딸 하나씩 점지하여 내려왔다. 샤먼이 물러간 과학의 세상이지만 그런 능력은 뭐라 설명하기

어려운 매력이 있다. 계속 이어지면 좋겠는데 나에게 여자 형제
는 여동생 하나이고 여동생은 아쉽게도 딸이 없다.

귀신은 있을까,
없을까

딸은 나에게 있다.

이름은 단하. 박달나무 단(檀)에 물 하(河). 94년 개띠.

단하가 아이였을 때 다른 애들과 마찬가지로 귀신에 관심이 많았다. 무서움과 호기심이 같은 비율로 자라는 것 중의 으뜸이 귀신일 것이다. 여름밤, 아이가 똥 누면서 나를 문 앞에 세워놓았다. 그리고 나에게 주문한 것은 귀신이 있느냐, 없느냐에 대한 답이었다. 그때 나는 이렇게 말했다.

단하야, 멀었어? 두 개만 더 누면 된다고? 괜찮아, 천천히 눠.

응가를 너무 힘줘서 하면 병이 생기거든. 뭐라고? 아빠는 안 무섭지. 아빠가 있으니까 단하도 안 무섭지?

귀신? 글쎄, 귀신이 있을까, 없을까? 아빠도 잘 몰라. 있다구 누가 그래? 그애 아빠는 진짜로 봤대? 음, 그럼 있겠지 뭐. 하긴 아빠가 크면서 들었던 귀신도 아주 많았어.

총각이 죽어서 된 몽달귀신도 있고 처녀가 죽은 손각씨도 있고. 두억시니라고 못된 장난을 잘 치는 귀신이나 쳐다보면 볼수록 한없이 커지는 어덕시니도 있고 말이야. 사람의 활동을 방해하는 손, 이라는 귀신, 집터를 지키는 터주, 집을 지키고 보호해주는 성주, 그리고 무덤을 지키는 귀신으로 굴왕신도 있는데 더럽고 흉한 모습이래.

그것뿐만이 아니야. 정월 대보름날 밤에 나타난다는 신발도둑귀신, 오래 기른 개나 닭이 변한다는 축귀. 아니야, 우리 강아지는 그렇지 않아, 옛날 사람들이 지어놓은 거야. 그만할까?

허, 무섭다면서?

좋아, 또 있지. 정월 초하루 우물에서 나온다는 용신. 그릇 귀신, 물귀신, 뿔난 도깨비, 천신, 지신, 산신에 부엌에는 조왕신, 뒷간에는 주당, 우물 속에 물할미. 또 뭐가 있더라. 하여간 굉장히 많아. 사람 수만큼 될 걸. 아니, 사람이 죽어서 다 귀신이 된다면 하이고야, 귀신 때문에 니 똥 눌 자리도 없겠다. 하지만 아빠는 한 번도 못 봤어.

거문도에 있는 아빠 작업실 있잖아. 그 집이 오랫동안 비어 있었거든. 그래서 귀신이 난다고 소문이 났었어. 하얀 귀신을 봤다는 사람도 있고 울음소리를 들었다는 사람도 있었거든. 아빠가 그곳을 얻으려고 할 때 사람들이 반대했던 것도 그 때문이었어. 아니, 누구한테 그냥 얻은 게 아니고 돈 주고 빌리는 것을 그렇게 말해.

그래도 아빠 그곳이 마음에 들었어. 여름에 놀러와봤잖아. 그럼, 수평선이 멀리 보이고 해수욕장도 보이고 말이야. 그래, 여름이 돌아오면 또 실컷 놀자. 수영하고 모래성도 쌓고.

하지만 그 집에 들어가 자던 첫날, 솔직히 아빠도 무서웠거든. 마을과 떨어져서 고개 너머에 외롭게 있지, 집 뒤로는 공동묘지가 있지, 어른이라도 무서워지는 거야. 그래서 엎치락뒤치락 하다가 밤이 깊었어. 그런데 바로 옆에서 누가 드르릉, 드르릉, 코를 고는 거야. 아빠는 눈을 번쩍 떴어. 그리고 생각했어.

아, 잠자는 귀신이 왔구나. 살아 있을 때 잠을 제대로 못 잔 사람이 귀신이 되었구나. 이번에는 비어 있는 뒷집 있잖아? 그곳에서 누가 자꾸 문을 열었다 닫았다 하고 다니는 거야. 아, 잡혀 있다가 죽은 귀신이 나왔구나. 그런데 또 하얀 불빛들이 창밖에서 날아다니는 게 보이는 거야. 소름이 다 돋았어. 응, 무섭거나 추울 때 살갗에 오돌토돌한 게 생기잖아? 그게 소름이야.

아빠는 궁리를 했어. 무서운 마음이 들 때 도망치면 그 무서움은 계속 쫓아다니면서 괴롭힐 것이다. 무서울 때는 그게 무엇인가를 확인해버리는 게 가장 좋은 방법이다, 이렇게 마음먹었지. 손전등을 들고 바깥으로 나갔어.

니도 여름에 와서 들어봤지? 코 고는 소리는 풀벌레 소리이고 문을 열었다 닫았다 하는 귀신은 바람이었고 날아다니는 빛은, 그 예쁜 반딧불이였어. 확인을 하고 나서야 아빤 잠이 들 수 있었어.

그러니까, 아빠는 아직 귀신을 보지 못했어. 사람들이 봤다는 것도 대부분 착각이야. 어, 어, 너무 힘쓰지 마. 그러면 똥꼬가 아프다니까. 뭐, 응가가 말을 잘 안 들어?

그러고는 할머니가 했던 '귀신은 없다' 이야기를 해주었다. 다 듣더니 아이는 답했다.

"귀신 있네."

나는 웃으며 말을 이었다.

잘 닦았어? 이리와, 얼른 들어가 자자. 달빛이 참 밝지? 아빠는 이렇게 생각해. 해와 달이 된 오누이 있지? 귀신이 있다면 그런 것일 거야. 해와 달과 별이나 또는 생선을 많이 잡게 도와주는 이들 말이야. 졸려? 그래, 얼른 가서 자자. 자면서 좋은 꿈 꿔.

단하가 여섯 살 때였다. 어딘가 가고 있는 중이었다. 여섯 살짜리에게 장거리 자동차 여행이 좀 지루한가. 이야기를 해달라고 졸랐고 졸림을 당한 나는 진눈깨비 공주님 이야기를 해주었다.

'옛날 겨울 나라에 공주님이 있었다. 겨울 나라는 일 년 내내 눈이 오는 곳이다. 그곳은 모든 게 얼음으로 되어 있다. 왕궁과 침대, 커튼은 물론 탁자, 접시, 포크, 썰매도 모두 얼음으로 만들어졌다. 왕궁에는 마법사가 있었다. 눈과 얼음에 싫증이 난 공주는 바깥세상을 보여달라고 부탁했다. 그리고 신비한 거울을 통해 바깥세상을 구경할 수 있었다.

나뭇잎 무성한 숲, 노랗고 하얗게 피어 있는 꽃, 팔랑팔랑 날아다니는 나비, 고운 목소리로 우는 새, 맑은 물이 흐르는 시내, 윤이 나는 조약돌, 첨벙 뛰어오르는 송어…….

넋이 빠진 공주는 마법사를 조르기 시작했다. 꼭 단하 네가 아빠 조르듯 졸랐다. 견디다못한 마법사가 마법 약을 먹었다. 사흘째 되는 날 꼭 돌아오기로 손가락을 열다섯 번이나 걸었다.

공주는 마법 거울 속 길을 따라 바깥세상으로 갔다. 모든 게 신기하고 즐거웠다. 숲속을 뛰어다니고 나비와 함께 춤을 추고 시내에 발 담그고 놀았다. 그리고 사냥 나온 왕자를 만나버렸다. 곧바로 사랑에 빠졌다. 사랑이 너무 뜨거워 잠시라도 떨어지지 못했다. 마음 깊이 사랑하는 것을 뜨겁다고 표현한다. 마지막날이 되자 마법의 거울 길이 열렸다. 돌아가야 할 때였다. 왕자는 가지 말라고 애원했다. 공주도 사랑하는 왕자와 헤어질 수 없어서 울 다가 거울 대신 왕자 품에 안겨버렸다.

마법의 거울이 닫혔다. 그 순간 공주의 몸이 녹기 시작했다. 겨 울 나라 사람이라 따뜻한 곳에서는 녹아버리는데 마법으로 막아 놓았던 것이다. 공주는 수증기가 되어 하늘로 올라갔다. 그리고 왕자와의 사랑을 못 잊어 찾아오는데 빗물도 아니고 눈도 아닌 모습으로 내려온다. 그게 진눈깨비이다.

너도 나중에 누군가와 사랑을 할 텐데 첫눈에 반했다고 마음 대로 하면 이렇게 비극이 일어나고 만다, 알았니?'

그러든 말든 뒤이은 질문 공세. 눈싸움도 얼음 놀이도 다 재미 있는데 왜 공주는 따분해했나? 거울 속 길을 걸었다면 바깥세상 은 거울 속에 있는 것인가. 왕자 나라에는 공주를 살릴 수 있는 마법사가 없었나 등등.

이번에는 끝말잇기를 하자고 졸랐다. 여섯 살 들어 재미를 붙 인 게임이었다. 단어 하나씩을 주고받고 하다가 내 차례에서 '야 구'를 했다. 단하는 곧바로 '군인'을 했다.

"구야, 구. 구짜로 시작하는 단어를 말해야지."

"아빠, 들어봐. 구닌."

아이는 내 귀에 입을 빠짝 대고 또박또박 구닌, 소리를 되풀이

했다.

"틀렸어. 말할 때는 구넌이지만, 쓸 때는 군인이야."

그러자 기가 막힌다는 표정으로 나를 빤히 바라보다가 이렇게 말했다.

"허참, 아빠. 우리가 지금 글쓰기 하고 있어, 말잇기 하고 있어?"

*

단하가 초등학교 2학년 때 글짓기 숙제가 있다고 원고지를 가지고 왔다.

"동시 한 편씩 써 오래."

"그래? 써봐."

"어떻게 쓰는 거야?"

"어떻게 쓰라고 선생님이 말씀하셨을 것 아니야."

"노래하듯이 쓰고 또 비유를 넣어서 쓰래."

"벌써 비유를 배워? 그래 비유가 뭐야?"

"응, 내 마음이 어쩌고저쩌고한다는 것이야."

아마, 내 마음은 호수요, 식의 직유를 배운 모양이다.

두 달 뒤 여름방학 때 아이를 데리고 냇가로 물놀이를 갔다. 삼십 분 차를 몰고 가야 물놀이할 만한 시내가 나왔다. 십 분쯤 가다보니 야산 아래 자그마한 시냇물이 하나 보였다. 멀리 가기 성가셨던 나는 차를 세우고 꼬드겼다.

"와, 저 시냇물 아담하니 참 좋다. 사람도 없고. 우리 저기서 물놀이할까?"

단하는 한참이나 건너다보더니 고개를 흔들었다.

"예쁘기는 한데 싫어."

"좋잖아."

"아빠, 생각해봐. 저기에서 물놀이를 하는 것은 나한테 아주 예쁜 옷이 생겼는데 너무 작아서 입으면 불편한 것하고 같은 거야."

내가 답했다.

"그게 바로 비유야."

내 이모가 보면 안 되는 페이지

내 친이모도 방이 이모처럼 생활력이 야무지다. 우선 해녀 출신
이다. 소녀 때부터 이미 거친 바닷속을 드나들었고 결혼하여 도
시로 나간 다음에도 괄괄한 성격은 그대로였다. 일이 눈앞에 있
으면 팔 걷어붙이고 달려들어 후다닥 재빨리, 그리고 완벽하게
처리해내는 스타일이다.

　완력도 만만찮다.

　중학교 3학년 겨울방학 때 이모네에 놀러갔었다. 계모임 하러
간 이모가 조금 상기된 얼굴로 귀가를 했다. 술을 한잔해서 그러나
싶었는데 오자마자 화장대 앞에 앉아 무언가를 하는 것 아닌가. 슬

쩍 보니 오른손 주먹에 머큐로크롬을 바르고 있었다.

계 치르고 돌아오는 길에 버스를 탔는데 어떤 술 취한 사내가 자꾸 치근대더란다. 시끄러울까봐 못 본 척 내렸는데 사내랍시고 쫓아내려 계속 귀찮게 했다. 이러지 말라고 나무라자 취한 사람 근성으로, 내가 뭘 어쨌다고 이카노? 아, 같이 가서 한잔하자니까, 잔말 말고 이리 온나, 이렇게 나왔다.

"도망가자니 잘못한 것도 없는데 것두 우습고, 그냥 있자니 화는 치밀고 해서 이 자식아, 맛 좀 봐라 하고서는 주먹으로 아구지를 한방 쎄려부렸다. 쿵 하고 뒤로 자빠지드라. 그때 좀 까진 모양이다."

그녀는 반창고 잘라 붙이면서 씨익 웃었다.

이모가 친정 찾아 섬에 오면 가만있지 않았다. 그럴 수밖에 없었다. 뒷산에는 무슨 나물이 피어 있고, 지금 물때라면 어디 바닷가에 뭐가 잡힐 게 뻔히 눈에 보이는데 그 부지런한 체질이 방안에 가만히 있겠는가 어디. 나도 종종 같이 갯것도 하고 낚시도 하고 그랬다.

초여름 어느 날이었다.

이모와 난 목너머라는 곳으로 물질을 갔다. 본섬과 등대섬을 이어주는 모가지 같은 곳이다. 이모는 바닷가 오른편을 가리키며 저곳으로 해서 저리 갔다 올 테니 나중에 보자며 먼저 들어갔다. 나는 왼편으로 들어갔다. 첨벙. 사이다처럼 물방울이 생겨났다가 잦아들면 물살에 흔들리는 해초의 세상이 눈에 들어왔다.

그날 나는 욕심내는 게 하나 있었다. 전복이었다. 귀물로 대접 받는 거라 구경하기도 힘들지만 꼭 잡을 생각이었다. 며칠 뒤 딸애가 내려오기로 했던 것이다.

당시 단하는 일곱 살이었다. 해수욕장에서 같이 놀아주는 것만으로도 충분한 것이지만 그래도 애비 마음은 좋은 것 한 점이라도 먹이고 싶은 것 아니겠는가. 이왕 물속에 들어간 거, 전복 하나 잡아놨다가 죽 끓여먹여야겠다고 생각했던 거였다.

물질을 하려면 부지런히 이 바위 저 바위 사이를 살피며 돌아다녀야 하는데 나는 그러지 못했다. 전복은 보통 바위 아래쪽에 붙어 있기 마련이다. 이모는 재빨리 옮겨다니며 소라를 잡는데 나는 바위를 뒤집느라 속도가 붙지 않았던 것이다.

적잖은 넓이의 바닷속을 토목공사 하듯이 뒤집어엎고 나니 힘이 다 빠졌다. 없었다. 슬슬 골도 났다. 자식 먹이겠다는데 하나 잡혀줄 만하잖아, 더럽게도 안 보이네. 궁시렁거리며 쉬지 않고 머리를 처박았다.

지성이면 감천이다. 깊은 곳으로 들어가 만만해 보이는 돌 하나를 뒤집었는데 전복이 하나 딱 붙어 있는 것이다. 생긴 것은 둔해 보이지만 여차하면 사라지는 탓에(물속에서 날아다닌다는 말까지 듣는 녀석이다) 차오르는 숨을 꾹 참고 서둘러 낫으로 떼어내고는, 병든 어미 약에 쓴다고 한겨울 얼음 깨고 잡은 잉어처럼 붙들고 나왔다. 손바닥 반 정도 크기. 이걸 누구 코에 붙이겠나 싶지만 이 정도면 아이 먹일 것은 충분했다.

이모는 이미 물에서 나와 판자 쪼가리 모아다가 불을 붙이고 있었다. 멀리서 보기에도 헝설이(해물 담는 망)가 제법 두둑해 보였다. 나는 잠시 머뭇거리다가 전복을 바지주머니(물질은 해수욕과 달리 위아래 옷을 다 입어야 한다)에 넣고 지퍼로 잠갔다. 딸애 먹일 거라고 말한들 이모는 웃고 말겠지만 그 말 하기도 뭐하고 해서 아예 입을 꾹 다물기로 한 것이다.

"얼른 와라. 여름 되었어도 물이 영 차다."

나는 애써 무표정한 얼굴로 화톳불 가에 앉았다.

"어째 그쪽은 뭐가 통 없었던 모양이다."

내 헝설이를 보면서 위로조로 말할 때에도 고개만 끄덕였다. 이모는 뭔가를 꺼냈다.

"모처럼 이게 보이더라."

전복이었다. 공교롭게도 내가 잡은 거하고 같은 크기였다.

"썰어서 먹어라."

마음이 얼마나 찔렸겠는가. 나도 비슷한 걸 하나 잡았다고 말을 해야 하나? 지금까지 가만히 있었는데? 딸애 주려고 안 내놨다고 지금이라도 말을 할까? 그렇다면 이것도 가지고 가서 함께 끓여주라고 할 게 뻔한데. 그러자니 억지로 얻는 것 같아 미안하고, 모르는 척하자니 선뜻 먹으라고 내미는 이모 마음이 너무 걸리고 참 난감했다.

누가 봤다면 내 얼굴이 잔뜩 굳어 있었을 것이다. 결국 이러지도 저러지도 못하고 시킨 대로 손질해서 네 토막 냈다. 이모는 나 먹이려고 그런 거라 작은 쪽 하나만 받고 손을 내저었다. 음식보다는 약에 가깝다는 자연산 전복을 무슨 맛인지도 모르고 나는 씹었다.

그것으로 끝이 아니었다.

오토바이를 몰려면 뒤에 앉은 이모가 나를 잡아야 한다. 가까운 생질이라 해도 가슴이나 배를 끌어안을 수는 없기에 이모는 내 바지 허리띠 아래를 움켜잡았다. 숨겨둔 전복 있는 곳이다. 오토바이가 조금 흔들리면 재차 그러쥐곤 했고 그럴 때마다 손에 전복이 닿을 것만 같았다. 나는 손이 내려오지 못하게 허리를 비트느라 죽을 맛이었다.

아직도 이모에겐 비밀이다.

그 전복은 냉동실에 들어갔다가 나중에 딸아이 죽으로 쓰였다. 그런 고난 끝에 끓여놓은 것이라 약발을 받았는지, 그런 소심

한 심정으로 끓인 것이라 그냥 똥 되고 말았는지 그것은 알 길이 없다.

3부

궁리하지 않고는
배겨내지 못할 대상

삶을 궁리하는 방법

소설가가 되기로 마음먹은 게 공장 생활을 하던 이십대 중반이었다. 직업에 대해 궁리를 할 수밖에 없는 때이기도 하거니와 회사에 취업할 능력도, 마음도 없었던 나는 투자비가 거의 들지 않는다는 점에서, 그리고 세상에 대한 태도로서 소설가를 선택했다.

문제는 그다음이었다. 소설을 어떻게 쓰는지를 전혀 몰랐다. 문학을 배운 적도, 국어 공부라도 열심히 했던 기억마저 없었기 때문이다. 책을 좋아하기는 했지만 사춘기 시절의 무협지와 대중 소설을 빼버리면 현저히 줄어드는 독서목록도 문제고 글이라는 것을 써서 장려상 쪼가리 하나 받아보지 못했던, 수상 경력 전혀 없음, 도 마음에 걸렸다.

그래서 그래야 했다.

방구석에 틀어박힌 채 눈에서는 형형한 광채 내뿜으며, 독한 줄담배 뿜어대며, 미친듯이 써대다가 북북 찢으며 아니야, 이따위가 아니야, 이렇게 울부짖어야 했다. 새벽에는 피를 토하는 지경에 이르러 쓰러지고 정신력 하나로 소생하여 다시 머리카락 쥐어뜯으며 펜을 집어야 했다.

그러나 나는 한 줄 써놓고 허리 비틀고 그 한 줄 지우고 머리를 긁고, 누구 술병 들고 놀러오는 놈 하나 없나, 문이나 자꾸 열어보고 있었던 것이다. 스스로도 큰 충격이었다. 역시 문학에 소질이 없나보다 이런 생각만 자꾸 들었다.

어떻게 소설을 써야 하지? 답은 바로 나왔다.

잘 쓰거나 열심히 쓰거나.

무엇을 써야 하지? 이것도 마찬가지.

좋은 것을 쓰거나 감동적인 것을 쓰거나.

그럼 됐다.

좋고 감동적인 것을 열심히, 잘 쓰면 되겠구나.

그러나 나는 쓰지 못했다. 무엇 때문이었을까. 어떤 말로 써야 하지? 이 질문에 대한 답을 모르고 있었던 것이다. 그즈음 채진홍 선생을 만났다. 선생은 시 한 편을 나에게 주었다.

女僧은 合掌하고 절을 했다
가지취의 내음새가 났다
쓸쓸한 낯이 넷 날처럼 늙었다
나는 佛經처럼 서러워졌다

平安道의 어늬 山 깊은 금덤판
나는 파리한 女人에게서 옥수수를 샀다
女人은 나어린 딸아이를 따리며 가을밤같이 차게 울었다

섶벌같이 나아간 지아비 기다려 十年이 갔다
지아비는 돌아오지 않고
어린 딸은 도라지꽃이 좋아 돌무덤으로 갔다

山꿩도 설게 울은 슬픈 날이 있었다
山절의 마당귀에 女人의 머리오리가 눈물방울과 같이 떨어진 날이
있었다

*가지취: 참취나물. 식용 산나물의 한 가지.
 금덤판: 금점(金店)판. 금광의 일터.
 섶벌: 울타리 옆에 놓아 치는 벌통에서 꿀을 따 모으려고 분주히 드나드는 재래종 꿀벌.

— 백석 「여승」 전문

이게 24k 금덩어리도 아닌 이상 모르는 눈에 뭐가 들어오겠는 가마는, 딱히 설명하기 어려운 그 무엇이 끌어당기기 시작했다. 나는 자꾸, 여승은 합장하고 절을 했다, 짧은 문장을 입으로 되풀이하고 있었던 것이다. 그러다보니 일제강점기와 짓눌린 한 인물의 인생이, 수십 년 역사를 담고 있는 몇 뼘 무덤이나 흑백 사진처럼 오롯이 살아나는 게 아닌가.

유랑의 결핍과 이별, 딸을 묻고 비구니가 된 한 여인. 그 여인이 합장하고 절을 하는데 가지취 내음새가 난단다. 이 아픈 이야기가 단 열두 줄에, 더할 것도 뺄 것도 없이 담겨 있는 거였다. 순간 가슴이 뛰었다. 이게 문학의 언어이구나. 이런 말로 써야 되는구나.

상황을 담담하게 전달하는 언어. 견디는 자세가 아픔을 더 크게 보여주듯이, 이를 악물고 웃음을 참는 자의 얼굴이 좌중의 웃음을 유발하듯이, 언어는 냉정하게 정돈된 거라야 한다는 것을 배운 것이다.

내가 선생께 배운 것은 글 쓰는 기교가 아니라 삶을 궁리하는 방법이었다.

"예전의 큰 작가들 글을 한번 찾아 읽어보고 하늘의 뜻과 맞닿아 있는 작가의 뜻이 무엇인지 한 일 년 고민 좀 해봐."

선생의 주문은 그런 것이었다. 당장 쓰는 기술을 원했던 학생들은 숙제가 무거워 고개 흔들며 물러났다. 영민하지도 않고 재주도 없었던 탓에 한 사십 먹어서 괜찮은 소설집 하나 내는 것을 목표로 삼고 있던 나는 시간이 오래 걸리는 숙제가 마음에 들었다. 소설이든 삶이든 궁리하지 않고는 배겨내지 못할 대상 아니던가.

신춘문예에 당선이 되자 주변 선배와 동료들 의견이 분분했다. 지방신문을 등단으로 여기는 이도 있었지만 아직은 아니라는 이들이 훨씬 많았다. 그들은 나에게 서울로 올라가라고 말했다. 문단에도 학벌과 인맥이 엄연히 존재하는 게 현실이라는 설명.

모두 걱정을 해주는 소리였다. 그도 그럴 것이 나는 긴 시간이 걸리는 목표를 세웠다는 이유 하나로 너무 느긋해서 개점 동시 폐업 위기에 몰려 있는 상황이었다. 하지만 올라가지 않았다. 유명 작가와 인연 만들고 잘나가는 출판사와 인사를 하는 것 대신 있던 데서 하던 대로 할 작정이었다.

겨울이 깊어가자 눈이 잦았고 호수는 얼음을 뒤집어쓰고 침묵 속으로 들어갔다. 다시 공사 현장 일을 다녔다. 뱃속 같은 눈길을 걸어 새벽 첫차를 탔고 밤 깊어 귀가할 때 다시 눈이 내렸다. 지금은 눈 내리는 호숫가에 머물고 있지만 세상 어느 곳인들 춥지 않은 곳 있겠는가. 더 살고 골똘히 궁리하다보면 살아가는 방법

한구석쯤은 들여다볼 수 있을 것이리라.

그러고 보면 나는 세상을 좀 앞당겨 살아버렸는데 어쨌거나 젊음이 끝나기도 전에 늙음을 기웃거려보는 것이 소설가의 팔자라고 생각하는 게 그 이유이다. 그런 시간대를 지나면서 무엇을 배웠느냐고 물어오면 이렇게 대답한다.

"아름답게 늙는 방법을 찾아야 한다는 것."

그럼 나는 찾았을까?

*

여러 해 전 모 일간지 기자와의 약속이 있어 서울엘 갔다. 일을 마치고 기자는 신춘문예 최종심이 진행중인 식당으로 나를 데리고 갔다. 방에서는 마침 시인 이시영 선생께서 다른 두 분과 함께 두 편의 시를 두고 숙고중이었다.

결론은 쉽게 나지 않았다. 넌지시 넘겨다본 시는 서로 달랐다. 한 편은 아주 정교하고 노련했고 다른 한 편은 삶의 진정성이 유별났다. 담당 기자가 이제는 낙점을 좀 해주시죠, 하는 얼굴로 한참을 기다렸으나 결론은 나지 않았다.

세 분은 번갈아가며 또 읽었다. 언어 조합의 치밀함을 높이 사면서도 진솔한 삶의 모습이 적절하게 축약된 것을 칭찬하고는 다시 침묵했다. 잘 썼지만 머리로 만들어낸 듯한 혐의를 애석해하고 동시에 세련미 부족한 것을 아까워하며 또 침묵했다. 50 대 50의 균형은 팽팽했다. 누구 하나 넌지시 말 한 마디만이라도 보탠다면 문제없이 당선될 거였다.

시간은 거듭 흘렀다. 최종 마감 시간이 지금 지났다는 기자의 애원이 몇 차례 더 있는 다음에야 한 분이 노련 쪽에 0.1그램을 얹었다. 이시영 선생과 다른 한 분은 그러면 그렇게 하자고 동의했다. 마침내 당선작이 정해진 것이다.

사인 받아든 기자가 서둘러 신문사로 돌아가자 다들 긴 숨을 내쉬며 밥과 술을 청했다. 이시영 선생은 술 한잔 받아들고서 담담하게 말했다.

"사실, 떨어진 애가 제 제자입니다."

*

소설가가 되기로 마음먹고 여러 도시를 전전하던 시절에 친구 인규를 만났다. 고등학교 때 친구였던 그는 착실히 취업 준비를 하던 복학생이었다. 그는 내 몰골을 보더니 혀를 차며 식당으로 데리고 갔다. 그의 입에서는 토플, 공무원 시험, 기업의 면접 형태 따위가 자꾸 나왔다. 내 표정이 심드렁하자 따지듯 물어왔다.

"너는 임마, 도대체 어떻게 살려고 이따위로 돌아다니는 거냐."

나는 소설가가 되겠노라고 답했다. 그는 피싯, 피싯 웃었다.

"소설가가 된다고?"

"그래."

"소설가 다 뒈졌는갑다. 개나 걸이나 다 소설가 되는 줄 아냐?"

"왜, 나는 소설가 되면 안 되냐?"

가소롭다는 얼굴을 하던 그는 별안간 열 손가락을 쫙 펴보였다.

"뭔데?"

"니가 소설가가 되면 이 손가락 모두 장을 지진다."

"정말?"

"걱정 말고 돼보기나 해라."

득의만만한 웃음은 쉬 떠나지 않았다. 그게 마지막 본 것이다. 오래전 통화가 한두 번 되었는데 첫 소설집이 나온 뒤로는 전혀 연락이 되지 않는다. 보고 싶은데 말이다.

*

남동생 결혼식 올리던 날이었다.

임실 종가에서 대당숙 어르신이 친히 내려오신다는 연락이 왔다. 말씀으로만 전해 듣고 뵌 적은 없는 분이었다. 주차장으로 마중 나가 있자 전북 넘버의 낡은 자가용이 한 대 멈춰 섰다.

운전석 문이 열리고 칠십대 노인이 내리셨다. 나는, '아, 직접 운전을 하셔서 오셨구나' 생각하고 인사를 드렸는데 그분은 인사를 받는 둥 마는 둥 하더니 뒷문을 여는 게 아닌가. 그 문으로 흰 수염이 근사한 어르신이 내리셨다.

집으로 모신 다음 절을 드리자 어르신은 말씀하셨다.

"이 집 차남 결혼 축하하려고도 왔지만 무엇보다도 자네를 한 번 보려고 왔네."

그러더니 내 손을 끌어당기고는 말씀을 이으셨다.

"집안이 그동안 빈한하야, 오래도록 문사를 배출하지 못하였는데, 내 죽기 전에 우리 집안에 비로소 문사 나온 것을 보게 되었으니 여한이 없도다. 자네 이름 석 자가 자랑스럽구나."

평온한 눈빛이셨다. 하여, 문사라는 어색한 칭호에도 나는 그냥 있을 수밖에 없었다.

앞으로 살아야 할 시간들

먼저 호수에 관해 이야기를 해야겠다.

풍찬노숙의 시간을 한 몇 년 착실히 보내던 나는 또 한번의 겨울을 길에서 보낼 엄두가 나지 않아 겨울잠 준비하는 뱀처럼 으슥한 곳으로 찾아들어갔다. 대전 변두리 산골로 단편 「오늘의 운세」와 「가던 새 본다」의 배경이 된 곳이다. 감나무, 목련나무, 영산홍과 밤마다 달 보고 짖는 검둥개가 있는 마을이었다. 그리고 큰 호수가 있었다. 나무나 짐승보다는 그게 더 마음에 끌렸다.

그 몇 년간 이 도시 저 도시를 떠돌며 지냈다. 물기라곤 걸레쉰 냄새가 전부인 산동네를 떠돌았고 그것마저 잃고는 학교 동아리방, 불 꺼진 후배 자취방, 별로 친하지 않은 후배 방, 처음 본 놈의 방, 시멘트 가루 날리는 아파트 현장, 기차역 대합실, 최루탄과 함성이 뒤엉킨 시내 복판 사거리, 뙤약볕 가득한 황톳길을 뒤죽박죽 전전했다. 운동화는 쉬 낡았고 목덜미에는 늘 소금꽃이 피었다. 고생담을 이야기하는 게 아니다. 그것들의 공통점은 물기가 부족하다는 것을 말하는 것이다.

그러나 새 거처는 달랐다.

높은 산이 바람을 잠재워 안개가 승했다. 나는 그게 좋아 아침마다 기갈 들린 듯 호숫가를 쏘다녔고 굳은살 박인 발바닥을 내려다보며 은폐를 꿈꾸기도 했다. 그곳에서 신춘문예에 응모할 소설을 썼다.

내가 살았던 방은 슬레이트 지붕에 일자로 덧대어 들인 거였다. 블록만 대충 쌓아올린 탓에 콘크리트 못이 쑥쑥 잘도 들어갔다. 검정 방수천이 지붕에서 기역자로 내려오면서 또하나의 담을 만들어놓아 하루종일 햇빛 한줌 구경하기 힘든 곳이었다.

그 방은 근처에 미군부대가 있었을 때 양공주 방이었다. 미군부대가 떠나자 공주들도 따라서 갔다. 한동안 적막 속에서 지내다가 어떤 인연으로 소설 습작생 하나가 들게 되었던 것이다. 술병과 정액의 과거로 인해 방은 늘 습습한 기운이 감돌았다.

가을이 깊어 낙엽이 비처럼 쏟아지던 날 후배 하나가 워드프로세서 메고 찾아왔다. 한 달 동안 그와 소설을 썼다. 마을에 하나 있는 가게에서는 한 되에 팔백 원짜리 막걸리를 팔았다. 산골짜기에서 어둠이 내려오고 긴 겨울을 알리는 바람이 들창을 건들면 막걸리 한 되 받아다가 저녁 겸 마셨다.

이른 싸락눈이 성기게 내리기도 했다. 반짝 햇살이 터져 장독대 위의 눈가루를 돋보이게 하면 멀리서 개 짖는 소리도 도드라졌다. 막걸리잔이 말랐다가 다시 젖어갔다.

소설이 풀리지 않아 답답하면 나와 후배는 산에 오르기도 하고 호숫가를 걷기도 했다. 바람을 만나 수면에 물비늘 생기면 그때쯤 북서풍 불어 파도 하얗게 부서지고 있을 남쪽 바다를 향해 눈길을 보내기도 했다. 초겨울 하늘은 너무나 파래 쳐다보는 것만으로도 뼛속이 다 시렸다. 호수 둑 고욤이 반쯤 얼어 단맛을 내던 것도 그때였다.

"요즘은 어디 일도 안 다니고 대체 뭐하는 겨? 한 눔두 아니고 두 눔이 컴컴한 방에 앉아 죙일 또닥또닥 뭘 뚜드려쌓네, 밥이나 제대로 먹구 그 지랄하는 겨? 김치나 있는 겨?"

주인집 할머니는 두문불출하고 들어앉은 나를 걱정해 먹을 것을 가져다주기도 했다.

싸가지 없는 소리로 들리겠지만 나는 당선 소식을 기다리고 있었다.

솔직히 말해보자면 나는 등단에 대해서 어떤 갈증이나 욕망 같은 게 없었다. 해마다 그 시절이면 몸살을 앓아대는 이들이 있었다. 그들은 신춘문예 주관하는 신문사로 작품 보내놓고 상금으로 갚겠다며 외상술을 마시고 다녔다. 오래지 않아 다들 외상값 갚느라 애를 썼다.

내가 욕심냈던 것은 상금이었다. 소설 쓰기 시작하면서 일을 나갈 수 없었다. 자연히 주머니가 비어갔다. 가난이 흠 될 것 없는 나이였지만 막걸리마저 마음놓고 못 사먹을 정도의 불편이 괴로웠다.

후배는 신문사를 놓고 낙점에 들어갔다. 떨어져도 좋으니 중앙일간지에 응모를 하겠다는 게 그의 판단이었다. 최종심에 올라만 간다면, 또는 심사평에 이름 석 자만이라도 나온다면 인정은 받는 것이라며 함께 보내보자고 나를 설득했다.

하지만 나는 생각이 달랐다. 최종심에 올라가더라도 십 원 한 장 안 생긴다면 아무 소용이 없었다. 상금이 없었다면 신춘문예 응모를 하지 않았을 것이다. 응모가 끝나면 후배는 집으로 돌아갈 예정이었지만 나는 계속 그곳에서 살아야 했다. 겨울철엔 일자리 구하기도 어려웠다.

내가 택한 곳은 지방 신문사였다. 응모하고 나서 기다리고 있었고 머지않아 당선되었다는 소식이 왔다. 담담했다. 앞으로 살아야 할 시간들, 짐작하지 못했던 것들이 돌발적으로 엄습해오는 미래만 무거웠다.

그는 지금도 걷고 있다

–

유용주 시인

1993년. 은행잎 한둘 떨어지고 사람들 옷 조금씩 두꺼워지던 가을날 충청도 서산 땅에서 유용주 시인을 처음 만났다. 홍성장에서 황소 들쳐 메고 달려온 듯 뜨거운 기운을 내뿜으며 복도 저만치에서 성큼성큼 다가오는 사대천왕 같은 물건이 있었다. 오오, 크고 넓기도 하지.

소개하는 이가 시인이랬다. 군사독재정권 비밀장부 물려받은 김영삼 시절이었지만 그래도 세상 좋아졌나보다. 이래서 온 국민이 글공부한다는 문민정부인갑구나. 망할 세상이면 시인이 창궐한다더니.

괜히 봤다 싶은 사람이 있으면 들이부어 상대를 골로 보내든지 내가 취해, 세상사람 다 불쌍한 대연민의 세계에 빠져야 하는게 수순. 둘은 술집으로 갔다. 그리고 마셨다. 오오, 양이 많기도 하지. 나도 그동안 장복해온 편인데 이 물건은 누군가 열 말짜리 드럼통 두드려 사람 형상으로 만들어놓은 거구나.

나는 시야에 가득 들어차는 그의 얼굴을 피해 슬며시 손을 바라봤다. 손바닥 이상 가는 이력서가 없기 때문이다. 오오, 두텁기도 하지.

우리는 슬슬 거쳐온 직업을 하나씩 대기 시작했다. 지방에 학생부군밖에 쓸 게 없는 사람은 현장 관록으로 버티는 법. 내가 포장마차를 대면 그는 중국집과 일식, 한식집을 연달아 댔다. 내가 4.5톤 복사트럭을 대면 그는 8톤 트럭을 댔다(오오, 밀리는군). 내가 귀걸이 노점상을 대면 금은방을 댔다. 내가 현장 잡부를 대면 목수를 댔다. 거듭 밀리던 내가 회심의 일격으로 선원 경력과 푸른 바다를 대자 그는 잠시 멈칫하더니 제과점, 구두닦이, 유리 공장, 사탕 공장, 광케이블 공사, 건강보조식품 수금, 출판사, 술집 지배인, 또 일일이 적기 귀찮을 정도로 수많은 직업을 한꺼번에 몰아 들이댔다.

막판 소나기 펀치에 나는 휘청거렸고 그는 소주잔 그러잡고 고개 들어 내려다보았다. 이겼다는 표정 뒤로 노란 은행잎이 무리 지어 흩날렸다. 내가 서른하나, 형이 서른다섯. 그동안 각자 해오던 면병수행(面甁修行)을 같이 하기 시작한 게 그즈음이었다.

하긴 그는 그렇게 살아왔다.

칠조 룡 선생의 말씀에 의하면 길 떠나는 이에게는 풍문과 충동과 길 자체, 이렇게 세 종류의 길잡이가 있다고 하는데 그에게는 무엇이 길잡이였을까.

그는 59년 전라북도 장수군 번암면 강당리 다릿골에서 걸음마를 뗴었다. 사방 깊고 높은 산에 둘러싸인 그곳은 그러나 안식처가 되어주지 못했다. 사주팔자인지, 부친의 간경화인지, 부실한 우리의 근대 때문인지, 그 모든 것의 총화이겠지만, 가갸거겨 가감승제 깨치는 것으로 학업 마치고 산 넘고 강을 건넌다. 맨 처음 팔려간 곳은 전라남도 조성 땅. 보리쌀 두 말이 필요했던 부친은 배나 굶지 말라고 중국집으로 인계한다. 그의 최초 소속은 그렇게 보건복지부 지방 위생과였다.

바람이 그를 밀고 버스 막차가 그를 잡아당겼다. 가난이 밀고 불어터진 면발이 잡아당겼다. 아버지의 지겟작대기가 밀고 어머니 겨울 목도리가 잡아당겼다. 바람이 전하는 말도 아닌, 아름다운 충동도 아닌, 길 자체에 대한 탐구도 아닌, 가난과 추위가 길잡이가 되었다. 그렇게 열네 살부터의 삶이 시작되었던 것이다.

그는 그때부터 전국을 순회하며 저 숱한 직업을 전전하게 된다.

남들 입고 놀고 자고 쉬는 시간에 맞고 일하고 참고 외웠다(그 시절 부유浮游의 사연에 대해서는 시집 『가장 가벼운 짐』『크나큰 침묵』

『은근살짝』, 산문집『그러나 나는 살아가리라』『쏘주 한 잔 합시다』, 한겨레신문 연재 장편『마린을 찾아서』『노동일기』에 바닥공사로, 골조로, 미장으로 나와 있으니 따로 되풀이할 필요는 없겠다). 노동과 거듭된 이동의 와중에 건진 게 하나 있었으니 바로 시(詩).

수면 부족과 물음, 주부 습진과 '정동 배움의 집' 야학 흐린 등불 아래에서도 놓지 않은 게 그거였다. 시로써 자신을 구원하고자 했다. 시로써 소독하고 치유하고자 했다. 그러나 독이 약이 되듯 약도 독이 되는 법.

서른 살 청년이 되었건만 여전히 세상은 혼자 힘으로는 어찌해볼 수 없는 것. 뼈 굵어갈수록 아귀다툼의 아수라판은 커지기만 하는 것. 세상살이 날카로운 이빨에 거듭 찍혀 그로기 상태로 비틀거릴 때 어머니 홀연히 세상을 떠나고 만다. 남들은 청산에 묻는다는 어머니를 그는 골수에 묻는다. 그리고 서울 생활 정리하고는 조치원 이바돔 레스토랑 지배인으로 내려온다.

죽을 작정으로 거기로 왔다고 그는 말한 적 있었다.

삶을 놓아버리니 마음의 병 깊어만 가고 상처는 자꾸 커져갔다. 일하는 시간 외에는 술만 마셨다. 마시고 마신 다음에 또 마시고 그리고 다시 마시고 나서 몇 잔 더 했다. 뉴스에 간혹 술로 죽었다는 사람이 나오는데 그러기에는 그는 치명적인 약점을 가지고 있었다. 너무 튼튼했다. 고난이 몸을 키워놓았던 것이다. 택시 유리창이 동맥을 잘라 읍내 2차선 도로를 붉게 물들인, 잘하면 원하던 대로 될 수도 있었던 그때 운명처럼 한 여대생이 눈앞에 나타난다.

김선희. 전국 수재들만 모인다는 한국교원대학교 학생.

그런데 이 여대생에게도 치명적인 약점이 있었다. 한 번도 놓아보지 않은 전교 일등. 어디 가나 들었던 미인 소리. 늘씬한 키. 운동과 춤과 노래의 귀재. 재봉질과 정리수납의 황녀. 최고 경쟁력이요 더할 나위 없는 장점인 이게 바로 약점이었다.

팔방미인으로만 커왔기에 배달이나 닭이, 고학, 밤거리, 자학, 배고픔, 서러움, 폭음, 이런 단어랑 한 번도 친해보지 못했던 것이다. 못 본 세상이고 사람이니 얼마나 경이롭고 가슴 아팠겠는가.

하늘은 인간을 뒤섞어 관계의 평균치 만들어놓기를 좋아한다. 그래서 결혼 적령기 때 나와 전혀 다른 특징의 사람에게 전폭적으로 넘어가는 법이다. 나중에 울고불고 후회를 해도 그게 인류 진화의 거대한 법칙인바, 그 약점은 산전수전 다 겪은 여덟 살 연상의 레스토랑 지배인이자 죽을 작정을 한 시인 앞에서 비로소 기능을 발휘한다.

"선희야, 이젠 여기 오지 마. 아저씨는 네가 사귈 만한 그런 사람이 못 돼."

"왜요?"

"난 오래지 않아 죽을 거야."

"그런 생각 하지 마요."

"난 상처가 많아. 내 상처 때문에 분명 네가 다치게 될 거야. 얼른 가."

"아저씨 너무 불쌍해요. 울지 마요, 내가 눈물을 닦아줄게요."

"마지막으로 시낭송 하나 해줄게."

내 그대를 생각함은 항상 그대가 앉아 있는 배경에서 해가 지고 바람이 부는 일처럼 사소한 일일 것이나 언젠가 그대가 한없이 괴로움 속을 헤매일 때에 오랫동안 전해오던 그 사소함으로 그대를 불러보리라

— 황동규 「즐거운 편지」 부분

"어쩜, 아저어씨이."

그리고 이렇게 무너지고 만다. 그러니까 아웃사이더와 언더의 세상에 대해 예방주사 한번 맞아보지 못한 무균의 처녀가 잡균의 사내를 만나버린 것인데 아아, 휘몰아친 그 광풍을 어떻게 다 말한단 말인가. 섭섭하다면 짧은 장면 하나 정도.

형은 인사드리러 논산 김선희씨 집에 갔다. 큰딸에 대한 신뢰가 탄탄했던 아버지는 혹시 깡패한테 협박을 당한 것은 아닌가 싶어 날카로운 눈으로 신원조회용 경계를 하고 아이고 부처님

이게 무슨 날벼락입니까, 요즘 몸이 부실하다 싶더니 몹쓸 꿈까지 꾸는구나, 어머니는 그저 빨리 깨어나길 기다릴 뿐이었다. 형이야 이 상황 자체가 죄고 벌이라 어깨 뻣뻣하게 굳어가며 이빨 깨물고 있고 김선희씨도 가지고 온 제품에 하자 여실하니 뭐 따로 할말 더 없었다. 그렇게 물 한잔 없이 침묵의 시간이 흘러가는데, 그날 유일하게 튀어나온 소리가 거실 바닥만 노려보던 여동생이 방으로 뛰어가며 내뱉은 한마디였다.

"흑."

둘은 맺어졌다. 형은 아내가 초임 발령 받은 서산 땅에서 새로운 인생을 시작한다.

목수 일을 시작한 것이다. 「스승 김인권」이라는 시에 나오듯 정교한 기술과 꼿꼿한 정신, 말 통 술, 이렇게 세 박자 맞아떨어진 스승으로부터 일을 배운다. 비가 오나 눈이 오나, 바람 불거나 땡볕이거나, 휴일까지 반납하고 착실히 공사 현장을 다녔다. 유한결. 딸도 낳아 밤마다 연탄불과 가스유출 확인하느라 잠을 설쳤다. 이제는 어엿한 가장(家長). 그래야 했고 그는 그렇게 했다.

창작도 잘 풀려나갔다.

그에게는 오래전 구두닦이 시절 냈던 시집 『오늘의 운세』가 있었다. 구두닦이가 다 시집을 냈다네, KBS 〈보도본부 24시〉에 소개되기도 했지만 사람들 기억 속에서 완전히 사라진 다음이었다. 그런데 누군가가 헌책방에서 동전과 바꿨던지, 길거리 카바이드 불빛 아래 『한석봉 천자문』과 『강한 남성 단련법』 사이에서 일금 삼백 원 달고 누웠다가 택시 기다리던 백낙청 선생 눈에 띄게 되었다.

진흙 속에 묻힌 시인을 발견하신 선생은 청탁을 하고 오래지 않아 창작과비평사에서 시집 『가장 가벼운 짐』을 내기에 이른다. 기다렸다는 듯 문단의 호평이 나오고 인터뷰가 쇄도한다. 천수만에서 모 방송국 특집 찍을 때 일없이 따라갔다가 '그동안 고생 많았지, 여보', '아니에요, 당신이 정말 고생 많았어요', 이런 멘트도 나는 들었다.

그러나 뼈 마디마디 박인 매듭은 굵고 짙고 끈질겼다.

시인으로 자리매김했다 하여 서재에 안경 쓰고 들어앉기에 아직 젊었고 피가 더웠고 과거가 끝없이 아팠다. 여전히 잠 이루지 못하고 무언가에 쫓겼다. 식은땀 흐르고 불안했다. 더 많은 언덕과 수렁과 일이 그를 기다리고 있었다. 어쩌다 라디오를 틀어도 '고생은 아직도 끝나지 않았네', '수요일에는 옹벽작업을', '화장실을 고치며', 이런 노래만 나왔다. 그를 불완전성의 세계로 자꾸 끌어들이는 것은 무엇이었을까.

서산 동부시장 대폿집 '바다옆에'는 우리 단골이었다. 출출할 때마다 그곳을 들렀다. 그러면 형은 곱빼기로 나온 막국수를 쭈

우욱 끝까지 빨아들인다. 연이어 막걸리 한 사발 숨 안 쉬고 벌컥벌컥. 들어간 것은 많아도 나오는 것은 트림 한 번. 부추전 멍석 말아 꿀꺽. 적잖은 꽁치구이를 롤케이크처럼 만들어 꿀깍. 손바닥 두 배는 되는 배추김치는 딱지 접어 통째로 냠냠. 다시 막걸리 한 사발. 그리고 두부 한 모, 어리굴 한 접시, 조개탕 한 양푼, 삶은 대하 한 판 차례대로 군용 부식 싣듯 집어넣고 나서야 입을 연다.

"어허, 사람이 소보다 더 먹는다는 말이 맞어."

나는 '사람이'를 '나는'으로 바꾸라는 조언만 했다. 그 독한 기아(飢餓)의 추억. 그의 시를 지탱하는 고통스러운 축. 해소되지 않은 결핍의 그곳에 어머니가 있었다.

그는 밥은 그렇게 먹지 못한다. 고기도 마찬가지이다. 아무리 질 좋은 삼겹살이나 불고기도 석 점이 한계이다. 그나마 상추로 둘둘 말아 싸먹는다. 보신탕이나 염소탕, 민물고기 이런 것은 쳐다보지도 못한다.

대신 거섶이라면 환장을 한다. 두세 가지 풀이면 만찬으로 여긴다. 시래기 된장국을 그렇게 잘 먹는 사람을 나는 보지 못했다. 국수도 마찬가지. 모두 어머니의 흔적. 그래서 어머니의 고향 여수에서 올라온 것은 탐을 한다. 미역, 굴, 홍합, 문어 이런 것.

사람의 감각 중에 가장 끈질긴 게 미각이라고 하는데, 그의 시원(始原)을 붙들고 있는 것은 검정고무신 시절의 음식이고, 그것은 어머니의 맛과 냄새였다.

평생 풀과 눈물로만 살았던, 자식들 소식을 바람에게나 들었던, 그러다가 순간 세상 버린 여인. 골수에 모신 어머니. 사랑과 결핍과 연민과 분노의 시작점. 아들은 거기에서 태어나 그것을 양식으로 삼고 그것으로 번뇌하고 그것으로 피를 흘린다. 극단의 세계가 쉬지 않고 스파크를 일으키며 부딪친다. 부딪치며 갈린다. 삼천대천세계 주춧돌 놓을 자리가 한 포기 들꽃의 고해 자체라고 말 되어오듯이, 시어(詩語) 명멸하는 그 장소에서 그는 연민하고 분노한다.

형의 분노는 확실히 빛나는 바가 있었다.

나를 만나기 전 이미 서산 관내 각종 파출소를 각개격파 하여 우리의 세금을 관물 수리비용으로 쓰게 한 그는 그러고도 잘난 척하는 것들에 대해서는 힘을 아끼지 않았다.

그는 특히 사소한 시비에 보란듯이 핸드폰 들고 조직원 친구들 부르는 것들(저, 제가 잘못했습니다. 용서하십시오. 그럼 이만 가보겠습니다. 그리고 쇠파이프 깨지는 소리가 나게 가속기 밟고 사라진다), 저가 실수해놓고도 쌍심지 세우고 달려드는, 이른바 잘나가는 것들(죄송합니다. 제 잘못입니다. 이곳에 이렇게 차를 대면 다른 차가 불편하다는 것을 알면서도 그만. 다음부터 주차 제대로 하겠습니다), 제복과 모자 무게로 누르려는 것들(한 예로, 향군법 위반 혐의로 경찰이 찾아왔는데 권총을 달그락거리며 거들먹거렸다. 그는 폭발했다. 이게 죽고 싶어 지랄이네, 코웃음 치던 경찰은 어쭈 이것 봐라, 싶다가 위째 자꾸 이러신디야, 를 거쳐 총기소지 규칙을 어기고 선량한 시민에게 공포심을 유발한 점 깊이 사과드립니다, 소리를 끝내 하게 된다), 저희들 숫자 많은 것 믿고 설치는 것들(저, 그만 가봐도 되겠습니까. 다음부터 조용히 놀겠습니다), 자꾸 말하자니 혈압 올라가는 그런 부류들에 대해서는 끝까지 용서하지 않았다. 큰일에 대해서는 열을 올리면서도 주변의 부조리에 대해서는 입다무는, 몸조심 일상을 혐오하였던 것이고 그리하여 그가 지나간 곳은 비겁과 몰염치가 청소되곤 했다. 그의 시가 힘차고 강렬한 것도, 정면돌파의 우직함을 지닌 것도 다 그래서다.

그러다가 세상에 다시 한번 독한 배반을 당하게 된다.

목수 일로 모아둔 목돈으로 사업을 시작한다. 연세우유 대산 보급소. 그는 그 일에 혼을 바쳤다. 남들 이불 속으로 들어갈 시간이면 어김없이 일어나 시동을 켰다. 상자 옮기고 배달하고 장부 적고 걸레질을 했다. 틈이 나도 쉬지 않았다. 우유 판촉도 열심히 했다. 초상집에 일 거들어주고, 설거지하는 엄씨들 사이에 앉아 그릇 닦으며 주문을 받았다.

오래지 않아 인근 보급소 물량을 넘어섰다. 중고 르망을 갖고 있던 나에게 한 달 유지비가 어느 정도 드느냐며 부부 배시시 웃던 날도 그 어름이다. 그러다가 일은 터진다. 이른바 고름우유 파동. 그 하나에 모든 것을 잃는다. 보증금도 잃고 권리금도 잃고 고객도 잃고 직업도 잃고 냉동 탑차도 잃고 웃음도 잃었다. 몇 년간의 목수 일과 그동안의 노력이 허공으로 날아갔다. 딱 하나 새로 얻은 게 있었으니 빚이었다(고름우유 시인이라는 별칭을 잠시 갖게 되기는 한다). 그는 다시 빈 몸이 된다.

사건사고 많았다. 오해 때문에 일이 벌어지기도 했다. 뜯어말리고 달래서 들쳐업고 들어온 날도 많았다. 풀어낼 방법이 없는 슬픔. 제멋대로 돌아가는 상황. 파멸되어버리고 싶은 충동. 그게 수시로 얼굴을 디밀었다. 피는 더 데워지고 주먹 불끈거려졌다. 껍질은 삭풍에 벗겨지는데 용광로 같은 마음속 불길은 여전히 활활 타오르고 있었다. 한겨울 이불도 안 덮고 밤을 새우곤 했다.

그러나 사람이 어찌 심각으로만 살 수 있겠는가. 눈물만으로 살 수 있겠는가. 울음을 중화시키는 방법을 그는 알고 있었다. 그러니 그 불길의 진정성을 알아주는 사람도 있었다.

서산 솔밭가든에 들러 부석냉면으로 속을 달래던 날이었다. 형네 식구와 후배 몇이 더 있던 걸로 봐서 일요일이었다. 으레 하듯이 AB 지구 가운데 있는 간월도로 갔다. 간월도는 서울 경기 지역에서 찾아온 객들이 너무 많아 가라앉으려 하고 있었다.

못 보던 게 하나 있었다. 횟집 피해 한적한 곳에 천막으로 치마 두른 오뎅집이 하나 보인 것이다. 우리는 그리로 갔다. 오뎅과 쥐포 몇 개 두고 우리 같은 이들을 상대로 하는 틈새 상점이었다. 형이나 나는 못나고 깨진 것에 이른바 필을 받는다. 예쁘고 번듯하면 일단 외면하는, 참으로 쓸데없는 버릇이 있다. 보기 좋은 것은 무언가를 숨기고 있거나 뒤가 구리다는 것을 일찌감치 배운 것인데 어쨌든 오뎅집 여인네는 우리에게 필을 주기가 충분했다.

만약 이 여자가 편안무사 할 팔자라고 한다면 손에 장을 지져라 하게끔 생긴 중년 여인네는 화장을 두껍게 하고 있었다. 찢어진 눈. 맘먹고 튀어나온 코. 코만으로는 섭섭하다 하여 좌우 모양 갖춰 돌출된 광대뼈. 사내 셋과 동시에 키스가 가능할 입술. 뿐대없이 큰 키. 떡 벌어진 어깨와 그 와중에도 불쑥 나온 아랫배.

짐작대로 그녀는 오전 11시부터 소주병 비트는 사내들에게 어려움 없이 착착 대꾸를 했다. 형은 필을 받았고 필은 흥을 불렀다. 춤을 추기 시작한 것이다.

그의 춤은 서울 원남 카바레에서 봉걸레 밀던 시절부터 현란하기가 소문이 났었다. 일할 때는 크고 오래된 엔진 하나 들어 있는 것 같아도 춤출 때는 첨단 소형 모터가 각 관절 부위마다 들어 있는 것 같다. 오뎅 국물과 소주 공병 2와 3분의 1을 앞에 두고 춤은 파워풀하게 진행되었다. 차린 것은 소박해도 관중은 넘쳐났다. 길 가던 사람들이 발 멈추고 반원을 그린 것이다. 오뎅집 여인네는 집중하여 바라보고 몇 발자국 떨어진 곳의 아내와 딸은 또 그런개비다, 하고 외면했다.

그는 틀고 비비고 돌고 휘고 튕기고 쓸어안고 다시 돌아 터는, 고난이도에 제법 시간 걸리는 코스를 무난히 소화해냈다. 부연 흙먼지를 일으키며 춤을 마친 그는 거친 숨을 몰아쉬며 여인네 앞에 섰다. 어떠냐는 것이다. 아무 말 없이 한동안 서 있던 여인네는 길게 한숨을 내놓으며 형의 가슴을 손바닥으로 툭툭 쳤다. 치면서 하는 말.

"그대는 불꽃같은 사내군."

그는 불꽃의 칭호를 받았지만 나는 상식초월(常識超越)이면 예측불허(豫測不許) 여덟 자를 다시 한번 마음속에다 활자 찍어놓았다.

박용래 선생은 채마밭 푸성귀를 그날 꿈이 그려진 수채화로 여겨 독주(獨酒) 하고 다음날 아침마다 간밤에 마셨던 잔을 던져 깨며 금주를 선언하셨다는데 형은 제 가슴속 불꽃을 자신에게 향한 세상의 불꽃으로 여겨 대취하고 아침이면 타고 남은 재가 되곤 했다. 반성과 다짐이 그의 일과였다.

반성을 아침 시작종으로 삼았고 다짐을 하루 일과 계획표로 붙였다. 그렇게 간밤의 실수를 오늘의 스승으로 삼는 모습은, 아침시간의 경건함에 있어서는 깊은 산 속 수도사들과 한 치도 다르지 않았다(그는 몇 년 뒤 폭우 사납게 쏟아지는 원목 야적장에서, 낯선 취객이 와서 오줌 눈다고 맹렬하게 짖어대는 세퍼트에게, 그래 이 개새끼야, 내가 잘못 살았다는 것을 인정한다. 인정하니까 짖지 좀 마, 이 개새끼야. 흠뻑 젖은 채 처절하게 고백하게 된다).

그리고 밥 짓고 설거지하고 청소하고 빨래한다. 밥도 김치 한 가지만 가지고 먹는다. 그리고 긴 시간 독서를 한다. 자신이 가지고 있는 책을 전부 읽은 사람도 형밖에 없을 것이다. 오후에는 저녁거리 반찬을 사러 나와 함께 시장을 간다. 야채전 어물전 빙 돌아 검정 비닐봉지 두어 개씩 든 다음 하필 출출하면 '바다옆에'를 간다. 거기서 소보다 더 먹고 나서, 타고 남은 재가 다시 기름이 된다.

그가 기름과 재, 두 가지 삶을 사는 동안에도 시간은 착실히 흘러갔다. 꼬박꼬박 빚을 갚아나가던 동안 솔 출판사에서 낸 시집 『크나큰 침묵』이 신동엽 창작기금을 받는다. 그리고 지루했던 빚 청산이 마침내 끝났을 때 산문집 『그러나 나는 살아가리라』가 〈느낌표〉에 선정되었다는 소식을 접한다. 사람 마음속에는 신의 흔적이 아주 조금씩 있어 그것들끼리 모이면 이렇게 변방에서 삶을 모시고 맨몸으로 시 빚어내는 사람을 흘리지 않는 법이다.

하늘이 저 엄장한 들소의 틀에다 하필 개여울처럼 여린 마음을 담아 세상에 내보낸 탓에 어린 나이 중국집 배달부부터 최근의 목수까지, 땀과 바람과 눈물의 시절 동안, 상처가 삶의 질료가 되어버렸는데, 하여 형의 글을 읽고 있자면 멸종을 눈앞에 둔 거대한 초식동물이 핏물을 쪽쪽 점찍어 허공에 그려놓은 무슨 거미줄을 보는 듯도 싶은데, 덕분에 나는 상처에서 생기는 폭발의 분노가 어떻게 늙은 느티나무 잔가지 끝에 잠시 머무는 갈바람으로 변하는지를 알게 되었던 것이다.

그 책 표지에 내가 썼던 글이다(책에는 일부분만 나온다). 썼던 대로 형은 마음이 여리고 더할 나위 없이 세심하다.

누구든 그의 집에서 자고 일어나면 시원한 물, 라이터와 담배, 신문이 머리맡에 있는 것을 발견하게 될 것이다. 일찍 일어나 소리 없이 준비해놓는다. 누가 어렵다고 하면 없는 살림 쪼개 성금을 보낸다. 일손이 필요하다면 두말없이 달려간다. 참혹한 사건이 일어나 사람이 죽으면 자기 집 초상 치르듯 슬퍼한다. 한겨울 시내 돌돌돌 물 흐르는 얼음이 아름다워 차마 밟지 못하고 진흙탕으로 걸음을 옮긴다. 우연히 얻어걸린 밥 한 그릇도 두 손으로 받들어 모시고 숟가락을 든다. 바다에 가서는 몇 시간이고 수평선만 바라본다. 그에게는 밤하늘 빛나는 별이나 맑은 공기나 따뜻한 햇볕, 푸른 바다, 집 뒤 텃밭에서 자라는 아욱 파 시금치 열무, 모두 감사의 대상이다.

그의 주변에는 좋은 사람이 많다.

손바닥이 두툼하면 인덕이 있다고 한다. 그의 손은 일 한 가지만으로 굵어지지는 않았다. 그는 세상 부조리에 대하여 분노하고 해결을 위해 곧바로 실천하지만 조금이라도 시럽거나 힘든 이들은 한없이 끌어안는다. 받아주고 보살핀다. 너무 자주 끌어안아 숨막히는 경우가 없지도 않았지만 사내 넓은 가슴은 정 말고는 담을 게 없는 것이다. 하여, 처갓집의 든든한 기둥이 되고 흑, 단발마 울음소리 높았던 처제와 처남들과도 둘도 없는 사이가 된 지 벌써 옛날.

거섶의 식사, 큰 눈동자, 긴 울음소리를 가진 초식동물은 절대 독종이 될 수 없다. 바람을 맞고 겨울을 서서 견디며 지평선을 향하여 걸을 뿐이다. 고생 심하면 심사 꼬이고 좁아지기 마련인데 갈수록 마음 더 넓어지고 깊어지는 이유가 바로 그것이다.

그는 지금도 걷고 있다.

술 그렇게 잡수면 죽어요

—

故 이문구 선생

사실 난 주변에서 그럴 것이라고 생각하는 것과는 달리 명천 이문구 선생과 특별한 관계를 주고받지 못했다. 술좌석이라고 해봐야 손가락 발가락으로 꼽으면 남는 게 있을 정도이니 가급적 선생과 친하게 지내려고 했던 신생 출판사의 대표나 편집장보다 훨씬 뒤처지는 횟수이다.

댁을 한 번도 찾아가보지 못했고, 그랬으니 세배나 생신 인사한번 드리지 못했다. 새해 밝았다고 전화로 문안드린 게 두 번 정도였다. 다른 일로 전화 드린 것도 그리 많지 않고 드렸다 하더라도 필요한 말만 하고 서둘러 끊으시는 선생의 습관을 그대로 본받고 말았으니 한두 가지 배울 수 있는 기회마저도 스스로 버리고 말았던 셈이다.

선생을 뵈었던 것은 우연에 의한 게 다였다. 자꾸 찾아뵈어 귀찮게 하는 것보다는 오가다 만나면 횡재하듯 기뻐하는 쪽을 택했던 것이다. 하지만 맨 처음 뵌 것은 달랐다. 내가 직접 찾아간 것이다. 십여 년 전이다.

지금이야 문창과가 흔해 여러 시인 소설가 비평가들이 교수로, 강사로 학생들과 만나고 있으니 학생들 입장에서는 작가 보기가 어렵지 않지만 우리 시절만 해도 언감생심이었다. 보려고도, 보고 싶다는 생각도 품어보지 않았다. 작가란 다른 곳에서 다른 방식으로 사는 이들이라고 지레짐작해버린데다가 당장 질통 지고 아시바 타는 게 더 급했던 시절이기도 했다.

그러다 잠시 쉴 때 무슨 일로 보령 땅에 가게 되었다.

안면도 반핵 항쟁 취재였던 것 같다. 작가가 되어보겠다고 마음먹고 바뀐 게 몇 개 있다면 번듯한 곳에 취직 안 해도 된다는 자부심 하나쯤은 있어야 행색은 하겠다 싶어 할부로 구입한 워드프로세서 따위였는데 되지 않게 하나 더 덧붙인 게 취재라는 거였다. 그냥 좀 해야 하지 않을까, 정도였다. 그래서 안면도행 배를 놓치고 말았다.

당시 보령에는 평론가가 되겠다는 모씨가 있었다. 입 열었다

하면 문학에 대해 열변을 토하는 이로 머릿속에 아는 것만 가득한 사람이었다. 잠이나 얻어 자자 싶어 만난 모씨는 그날도 입을 쉬지 않았고 나는 듣고만 있었다.

반응이 심심하자 그는 뜻밖의 제의를 했다. 이문구 선생께서 요즘 내려와 계시는데 한번 뵈러가지 않겠느냐는 거였다. 살다 보면 똥개가 사냥하는 것도 본다더니, 나 같은 백수건달에게도 이런 기회가 오는구나, 싶었다. 불쑥 찾아가도 되겠냐는 말에 그는 최근 선생과의 교류를 자랑하며 자신 있어 했다.

난 그 방을 잊지 못한다.

밤 깊은 보령군 청라면. 어두움을 무겁게 떠받들고 있는 60촉 짜리 전구 불빛을 하나씩 세어가다보니 옆집과 비교해서 조금도 더하거나 덜하지 않은 집 하나가 나왔다(청라저수지 옆 조립식 작업실이 생기기 전이다). 그런 집이라면 도시로 돈 벌러 나갔던 아들딸이 상한 몸 기성복 속에 숨기고 한 손엔 소고기 두 근, 한 손엔 백화수복 한 병 이렇게 행색 꾸려 대문을 두드려야 옳게 맞아 떨어질 곳이었다. 그러면 저 속에서 흑백 티브이 소리 줄어들고 누군겨? 월래, 이게 누구디야, 하면서 아버지 어머니 서로 슬리퍼 바꿔 신고 뛰어나오는 그런.

그러니까 아무런 표시도 특징도 없는 그런 시골집에 대작가가 살고 있었던 것이다. 마당을 댓 뼘 정도 밝히고 있는 알전구 아래에서 우리는 선생을 불렀다. 이윽고 방문이 삐걱 열렸다.

울타리만큼이나 별다를 것 없는 벽지. 검은색 앉은뱅이 밥상 하나. 그 위의 두벌식 타자기(사모님께서는 워드프로세서였을 거라고 하셨는데 이상하게도 내 기억에는 타자기이다). 그리고 그 옆에 붙어 있는 달력 하나. 국회의원 증명사진에 일 년 열두 달이 일목요연하게 박혀 있는 그 달력. 그외에는 책장도, 책상도, 컴퓨터도, 커튼이나 침대나 냉장고도 하나 없는 방이었다. 아니 하나 더 있었다. 닷 되들이 노란 양은주전자. 선생께서는 뒤뜰에 결명자를 재배해놓고 하루에 한 주전자씩 끓여 드시는 중이었다.

"글 쓰고 계시는데 이렇게 불쑥 찾아와서 정말 죄송합니다."

나는 뛰는 가슴을 진정시키며 일행 중에 나이가 그중 위라는 것을 명함 삼아 예의를 차렸다. 반응은 차가웠다.

"알면 왜 왔어."

알면 왜 왔어. 그래, 내가 왜 왔을까. 오라는 기별도, 하다못해 언제 한번 찾아뵈어도 되겠냐는 말 한마디 해본 적도 없는데 내가 무어라고 함부로 찾아왔을까. 『관촌수필』 뒷장 표지, 굵은 팔뚝 꿈틀대며 나무 깎고 있던 선생의 사진에서 이미 기가 눌려 있었던 나는 멋대로 찾아와버린 실수를 뼈저리게 깨달았다. 그러나 아직 분간을 배우지 못한 기질이 고무공 튀듯 입에서 튀어나오고 말았다.

"그럼 갈까요?"

왜 그런 소리를 했는지 모르겠는데 어쨌든 엎질러진 물이었다. 잠깐 동안 어색한 공기가 흘렀다. 선생은 비로소 고개 들어 싸늘한 눈으로 나를 흘낏 바라보았다. 그 눈빛을 말로 바꾸면, '이 새끼는 도대체 뭐여?'였다. 선생은 답하셨다.

"왔으니까 앉아봐."

지금 생각하면 싸가지 없기가 기가 막힐 노릇이지만 그때는 한번 버텨보기 잘했다고 속으로 웃었다. 역시 선생의 품은 넓었다. 흔한 술 몇 병 사들고 면사무소 직원처럼 들어선, 눈에 설은 낯짝들을 앉혀두고도 입을 열어주신 것이다. 얼마 전 다녀오신 중국 이야기였다. 나는 까만 글자 촘촘히 박혀 있는 타자기 용지를 힐끔거리다가 점점 이야기 속으로 빠져들었다.

밖에서는 부엉이가 울고 청라저수지에서는 밤안개가 피어오르기 시작했다. 심기불편의 두 눈도 어느덧 부드럽게 바뀌어 있었다. 밤안개가 마당에 들어찼을 때에는 그 넓다는 중국 땅이 두 뼘짜리 지도처럼 눈앞에서 휜했다.

그뒤로 몇 년간 뵙지 못했다.

딸아이가 태어나던 해 어느 날, 솔 출판사 임우기 사장의 전화를 받았다. 박경리 선생의 『토지』 완간 기념식장 준비를 도와달라는 거였다. 아직 소설가 명패 불분명하던 나는 문단의 고명한 지우들께서 박경리 선생 모시고 행사를 한다고 초청해오니 차마 거절할 수가 없구려, 그럼 내 다녀오리다, 이런 소리 한마디 못해보고 길을 떠났다.

일주일 여관 잠 자며 원주 박경리 선생 댁에서 마당 평토작업을 하고 간이화장실을 급조하고 야외 부엌을 만들었다. 간간이 박경리 선생께서 새참을 직접 만들어주셨는데 그럴 때마다 '말씀만 하시면 오늘밤 안으로 사층 연립주택도 지어놓겠습니다' 마음속으로 복창하곤 했다.

모든 준비 끝난 다음 기념행사가 있었다. 행사는 즐겁게 이어졌다. 사람들은 취했고 시간이 지나 밤이 되었다. 갈 사람 모두 떠나고 나는 뒷정리를 하고 있었다. 그때 방에서 이문구 선생께서 나오셨다.

선생은 취해 있었다. 하루종일 먼발치에서 바라만 보며 언제 알은척을 할까 고민을 하던 나는 기회다 싶어 부축했다. 그러나 그는 성가시다며 팔을 빼고는 휘청거리며 급히 걸어갔다. 흥에 겨워 과음하신 듯도 하고 서울에 중요한 볼일이 있는 듯도 했다. 그대로 보낼 수 없었다. 선생과 나는 구면 아니던가. 쫓아가서 다시 팔을 붙들었다.

"약주가 과하신 것 같은데 괜찮으시겠습니까?"

"도대체 넌 누구냐?"

지금이다 싶어 이름을 댔는데 선생은 존재 없는 학생 만난 교장처럼 붉은 얼굴 들어 한번 보더니 내처 걷기 시작했다. 나는 재차 달라붙었다. 어떡해서든 선생께서 기억해주었으면 했던 것이다. 이러면 되겠구나, 싶어 나를 데리고 간 모씨를 기억하시느냐고 물었다. 순간 눈초리가 가늘어지더니 고함을 버럭 질렀다.

　"이 나쁜 새끼. 저리 못 가?"
　나는 한 대 얻어맞은 것처럼 어안이 벙벙했다.
　"망할 놈의 자식. 따라오지 마."
　선생께선 정말로 화가 났던 것이다. 비틀거리며 멀어지는 모습을 보면서도 나는 따라갈 수 없었다.

　시간이 흘러 다시 뵐 수 있었다. 선생은 내 소설을 칭찬해주셨다. 칭찬 믿고 조심스럽게 그때 이야기를 꺼냈다. 워낙 취해서 기억하지도 못했는데 그 모씨가 워낙 경박스러워 '장마철에 물걸레 보듯' 하고 있다는 것을 알게 되었다. 나를 모씨 친구로 알아 그놈이 그놈으로 여겼던 것이다. 선생은 미안하다고 하면서 술을 따라주셨다. 따라주면서 한마디 더 덧붙이셨다.

　"술도 족보 있는 것으로 마셔. 막소주 막 마시지 말고."

몇 번의 만남이 더 있었다. 작가회의 사무실이거나 상갓집, 또는 시상식 뒤풀이에서 간혹 뵈었다. 소설가 김소진의 분향소에서, 세상에 몹쓸 짓이 이렇게 까마득한 후배 초상에 오는 거, 라고 탄식을 하신 게 기억에 남는다. 그리고 설명하기 어중간한 사건도 있었다.

여러 해 전 우리는 대천 바다로 향하고 있었다. 선생께서 사모님과 함께 고향에 내려와 계셨는데 한번들 다녀가라고 기별을 보내온 것이다. 한잔 사시겠다는 거였다. 그 말씀에 서방 죽고 처음 거시기하게 된 과부처럼 달아올라 몇몇 급히 불러모은 다음 호명하여 출석 부르고 서쪽으로 차를 몰았다. 송기원 선생이 좌장이었다.

송기원 선생이나 나나 바닷가 출신으로 비린 것에 대한 소증(素症)을 지병으로 가지고 있었다. 알다시피 바다 것이라는 게 쉽게 먹어지는 것이 아니지 않은가. 전업 작가 벌이라는 게 뻔한데다 선생 또한 내 지갑과 비슷한 두께를 주머니에 차고 있는 관계로 우리는 그 소증과 헤어지지 못하고 살아왔던 것이다. 보령항에서 한잔 사시겠다면 안주가 무엇이겠는가.

우리는 차 안에서 하나씩 점지했다.

도다리가 등장하고 자연산 광어가 뒤를 받쳤다. 농어가 지나가고 참돔이 다가왔다. 우럭은 저멀리에서 눈치만 살피고 있고 뒤늦게 감성돔도 나타났다. 이렇게 어류도감 페이지를 넘기고 있을 때 보령에서 전화가 왔다. 전화 받은 자는 순식간에 죄지은 자 얼굴을 했다.

"저, 이문구 선생님이 술자리를 토종닭집으루다가 정해놨다는 디유?"

우리는 매복 걸린 병사들처럼 깜짝 놀랐다.

"뭐, 토종닭?"

"아니, 무슨 닭? 왜?"

사연인즉슨 토종닭집을 하는 친구 분이 있는데 그동안 팔아주지 못한 게 걸리던 차, 사람들 부른 김에 단단히 예약을 하셨다는 거였다. 우리는 탄식했다. 하고많은 짐승 중에 하필 닭이라니. 회 접시 가지런히 놓인 탁자 위에 갑자기 토종닭 한 마리가 꼬꼬댁 울며 자발맞게 파닥거리기 시작했다.

충격은 의외로 강해 우리는 차 세워놓고 타임 불러 속닥거렸다. 금지를 당할수록 비린 것에의 유혹이 더욱 강렬해졌던 것이다. 그리고 방향을 틀었다. 한번 개기기로 작정을 한 것이다.

우리는 대천 못 미쳐 오천 바닷가로 갔다. 밑반찬 가득하게는 나오되 손님 농담에 웃기를 거절하는 안주인이 하는 횟집이었다. 닭 푹 삶아지게 좀 느루 가자, 고 마음먹고 졸지에 운명이 갈린 생선을 앞에 두고 부어라 마셔라 했다. 시간은 급히 갔다. 한바탕 먹고 나자 약속 시간이 30분이나 지나 이제 걱정해야 할 때가 되어버렸다. 야단맞겠다, 얼른 가자, 뭐 먹은 표시 내지 말고 닭다리 하나씩은 꼭 먹자, 격려해가며 길을 당겼는데, 그즈음에서 또 한번의 전화를 받은 이는 얼굴이 아예 사색이 되고 말았다.

"저 선생님, 일났슈."
"왜 그래, 문구 형 화났대?"
(송기원 선생과 이문구 선생은 서로 호형호제하는 사이였다.)
"그게 아니구, 닭집 쥔 양반이 돌아가셨대유."
"에잉, 그게 무슨 소리여?"
"우리 먹을 닭 잡다가 갑자기 쓰러져서 돌아가셨대유. 졸지에 초상난규. 그래, 저기 시내 갈빗집으루다가 다들 데리구 오라구 그러시네유."

우리는 할 말을 잃었다. 살다보니 이런 일도 있었다. 어떻게 닭집 예약했다는 소리 듣고 횟집엘 갔다고 주인이 그사이에 세상을 버린다는 말인가. 세상이란 참 알 수 없는 거였다. 선생의 친구 분이 돌아가신 게 마치 우리 때문인 듯해 마음 무거웠는데 어쨌든 우리는 닭집을 예약하고 횟집을 가면 닭 주인이 화(禍)를 입는다는 명제를 가슴속에 깊이 담아놓고 시내로 향했다.

그리고 선생께서도 결국 세상을 버리셨다.

사람이 어떻게 살았느냐를 보려면 세상 뜬 다음을 보라는 말이 있다. 선생 가시는 길에 찾아오는 손님들은 대단해서 사람들의 마음에 어떤 존재로 지내오셨는가를 굳이 설명할 필요 없게 만들고 있었다. 작가회의 청년위원장을 맡고 있던 나는 일하면서 그 모습을 보았다.

정신없는 중에 영안실이나 사무적인 일 뒤치다꺼리하다보면 손님을 놓치기도 하고 높으신 양반도 몰라보기 일쑨데 그거와는 반대로 이름 없되 눈에 띄는 사람이 있기 마련이다.

상가 이틀째 오전경에 낯선 사십대 사내가 조문을 왔다. 나는 의례적으로 이름을 적게 하고 분향소 들러 식당으로 안내했다. 삼십 분쯤 지나 그 사내는 나를 불렀다. 그 짧은 시간 안에 그는 소주 두 병을 비워놓고 있었다. 아는 이들도 없이 혼자 마신 듯했다. 나는 잠시 긴장을 했다. 이런 자리를 제 술버릇 보여주는 곳으로 삼는 이들이 없지 않기 때문이었다.

그러나 사내는 점잖았다. 한 잔 따르는 손은 떨리고 있었다. 뒤이어 내 손을 잡고 눈물을 주르르 흘렸다. 그는 충남 태안 사람으로 개인 사업을 하는 이였다. 아침에 대전행 출장 준비를 하다가 신문에서 선생의 타계 소식을 듣고 무조건 올라왔다고 했다.

"저에게는 70년대에 샀던 『관촌수필』이 아직도 있습니다."

그는 그렁그렁한 눈으로 말을 이었다.

"지금은 아주 너덜너덜해졌지만 여행 가거나 일하러 갈 때 꼭 가지고 다닙니다. 군대 갈 때도 가지고 갔었으니까요. 그동안 힘든 일이 생기면 그 책을 읽으며 마음의 평정을 얻었죠. 아, 저는 많이 마셨습니다. 술이라도 먹지 않고 어떻게 버티겠습니까. 제가 한 잔 더 따르죠."

그는 『관촌수필』을 처음 읽은 이래로 품에 지니고 다녔으며 선물할 일이 생기면 꼭 그 책으로 대신했다. 그렇게 평생 마음속으로 모시다가(선생을 직접 뵌 적은 한 번도 없다고 했다) 이제는 영정을 마주한 거였다. 그는 거듭 눈물을 훔쳤다. 바라보는 나도 눈시울이 붉어져 한동안 내 일을 후배에게 맡겨놓아야 했다.

사내는 손수건을 눈에 댄 채 택시정류장으로 향했다(그는 그 뒤, 선생의 유해가 뿌려진 관촌마을을 다녀왔다고 알려왔다). 나는 가슴이 스산해서 일이 손에 잡히지 않았다.

그러면 박상륭 선생을 기다렸다. 캐나다에서 오신 뒤로 그때까지 조용하게 곁을 지키고 있었는데 한 번씩 거처엘 다녀오시곤 했던 것이다. 그때도 한두 시간쯤 지난 다음 검정 비닐봉지를 들고 오셨다. 봉지 속에는 웬만한 담배가 종류별로 들어 있었다. 무슨 담배를 피우는지 몰라 그렇게 사왔다는 것이다.

나는 조금 전에 다녀간 태안 사내 이야기를 전해드렸다. 선생은 보일 듯 말 듯 고개를 끄덕이며 파이프에 담배를 재워넣고 불을 붙였다.

"저에게는 친구라는 것이 두 개 있었습니다. 하나는 일찍 갔고 (김현 선생을 이름) 이제 남은 하나마저 가버리는군요. 서운하고 섭섭하기 이루 말할 수 없죠. 그래도 문구는 행복한 사람입니다. 추모하러 오신 손님들을 보십시오. 아마 저는 저 먼 타국에서 쓸쓸하게 세상을 마치겠지요."

선생은 담담하게, 먼 풍경 바라보며 말씀하셨다.

친구가 찾아온다는 소식에 죽음과 싸우며 기다렸던 이문구 선생. 친구의 위급 소식에 지구 반대편에서 불원천리 날아오신 박상륭 선생. 그리고 두 사람의 이별. 한 분은 생을 마감하고 말없이 누워 있고 한 분은 조용하게 앉아 계시던 모습. 견뎌내기 힘든 바람 하나가 가슴속으로 날카롭게 지나갔다.

*

언젠가 부산 국제신문사 주관 명천 선생 문학기행에 안내 겸 강사로 갔었다. 작업실에 들러 손님들과 선생의 발자취를 더듬다 나오는데 웬 촌로 한 분이 다가왔다. 약주 한잔 하시고 버스 타고 지나가다 우리를 보고 도중에 내렸다는 그분은 명천 선생의 당숙이셨다. 그분은 그 자리에서 회한에 잠겼다.

"문구가 내려오면 내가 찾아와서 말여, 문구야, 술 한잔 내오너라, 이래갖구 마셨는디 그럴 때마다 조카가 나에게 아저씨, 술 그렇게 잡수면 죽어요, 죽어, 이랬었는디 말여, 지가 먼저 가버렸어."

잔주름 가득한 눈에는 어느새 눈물이 고였고 사람들은 숙연해졌다. 시간이 되었다면 우리는 그분을 모시고 막걸리잔이라도 나눴을 것이다. 우리가 올라탄 버스가 떠날 때까지 그분은 눈물 그렁그렁한 눈으로 이쪽을 바라보고 계셨다. 청라저수지 푸른 수면으로 쇠오리떼가 내려앉고 있었다.

*

"그래 너는 몇 살이나 되었다더냐?"

그러자 그녀는 아무 어렴성 없이 아는 대로 대꾸했다.

"지 에미가 그러는디 제 년이 작년까장은 제우 여섯 살이었대유. 그런디 시방은 잘 몰르겄슈."

"늬가 늬 나이를 모른다 허느냐?"

"예. 위떤 이는 하나 늘어서 일곱 살이라구 허던디 또 누구는 하나 먹었응게 다섯 살이라구 허거던유."

"페엥— 그래 늬 에민가 작것인가는 요새두 더러 보이더냐?"

"접때 달밭 대감댁(외가)에 왔는디 봉께, 유똥치마를 입구, 머리는

힛사시까미를 허구, 근사헌 우데마끼두 차구…… 여간 하이카라
가 아니던디유."

"그래 그것은 시방두 장(늘) 술고래라더냐?"

"그리기 접때두 취해서 즤 애비허구 다투다가 고쟁이 바람으루 쫓
겨났슈."

"페엥— 숭헌……."

『관촌수필』에서 일곱 살짜리 옹점이가 주인공의 할아버지와
처음 말 나누는 대목이다.

소설을 쓰겠다고 마음은 먹었지만 어디만큼 울타리를 치고 어
떤 괭이로 땅을 갈고 무슨 씨를 뿌리고 어떻게 가꾸어야 하는지
한 가지도 알 수 없었을 때 문득 내 눈 속으로 들어온 장면.

아하, 소설 속에서의 인물이란 이런 것이구나. 주인공이 어떻
게 말하고 행동하는지 깨닫게 해준 소설이다. 현실에서 어떻게
소설이 나오는가를, 사람에게 어떤 마음을 지녀야 되는가를 가
르쳐준, 손때 묻은 소설이다.

언젠가 술집에서 얼른 안주 시키라는 주인에게 '몸속에 허파 있고 간도 있고
곱창도 있는데 뭐하러 안주를 먹어요. 술만 넣어주면 되지' 해서 다들 웃었다.
이것도 선생의 소설에서 읽은 것이다.

터진 언 살이 아물기까지

—

송기원 선생

내가 송기원 선생 이름자를 처음 들은 게 언제던가.

밥값 잠값 다 겁내면서도 신발값 하나만큼은 아까운 줄 모르고 돌아다니다가, 해마다 멀어지는 출생년도가 부담스러워 뭔가를 직업으로 얻기는 해야 할 텐데 하다가, 아무래도 소설가가 되는 게 돈벌이에 무능한 모습을 감출 수 있지 않을까, 하고 있을 때였다.

시인을 미래의 명함으로 점찍어놓았던 후배 한 명이 읽어보라며 건네준 시집이 『그대 언 살이 터져 시가 빛날 때』였다. 아마 내가 처음으로 끝까지 읽은 시집이지 않았나 싶다.

시집 날개에는 멋진 제목과는 연관 없게 생긴 사내 하나가 약간 건들거리는 자세로 누군가를 빤히 바라보고 있었다. 그 시집을 보면서 창작의 고통을 막연하게 느꼈고 이어 『월행』『마음속 붉은 꽃잎』을 읽으며 길고 험난한 작가의 길을 짐작하기에 이르렀다.

세월이 흘러 나도 작가가 됐으나 한동안 선생을 보지 못했다. 술좌석에서 풍문만 들었다. 감옥과 술 이야기가 주종이었다. 간혹 여인네와 함께 사라졌다가 나타났다고도 했고 조금 있자 모든 것 끊고 행공 수행중이라는 소문도 들렸다.

술좌석 소문이라는 게 부풀려지기 십상이지만 정수리가 알밤의 그것처럼 뾰족 솟아났다고도 하고 소주에 기를 불어넣어 물로 만들었다고도 했다(이 도력은 인정할 수 없었다). 그러더니 맙소사, 어느 날은 공중부양을 했다는 것이다. 아아, 작가가 갈고닦아야 할 것들이 이렇게 무궁하고 무진하구나 싶어 질리기도 했다.

그러니까 나에게 있어서 선생은 언살 터뜨려가며 글을 쓰는 시인이자 소설가로, 독재정권에 항거하다 감옥에 갇힌 투사로, 그리고 술과 충동의 세상을 사랑하는 낭인이자 깨달음을 구하는 수행자로, 이렇게 변신을 하면서 들려왔다.

처음 뵌 것은 여러 해 전 선생이 천안 근방에 작업실을 구하고 나서였다. 그때 사십 분 정도 거리에 떨어져 살던 나는 간혹 호출을 받았고 그 또한 내 집 근방의 순대를 유일하게 먹는 육(陸)고기로 지정해놓았기에 방문도 없지 않았다.

대작하는 날들이 늘어갔다. 때 되면 식당 하나 꼭 찍어 만났는데 먹을 것에 대한 기대로 말문을 열고 새로 읽은 소설이나 서로의 추억담을 주고받다가 먹은 것에 대한 품평으로 일과를 마치곤 했다. 늦게 만난 과부한테 정 익어가는 모습에서 크게 다르지 않았다. 선생은 비교적 조용했고 그리고 늘 부드러운 얼굴이었다.

계속 그랬으면 싶었다.

대천 바다로 향한 날이 있었다. 이야기했듯이, 횟집으로 간 바람에 닭집 주인이 세상 버리던 날이었다.

선생의 이면을 본 게 그날 밤 깊어서였다. 선생은 횟집에서의 초벌 술에 갈빗집에서의 재벌 술까지 겹쳐 노래방에서는 아주 불콰한 얼굴로 변해 있었다. 오늘 마시고 다 때려치워버리자는 심정으로 맥주병 쓰러지는, 지치고 무거운 짐 진 자들 모이라고 우주볼 돌아가는 산동네 스탠드바 풍경이 한동안 지속되나 싶었는데, 갑자기 모 시인이 고개를 절레절레 흔들며 다가왔다.

"와, 설마, 혀까지 들어올 줄은 몰랐어."

주변의 여인네들 보기를 돌같이 하던 선생께서 사내들에게 접근해서는 번개 같은 속도로 동성의 키스를 감행한 것이다. 졸지에 책임지지 못할 일을 당한 모 시인은 입을 빼앗긴 것에 대한 충격보다는 혀가 쑥 들어왔다는 것에 혀를 내두르고 있었다.

첫 키스의 날카로움은 누구에게나 큰 사건이다. 당한 사람은 저쪽을 노려보며 이제 집에 가서 어떻게 이실직고를 할 것인가 끙끙 앓기 시작했다. 그러거나 말거나 선생은 그다음 상대를 고르고는 붉은 눈 가늘게 뜨고 문어처럼 슬슬 이동을 하는 중이었다.

아닌 게 아니라 어떤 시인, 그다음 어떤 소설가가 충격에 휩싸인 얼굴로 연달아 뒷걸음질쳐왔다. 한순간의 실수로 가문의 명예를 실추시킨 종손의 모습에서 크게 다르지 않았다. 이제 남은 사내는 하나. 바로 나였다.

여러 번의 교접에도 만족 못하고 선생은 흐느적거리며 나에게 다가왔다. 질보다는 양으로 승부를 걸 속셈으로 보였다. 나는 술기운을 누르며 혼자만이라도 이 침탈을 견뎌내고자 마음먹었다. 목숨 걸고 무언가를 지키는 이 하나쯤은 있다는 것으로 훗날의 지표가 되고자 했던 것이다.

아무리 상식초월이라 해도 방어 튼튼하면 공격 순조롭지 못한 법 아닌가. 어중간한 자세로 껴안은 채 손동작 눈초리 돌아가는 것 하나하나 경계하고 있는데 그는 사십오 도, 뜻밖의 각도에서 입술을 덮쳐왔다.

저 사내들이 한순간에 제압당했던 그 초식이었다. 나는 재빨리 반대 방향으로 고개를 틀었고 결국 선생의 입술은 허공을 핥고 말았다. 그러나 역시 고수. 마치 처녀귀신 하나 지나가기에 입맞춰 보냈다는 투로 자연스럽게 양어깨를 그러안고 다시 춤을 추기 시작했다. 나는 갓 입사한 여직원처럼 긴장하며 이 괴상한 성추행에 거듭 대비하고 있었다.

머잖아 접속은 다시 시작되었다. 다양한 각도에서 젖은 물건이 다가왔고 그때마다 수절(守節)이란 게 이렇게 고생스러운 것이구나, 장탄식을 해가며 나는 피했다. 몇 번의 시도가 빗나가자 마음이 급해진 그는 급기야 힘으로 목을 잡아당기기 시작했다.

선생, 비록 토굴 수행에 인도와 티베트에서의 도보까지 행한 내공 단련자였지만 아무래도 나이는 속일 수 없는 것이라 힘으로 날 어쩌지 못했다. 머잖아 그는 헉헉, 가쁜 숨을 몰아쉬며 속삭였다.

"잠깐이면 돼. 조금만 참아."

끝내 안 준 놈에 대하여 감정이 남아 있을 법도 하지만 며칠 뒤 선생은 딱히 바쁜 일 없으면 점심이나 먹으러 오라는 기별을 해왔다. 나는 갔다. 천안 외곽, 실개천 하나 흐르고 포도나무 밭이 널려 있지만 전체적으로는 심심한 풍경에 속하는 곳에 그의 작업실이 있었다.

선생은 아파트 담 너머에 채마밭을 가꾸고 있었다. 사람의 손이 시간과 만나면 어떤 능력을 보여주는가를 새삼 확인하는 때가 있는데 그의 경우도 그랬다.

임대 아파트가 한 동 들어서면 건축 부산물이 많다. 그런 경우 허름한 벽 하나 세우고 남은 자갈 따위를 대충 뿌려놓기 일쑤여서 실개천과 담벼락이 만나는 땅은 수해 입은 강 하구 같았다. 선생은 몇 달에 거쳐 돌멩이를 골라내고 흙을 고르고 거름을 주었다. 그리고 계절별로 씨앗을 뿌려 재래시장 한쪽에 야채전 하나 벌여도 될 만큼 수확을 해오고 있었다. 역시 상추와 아욱, 머위 따위를 가지고 선생은 한 상 가득하게 보아놓았다.

그러고는 어디어디에 대구뽈찜 잘하는 식당 하나 봐두었는데 오늘은 이걸로 충분하니 다음에 한둘 불러 먹으러 가자며 씨익 웃으셨다.

그럴 때면 천상 어린아이 얼굴이다. 산중에서 저잣거리로 돌아온 것을 진심으로 환영한다는 누군가의 말이 있었지만, 속세에서는 승려에 가깝고 산중에서는 속인에 가까운, 성과 속의 경계에 다리 펴고 앉아 있는 그를 딱히 한 마디로 정의할 수 있겠는가.

선생이면서 친구 같고 친구 같다가도 개구쟁이 어린이 같고 그러면서도 이미 먼 곳을 보아버린 이의 얼굴로 돌아와 있곤 했다. 경험 많은 순박한 어린이 같은 모습. 이 이율배반이 그에게는 아주 자연스럽다. 짐작이지만, 죽음을 피워 올리며 살았던 젊음과 방랑의 시절(어머니와 관련된 한 깊은 이야기는 알 만한 사람은 다

알 것이다), 파괴되어버리고 싶은 충동을 거쳐 오면서 이제는 모두 안아 녹이는 존재가 되어버린 듯하다.

모난 것 휘어진 것 짜그라진 것이 등장해서 저것이 저렇게 해서 저렇게 되어버리고 만 관계로 원래 저랬던 내가 이 모양으로 이렇게 되고 말았다고 씩씩대면 선생은 귀담아들으며 오호라, 그렇지, 아뿔싸, 맞장구를 쳐준다. 그러면 중뿔나게 고시랑대던 그 어떤 것도 종내는 사근사근한 것으로 변해 얌전히 앉아 있기 마련이었다. 그렇다고 어떻게 하라고 알려주진 않는다. 들어주고 반응해주는 것만으로도 치유가 된다는 것을 알고 있는 것이다.

"그리고 이것도 한번 먹어봐라. 맛이 있을랑가 모르겠다."

시장에서 사서 조렸다는 갈치찜을 새로 내오면서 선생은 웃었다. 그리고 어디에서 들어왔다는, 기생첩이 숟가락 댔다가 뺨 맞았다는 토하젓을 좀 가져가라며 한 그릇 싸기 시작했다.

취하면 동성 입술을 탐하는 버릇이 생겨버리기는 했지만, 이 잔잔한 모습 하나 만들기 위해 얼마나 많은 길을 걸어야 했던가를 나는 생각했다. 하산하여 저잣거리로 내려온 자의 행보는 어디로 향할까를 저 옛날 그랬듯이 자꾸 짐작해보고 있었다.

송기원 선생의 오랜 친구인 김성동 선생께서 경기도 가평에 새 자리를 틀었다는 말을 듣고 몇몇 동료들과 찾아간 적이 있었다. 이야기하다보니 예전, 송기원 선생의 공중부양이 말끝에 걸려 나왔다.

진짜로 떴다더라, 그게 기(氣) 몸살 때문에 생긴 순간적인 탄력이다, 떠 있는 시간이 제법 됐다고 하던데? 그렇게 주고받고 있는데 듣고 있던 김성동 선생이 나지막이 한마디하셨다.

"근데…… 왜 떠?"

그러다 선생은 갑자기 나에게 정색을 했다.

"그리고 너 말이여. 왜 나한테는 책 안 보내는 겨?"
"보냈는데요."
"아녀, 안 왔어."
"분명 보냈는데."
"안 왔다니께 자꾸 그러네. 인저 책도 안 보내는 겨? 인연 끊자는 겨?"

그예 선생의 눈가에는 물기가 잡혔다. 나는 자신이 없어져갔다.
"아이고 선생님. 무슨 말씀을 그렇게. 아무리 생각해봐도 보낸 것 같은데……."
"아녀. 받았으믄 받았다구 하지 내가 왜 이러겄어. 서운터라."

잘못했다, 돌아가는 대로 바로 보내드리겠다, 빌고는 죗값 자
청해서 안주거리 만들려고 부엌으로 갔다. 찌개 끓는 도중 우연
히 책장을 보다가 선생이 말한 내 책을 발견했다. 한 장도 펼쳐
보지 않은 깨끗한 상태였다. 내가 해놓았던 사인이 반갑다며 튀
어나오려고 했다. 나는 들고 가서 따졌다. 책 표지와 내 사인을
빤히 들여다보던 그는 다시 눈가가 촉촉해졌다. 나는 멈칫했고
그는 입을 열었다.

　"내가 인저, 총기가 옛날 같지가 않구나."

끝까지 미워할 수 없는 사람

–

故 박영근 시인

지난 2006년 5월. 「솔아 솔아 푸르른 솔아」의 원작자인 박영근 시인이 끝내 세상을 떴다. 전북 부안 출신으로 향년 48. 결핵성 뇌수막염과 패혈증이 사인. 그것의 원인은 영양실조였다.

부음을 듣고도 나는 놀라지 않았다. 그가 죽을 것이라고 생각하고 있었기 때문이다. 여러 날 전 입원 준비를 한다는 말을 건너 들었을 때부터 이미 짐작하고 있었다. 그래서 그러기도 했지만 서울로 올라가지 않았다. 대신 바닷가로 낚시를 갔다. 흐린 바닷가에는 학꽁치떼가 모여들어 있었다.

그의 시를 처음 본 것은 습작 시절 무크지 『일터의 소리』를 통해서였다. 「취업공고판 앞에서」라는 장시였다. 당시 열악한 노동 환경을 잔잔하면서도 감수성 깊게 그려놓아서 나중 당당하게 이름 높아지는 박노해나 백무산 시인보다 그의 이름이 더 기억에 남았다. 그리고 처음 말 나눠본 것은 십여 년 전 충남 서산에서 살고 있을 때였다. 밤 깊어 취한 사내가 전화를 걸어왔다.

"아, 한형, 난 시 쓰는 박영근이라고 합니다. 이번에 발표한 것 정말 잘 읽었습니다."

선배 시인이 막 단편 발표하기 시작한 말단 후배에게 전화를 걸어 작품을 칭찬하니 그것만으로는 아무런 하자 없겠으나 문제는 새벽 세시 반이라는 것. 아니 그것 때문에 이 시간에 전화 건단 말입니까? 워낙 인상적으로 읽었어요. 아무리 잘 읽어도 그렇죠, 이 밤중에. 예 예, 근데 저기, 위층에 사는 모모 시인 좀 바꿔줄래요? 뭐요? 모모 시인 전화번호를 몰라서 그런데 좀 바꿔줘요. 이 양반이 정신이 있어 없어, 이 시간에. 딸깍.

오 분 뒤. 따르릉. 아 박영근이라고 합니다, 이번에 발표한 한형 소설 정말 잘 읽었는데요, 특히 마지막 장면이 압권……. 이 양반이 지금. 소설 아주 좋습디다, 그러니 그 위층에 사는 시인 좀……. 당신, 공장 비나리 썼던 그 사람 맞아? 그걸 쓴 사람이 이렇게 예의 없는 사람이었어? 내 비록 좋아하는 시인이지만 이게 무슨 짓이야, 한 번만 더 전화해봐. 딸깍. 그는 다시 전화를 하지 못했다. 내가 플러그를 뽑았던 것이다.

낚싯대는 서쪽으로 몰려가는 세상 것들을 향해 날아갔다. 삼도천 향해 날아가는 길목이 그곳이라면, 내 기꺼이 회 석 점에 술 석 잔 따라놓고 그를 불러 앉히려 했다. 글쎄 바닷가란 점이지대(漸移地帶)는 육지의 삶을 살았던 그가 탄생과 소멸의 바다로 떠나는 마지막 기착지쯤 되는 곳 아니겠는가.

그는 작가회의 회원 중에서 주소가 가장 길었다. 인천시 아무개 구 아무개 동 몇 통 몇 반 몇 번지 아무개씨 댁 작은방. 그곳에서 홀몸으로 고독과 시와 술을 껴안고 살았다. 쉬지 않는 음주의 세월 동안 안주 한 점 집어먹는 모습을 보지 못했으니 그런 몸이 무병장수 한다면 수천 년 쌓아온 의료지식 체계가 한 방에 무너질 판이었다.

외로움의 끝은 소통을 향한 몸부림으로 결말지어진다. 시간 안 가리고 전화하는 버릇이 생긴 것이다. 그를 기억하는 사람들은 늘 그의 전화를 동시에 기억하고 있다. 후배를 술자리로 불러내려다가 잠을 좀 자야 한다고 거절당하자 다섯 시간 뒤에 전화해서 이렇게 말하기도 했다.

"그래 좀 잤니?"

몇 해 전 작가회의 사무국장 직함에 코가 꿰여 서울에 올라가니 그의 존재가 한 짐이었다. 막 출근한 나에게 전화가 오면 밤새우며 술잔 기울였다는 소리였다. 그 시간에 전화해서 무엇을 하겠는가. 시 몇 줄 쓴 거 낭송하고, 지난번에 했던 이야기 처음 한 것처럼 다시 하고, 노래 한 구절도 하고, 아무개는 요즘 어떠냐, 근황도 묻고 그리고 끝내 눈물 훔치는 소리까지가 변하지 않는 내용이었다.

그렇기만 하다면 좀 좋은가. '그려, 형 아니면 누가 그런 마음까지 쓰겠어' 한마디하다가 아차, 싶을 때가 왕왕 있었다. 아니나 다를까, 잠시 뒤 사무실 문 열고 나타나곤 했다. 그러면 '망가져서 찾아오는 회원 모시기'라는 사무국장 궁극의 임무가 나에게 떨어졌다. 역대 국장들이 이 임무 때문에 더 망가져서 퇴임하고는 했는데, 어쨌든 그가 나타나면 술집과 사무실을 오가며 하루를 보내야 했다. 급한 일 있어 사무실에 잠깐 가면 오 분도 안 돼 전화를 한다.

"너, 너, 많이 바쁘니?"

"금방 갈게, 십 분만 기다려요."

"너 바쁘면 난, 난, 가봐야겠다."

"집에? 그려, 가서 좀 쉬어요."

"동해 바다가 보고 싶어. 이번 전주지회 계간지 시들이 좋던데 전주도 가고 싶고."

이러면 나는 하던 일 팽개치고 술집으로 쫓아가야 했다. 그는 그리움의 봇물이 터지면 견디지 못하고 그게 어디든 택시를 잡아타는데, 문제는 주머니 속에 라이터와 반 갑 담배밖에 없다는 거였다. 내 아무리 급한 일이 있다 하더라도, 느닷없이 불려나와 택시비 대납하는 회원의 고충보다 크겠는가.

우연히 사무실 들렀다가 붙들린 이들은 한두 시간 견디다 돌아갔지만 나는 붙박이로 박혔다. 아이구 알았어, 그럼 딱 맥주 세 병만 더 마시는 거요 이? 제발 이 고기 한 점만 좀 자셔봐, 이렇게 쩔쩔매다보면 밤이 깊었다.

허나, '끝까지 미워할 수 없는 사람'으로 괄호 쳐놓았다 하더라도 헤어질 때는 달랐다. 밤 깊어 택시비 삼만 원 달라는 것은 끝내 안 주었다. 삼천 원만 주었다.

지하철 타고, 버스 갈아타고 들어가. 그러지 말고 택시비 좀 줘. 대중교통 있는데 무슨 택시? 이러면서 형이 무슨 노동자 시인이여, 더이상 못 줘. 하 이 자식. 종일 비싼 밥 시켜주면 한 숟가락도 안 먹으면서 택시비? 지하철 타. 그러지 말고 좀 달라니까. 돈도 못 벌면서 맨날 택시여, 그게 룸펜이지 시인이여? 허, 이 자식.

그리고 냉정하게 돌아서면 저만치에서 그의 목소리가 들렸다.

"허, 이, 이거, 저, 정말 낭팬걸."

어디를 목표점으로 삼았기에 절대고독 속으로 스스로를 밀어넣었을까. 무슨 이유로 영양실조와 술, 시작(詩作)으로만 버티다가 생을 마감했을까.

이유가 무엇이었든 간에, 너풀거리는 바다에는 은색 선들이 연달아 줄지어 가고 있었다. 수십만 마리의 학꽁치떼. 서해안으로 산란하러 가는 중인 그것은 하나같이 알이 통통 배고, 흰 정소가 가득차 있었다. 떠난 곳에 남는 것은 이렇듯 생명들의 이동과 내림이었다. 떠난 이가 고스란히 남겨놓은 것이었다.

굳이 홍대 만장 세우지 않아도 괜찮았다.

*

국내 작가들 중에 이름이 가장 긴 이가 손세실리아 시인이다. 전북 정읍 출생. 나와 동갑으로 『기차를 놓치다』라는 시집을 냈다. 사무국장 시절, 직원들이 바쁘다보면 나도 서류 만드는 일을 해야 했다. 그런데 표 만들기 같은 것을 해본 적이 없었기에 애를 먹었다. 그의 이름 때문에 칸이 깨진 것이다. 그 칸을 맞추면 다른 이름들이 줄줄이 뒤로 밀려갔다.

"지랄한다고 이름을 길게 만들어가지고 이렇게 속썩여. 뭐한다고 다섯 자나 돼. 당신이 엘리자베스 과야? 싼타마리아 집안이야?"

이렇게 구박을 하면 두 눈 뙤똥하니 뜨고 웃기만 했다. 칭칭 감고 다니는 옷이 더 두꺼워보였다.

작가회의에서 문광부와 함께 '객원문예교사제'라는 것을 했다. 전업 작가를 파견하여 학생들과 창작 수업 하는 것으로, 글쓰기를 좋아하는 학생들은 작가의 노하우를 듣고 작가들은 교육 현장에서 학생들과 지내보는 계기를 만들기 위해서였다. 수업 방법은 특강이나, 문예반 전담이나, 방과후 특별활동 중 학교 사정에 맞춰 진행하기로 했다.

전국 중고등학교에 공문을 보내자 신청이 많이 들어왔다. 선정 작업을 거쳐 담당 작가들을 파견하였는데 모두 50개 학교다보니 말이나 탈이 없지는 않았다. 교장 교감이 딴죽을 걸어온 것이다.

"공짜로 이렇게 수업을 하는 이유가 뭐요? 뭔가 다른 목적이 있는 것은 아니오?"

이 정도면 점잖은 편이다. 강사료는 문화관광부에서 나온다고 설명을 하고 나면 다른 전화가 왔다.

"거기 말이오, 좀 그런 데 아닌가요?"
"그런 데라뇨?"
"나도 시를 쓰는데, 내가 알기로는 작가회의라는 데가 좀 순수하지 못한 곳이더라 이 말이야. 거기 대장 노릇 하는 고은 신경림, 이런 양반들 맨날 데모하고 농성하고 그러잖어."
"작가회의는 민주화운동을 해온 진보 문학인단체입니다."
"그러니까 말이야. 아무래도 불안해."

그렇게 스스로 취소한 곳도 있었다. 혹시 불온한 내용을 교육할지 모르니 교장인 내가 매시간 참관하여 관리감독 하겠다고 고집 부린 곳은 내가 취소를 시켰다. 작가가 수업을 하면 담당 교사는 놀아야 하는데 그럴 경우 근무기록 처리를 어떻게 해야 할지 모르겠다, 그 교사를 참관시키면 안 되겠느냐, 우리 학교 담당 작가는 이름을 처음 들어보는데 좀 유명한 작가로 보내주면 안 되겠는가, 그런 말들이 더 나왔다.

나는 교육 일선 책임자의 인식 수준과 학생보다 공문이 더 중요한 현실, 예술가와 학생이 만나 서로의 세상을 교환해보는 사회교육 시스템이 자리잡지 못하고 있는 것에 절망감이 들었다.

객원교사제가 끝나고 정리 워크숍을 했다. 고생담도 많고 행복담도 많았다. 그중 가장 성공한 케이스로 손세실리아씨가 뽑혔다.

그가 담당한 학교는 민통선 가까이에 있는 전곡중학교였다. 아이들과 수업하고 뒤엉켜 밥도 먹었다. 학교 축제 때는 문예반 코너를 따로 만들어 아이들 시 전시회를 열었다. 아이들은 손세실리아 시인의 작품들을 따로 걸어놓았다. 민통선도 함께 견학하고 모든 과정이 끝난 다음에도 인터넷으로 창작시 합평을 하고 있다고 했다.

맘고생이 심했던 동료 작가들이 부러워하자 그는 배시시 웃었다.

손세실리아 시인의 본명은 손계순이다.

"시란 한마디로 뭐냐."

"……"

"친구도 없고 장난감도 변변찮은 시골 아이를 가만히 보고 있으면 자신의 상처를 가지고 논다. 무릎이 까지면 자꾸 만져보고 딱지가 앉으면 그 딱지를 뜯어내며 혼자 논다. 시라는 게 바로 그것이다."

상처를 가지고 노는 것. 상처를 확인하고 상처에 집착하며 상처로 명상하며 상처로 의미를 획득하고 상처로 지경에 이르는 것. 내가 창작을 시작하게 된 것은 그로부터 한참 뒤였지만 선생의 그 말은 오래도록 기억에 남았다.

보매 술에 푹 젖어온 애주가

–

이흔복 시인

한국작가회의 강원지회 기관지 『강원작가』 2004년판에는 작가회의 초청으로 방문한 연변작가협회 회원 홍천룡씨가 쓴 한국 방문기 「첫선 보인 서울 아씨」가 들어 있다. 거기 이런 대목이 있다.

'…… (그의) 갈갱갈갱한 몸에 도리납작한 면상은 고운 아씨의 해맑은 모습인 양 부드러운 감을 안겨주었다. 눈치 빠르게 우리의 짐을 받아서 차에 척척 싣는 품이 소리 없이 부지런한 사람임을 알렸다. 헌데 짐을 받아 줄 때나 무엇을 꺼낼 때면 손 팔을 가들가들 흔들거리다가도 바르르 떨기도 했다. 보매 술에 푹 젖어온 애주가였다.'

바로 이흔복 시인에 대한 묘사이다. 시집『서울에서 다시 사랑을』『먼 길 가는 나그네는 발자국을 남기지 않는다』를 낸 이흔복 시인은 경기도 여주 사람으로 씹을 것보다는 마실 것을 찾고 그릇보다는 잔을 가까이해온 탓에 애주 경력이 이렇게 범동북아시아급이 된 이였다.

예전에 동료 작가들을 거문도에 데리고 간 적이 있었다. 백도도 돌아보고 등대도 다녀왔다. 그는 2박3일 동안 술에 절어 지냈다. 24시간을 4로 쪼개기는 쪼개되 6시간은 자고 남은 세 쪽은 다시 합쳐 18시간 마셔댔다. 거문도 들어가는 여객선 안에서도 마시고 백도 유람선 안에서도 마시고 해수욕장을 둘러볼 때도 마시고 등대 구경하러 갈 때도 방에 남아 마시고 밥 먹을 때도 마시고 남들 마실 때도 또 마셨다. 술잔을 든 채 쓰러져 자다가 일어나 다시 잔을 쥐곤 했다.

여행을 다녀온 며칠 뒤 나는 이시인에게 전화를 걸었다.

"잘 갔어?"

"잘 왔지 뭐."

"기껏 여행 데리고 갔더니 술만 마시고 말이야. 거문도 가서 뭐 제대로 보기나 했어?"

"봤지."

"술잔 말고 본 게 또 있다고? 하나만 말해봐."

"깊고 푸른 바다를 봤지."

"언제, 어디서 봤어?"

그는 덤덤하게 대답했다.

"집에 돌아와서 텔레비전을 틀었더니 거문도 특집을 하더라고. 그때 봤지."

그 말은 훗날 동료 작가들과의 인도양 항해기 제목이 되었다.

여행은 거문도여행사 박춘길 사장이 후원을 해주었다. 그가 경비를 댄 이유는 거문도를 소재로 시나 소설을 써달라는 거였다. 지금까지 아무도 쓰지 않았다. 딱 한 사람, 이흔복 시인만 썼다.

*

그의 본가는 족보 있는 개를 왕왕 길러왔다. 언젠가 어렸을 적 싸움 이야기가 나왔다. 한 바퀴 빙 돌아 그의 차례가 되었다. 그는 말했다.

"내 국민학교 다닐 때 아무도 나를 못 건드렸어."

"우와, 그렇게 주먹이 셌어요?"

주변의 어떤 여자가 감탄하며 물었다.

"우리집에 내 말만 잘 듣는 세퍼트가 있었어. 등치도 크고 아주 사나웠어."

"......"

"그 개를 날마다 학교에 데리고 갔지."

"......"

"멋모르고 나를 괴롭힌 애들 있으면 물어, 쉬, 이러면 끝났어. 오줌을 좔좔 쌌으니까. 그 개 때문에 내가 국민학교 짱이었어."

그는 스스로 잔 들어 마시고 침묵하다 붉은 눈 내리깔며 말을 이었다.

"근데, 그 개가 사학년 때 쥐약 먹고 죽었어."

"어머, 어머, 그럼 짱은 어떻게 됐어요?"

"맨날 맞았지 뭐."

*

작가회의와 몽골작가협회와의 교류 행사 덕에 몽골에 간 적이 있다. 이틀간의 행사를 마치고 초원으로 트레킹을 갔다.

몽골 시인 중에 키 크고 콧수염 기른 사내가 있었다. 수첩에 빼곡히 적힌 몽골어를 보여주길래 이게 다 시냐고 물었더니, 자기와 잔 여자들 이름이란다. 내가 감탄을 하자 집에 가면 이런 수첩이 하나 더 있다며 약간 피곤하다는 투로 으쓱거렸다. 그건 그렇다 치고, 이 양반이 워낙 술꾼이다. 등산용 컵을 목에다 걸고 다니면서 차가 멈추기만 하면 우리 일행에게 칭기즈칸 보드카를 돌렸다. 그게 좀 독한 술인가. 사람들은 넌더리를 내며 고개를 흔들었는데 그 동네에서는 거절이 예의에 어긋나는 거라, 대부분의 잔이 내게로 대신 넘어왔다.

한·몽 교류를 그와 나 둘이서 한 셈이다. 받아마시던 끝에 나도 질려, 그에게 말했다.

"이혼복을 아는가? 자꾸 이러면 한국에서 이혼복을 데리고 오겠다. 그 사람 오면 당신 알콜 인생은 종 친다."

처마 끝 빗물 같은 사람

—

박남준 시인

배, 하면 가장 서럽고 아쉬운 이가 박남준 시인이다. 그는 2006년
봄 동료 작가들과 컨테이너선인 현대 포춘호를 타고 유럽으로
향했는데 인도양 다 건너고 수에즈 운하 들어서기 전 아덴만에
서 그만 화재가 일어나고 말았다. 근처에서 훈련중이던 네덜란
드 군함에 의해 구조되어 되돌아왔다. 그 넓은 바다에서 표류라
도 안 하기 다행이다. 아무튼 군함도 떠다니는 조국이라, 국제법
상으로 그들은 네덜란드까지 다녀온 셈이기는 했다.

　돌아온 그는 생각지도 못한 해난사고와 못다 한 항해가 걸리
고 아파 아예 전화를 받지 않았다. 덕분에 내 전화가 바빴다. 설

마 돌아가신 것은 아니죠? 다치시기는 했죠? 솔직히 말씀해주세요, 뭔가 숨기시는 거죠? 주로 이런 내용이었다. 다 여자였다.

박남준 시인은 팬들이 많다. 친하다는 것을 알고 그에 대해 물어오는 여인네들이 여럿이었다. 나는 이렇게 대답해주었다.

박남준 시인 말입니까? 저번에도 어떤 여인네 하나 와서 물어보더니.

그 양반, 지금은 지리산 골짜기 악양 동매마을에 살고 있습죠. 아, 모악산방은 악양으로 이사 오기 전에 살았던 곳입니다. 저도 여러 번 갔습죠. 사실 거기는 귀신이나 살 집이었습니다. 컴컴하고 음습하고. 원래 무당이 살았다고 합디다.

남준 형이 거기로 들어간 첫날 밤 글쎄, 어떤 섬뜩한 기운이 있어 돌아봤더니 단발머리에 눈매 사나운 여자 하나가 덩치 좋은 사내 둘을 좌우로 거느리고 마당에 서 있더랍니다. 문은 닫혔는데 훤히 보이더래요. 그러면서 여자가, 나를 받아들일 것이냐, 고 묻더랍니다.

흐흐, 그 양반. 거짓말 못해요. 잘못 본 것을 말하기도 하고, 또 종종 뭘 잘못 보기도 하지만 안 본 것을 봤다고 할 사람은 아니죠. 이 양반이 어떻게 했겠습니까. 깜짝 놀라 문고리 잡고 버티며 아, 안 돼요, 외쳤다는데, 그 귀신들도 살아생전 명심보감 정도는 들춰봤던지 예의가 보통이 아니었죠. 발길질 한 방에 떨어져

나갈 그깟 창호지 문 하나가 대수겠어요? 그냥 휘익 통과한 다음 몸속으로 스윽, 파고들면 그만인데 말이죠. 손님처럼 마당에 서서 물어보고 있었다니 그렇게 예의바른 귀신, 인제는 없겠죠?

아무튼 용케 박수무당 신세를 면하고 오래도록 살았습죠. 거기서 음악 듣고 시 쓰고 된장 끓여 밥 먹고 지냈습니다. 풍문에, 뒷산 나무와 사랑을 나눈다고도 하고 시내 버들치를 남 같지 않게 위한다고도 하고 보름달 뜨면 거문고 끌어안은 채 홀로 앉아 있다고도 했지만 말입니다. 그러다가 햇살 바른 동매마을로 옮긴 지 몇 년 돼갑니다.

저요?

저는 십여 년 전 대전 사는 이강산 시인 출판기념회에서 처음 봤습죠. 어떤 여인네가 누군가를 가리키며 이렇게 말하더군요.

"어쩨 저니를 보고 있으면 자꾸 풀여치가 떠오를까?"

그래, 누군가 싶어 봤더니 버스 뒷자리에는 절대 안 앉을 것처럼 생긴 사내 하나가 바랑 같은 것을 짊어지고 있는데 참 개심심합니다. 풀여치 같기도 한데 나는 먹 갈기 싫어하는 화가가 그려놓은 그림 같습니다.

그날 밤 깊어 다들 여관으로 갔습니다. 마무리 술자리로 마련한 큰방에서 갑자기 우당탕탕 시끄러웠습니다. 가봤더니 취한 모 시인이 좀 덜 취한 모 시인에게 시비를 걸었더라고요. 시비건 쪽이 두두두 달려가 부웅 뜨며 이단 옆차기를 하는데 목표점에서 10센티가 모자라 그만 허공에서 쿵 하고 떨어집니다. 맞을 뻔한 쪽에서는 멱살을 잡고 으르렁거리고 있고요. 아, 모든 시인이 다 그렇지는 않습니다.

두 사람 사이에 뛰어든 저는 좀 난감했죠. 시비 건 쪽은 취했다 하면 물불 안 가리고 덤벼드는 스타일이고 시비 당한 쪽은 한번 폭발했다 하면 기동타격대 5분 대기조도 나가떨어지는 사람이었거든요. 그런데다 구석에 쪼그려 앉아 있던 박남준 시인은 손바닥으로 얼굴을 가리고선

"흑흑, 제발 싸우지 좀 마. 그만 좀 해."

이렇게 울기 시작했습니다. 난리가 나도 형형색색, 아이덴티티 분명하게 난 것입죠. 환장하겠습디다. 오늘밤은 얼마나 고통스럽게 길 것이며 내일 해장술은 또 얼마나 징그럽게 흘러갈 것인가, 그런 고민부터 듭디다. 근데, 눈물 한 방에 싸움이고 뭐고 순간 시들해지듭만요. 시비 건 쪽이 본격적으로 깨지려고 하는 장면에서 모든 동작이 정지된 것입니다. 엎어진 술병과 재떨이 위로 그 양반 흐느낌만 떠다녔죠. 허참, 뜯어말리는 것보다 그게 더 효과적이긴 합디다.

그 시절에는 잘 울었습죠. 이러면 이런다고 울고 저러면 저런다고 울고. 촉촉 젖어간다 싶으면 어느새 한줄기 흘러내리고 머잖아 흑흑 흐느끼곤 했죠.

밤 깊은 모악산방에서 막스 브루흐의 〈콜 니드라이Kol Nidrei〉와

에르네스트 블로흐의 〈프레이어Prayer〉가 낮고 깊게 울려퍼지는 스피커를 껴안고 울던 모습은 지금도 눈에 선합니다. 가히 '눈물의 시인'이라 할 만했는데 하긴, 울려고만 태어난 사람이 어디 따로 있겠습니까. 그 양반이 볼 때는 이 세상이 울 것으로 가득하더라, 뭐 그 말이죠.

분단의 고통이 고스란히 담겨 있는 가계(家系)가 그렇고, 한쪽으로만 기울어지며 떠난 여인이 그렇고, 야만과 폭력이 활개치는 당대 현실이 그렇고, 혼자 힘으로 어찌해볼 수 없는 사람들의 아픔이 그렇고, 막막한 자신의 인생이 그렇듯이 말입니다.

그래서 그러겠지만, 박남준 시인을 두고 사람들이 칭하기를 풀잎 같고 이슬 같고 바람 같고 수선화 같고 처마끝 빗물 같고 나비 같고 눈물방울 같은 사람이라고들 합니다. 뭐뭐 같다는 것을 다 싸잡아 소매로 팔아봤자 오만 원도 안 되겠지만, 타고나기를 그렇게 타고난 그런 사람이죠.

그러니까 오십 넘도록 홀로 스님처럼 지내며 시와 음악과 새소리, 매화를 동거인으로 두고 살고 있습니다. 삶은 정갈하고 성품은 깨끗하고 몸은 아담하고 버릇은 단순하고 눈매는 깊고 손속은 성실한데다가 시서에 능하고 음주는 탁월하고 가무는 빛나는 가인(佳人)이죠.

그러니 당연히 팬이 많죠. 따르는 무리가 적지 않고 행여나, 멀리서 바라보는 이는 넘쳐날 정도입니다. 가보시게요? 글쎄요, 남준 형은 얼굴을 좀 따지는 편인데…….

박남준 시인의 팬들은 약 80퍼센트의 여성과 20퍼센트의 남성으로 구성되어 있는 듯합니다. 때문에, 선상님 오늘은 어디로 출타중이신가요? 봄볕이 좋은데 좀 거시기하셔서 거시기하시지는 않으시나요? 좀 마르신 것 같아서 제 맘이 다 무너져요, 아이 참, 오늘은 댁에 계시네요, 요즘 한가하셔요? 이번에 발표하신 시 읽으며 밤새 잠 못 들었어요, 어떡하면 좋아요? 꿈에 나타나셨어요, 몰라요, 이번에 동남아 여행 가신다면서요? 혹시 동행 필요하시면 언제라도……. 우연히 들었는데 어떤 여자 분이랑 블루스를 추셨다면서요? 그럴 리가요, 전 믿지 않아요, 이런 말들이 주변에서 끊이지가 않습니다.

예, 알겠습니다. 경쟁자들이 되기는 하겠구만요.

굳이 분류해보자면 먼저 '원거리 흠모형'이 있습니다. 이 양반이 전화기에다가 근황을 녹음해두는 버릇이 있는 것은 아시죠? 흐흐, 여러 번 들어본 얼굴이십니다 그려. 웃으시긴.

복수초가 피었다, 붓꽃이 피었다, 개양귀비도 피었다, 개화중계방송(開花中繼放送) 사이사이 짜장면 먹으러 간다, 스님이 불러서 절에 간다, 친구 따라 동남아 순회 간다, 해놓고서 안뇨옹, 이런 구강형(口腔形) 인사로 마무리되곤 하죠.

그러니까 '원거리 흠모형'은 녹음한 내용만 듣고 머뭇머뭇 끊는 타입입니다. 그러니 크게 신경 안 쓰셔도 될 듯합니다.

그 반대가 '근거리 살림형'입니다. 몇몇 여인네들이 김치도 담가주고, 핸드폰도 사주고, 술도 담가주고, 겨울이면 털옷도 짜다주고 합디다. 저기요, 얼굴 펴시죠. 오래도록 가깝게 지낸 이들이라니까요. 가족이나 친구처럼요. 뭐 그리 심각하게……, 생각 좀 해보시죠. 그토록 오랫동안 가깝게 지냈는데 박남준 시인이 왜 아직도 총각이겠습니까. 검증이 이미 완료됐다고 보시는 게……, 예, 예. 근데, 제 이 말은 절대 발설하면 안 됩니다. 아시겠습니까?

또하나가 '중거리 접근형'입니다. 사실 이쪽이 무섭습니다. 무작정 찾아오는 스타일이죠. 예전에 한 여인네가 그렇게 찾아왔는데 밥도 먹고 술도 먹고 음악까지 다 듣고도 돌아가지 않아 결국 이 양반이 남의 집을 전전한 적이 있었더랬죠. 뭐, 진이 만난 화담도 아니고, 허참. 그런 사람들은 일단 들이대고 봅니다. 그러다가 도저히 안 되겠다 싶으면 쓸쓸하게 되돌아가니 평균치를 내보면 중거리형이 되겠다 이 말입니다. 밑져야 본전이라는 말이 제대로 쓰이는 경우겠죠.

그 외 '그때 그때형'이 있습니다.

제가 본 것만도 여러 번 됩니다. 봉봉오렌지 캔 네 개 들고 사립짝 밖에서 하염없이 서 있던 여인네도 있었고, 시 좀 가르쳐주세요, 찾아와 한사코 제 금목걸이만 만져대는 이도 있었고 뭐 말하려면 한정이 없습죠.

어찌, 그런 부류가 되시려구요?

너무 외로워서 저가 싸질러놓은 오줌한테도 말을 거는 시인들을 여럿 알고 있는데 그쪽은 안 땡기십니까? 유명 영화관에 한정 없이 줄 서느니 이본 동시상영 쪽으로 관심을 옮기시면 값도 헐하고 한갓져서 좋으실 텐데……. 말씀만 하시면 당장 부를 수 있습니다.

그, 그러시겠죠. 허긴, 열흘치 가루약보다는 주사 한 방을 더 선호하는 분들도 계시니까. 여자뿐만 아닙니다. 시시장철 쌀이며 품이며 도와주는 남자 분들도……. 아, 그러시겠죠. 사내들 이야기야, 그렇다면, 생략하겠습니다.

사람들이 도와주기도 하지만 이 양반, 워낙 욕심이 없어요. 스스로 '관값'이라고 부르는 자신의 장례비 이백만 원만 가지고 있고 조금이라도 넘치면 여기저기 시민단체에 기부를 합니다.

또한 식탐이 없어 한두 가지 나물과 된장국이면 충분하고 사람들 앞에 나서서 떠드는 것보다는 음악 듣는 것을 택하고 노는 것보다는 호미 들고 밭으로 가는 것을 즐기며 권태를 피해 꽃 들여다보기를 좋아합니다.

아, 이 양반이 욕심내는 것 딱 하나가 있겠군요. 말씀드린다니까요. 급하시긴.

그가 지리산과 제주도 거쳐 경상도에서 '생명평화 탁발순례'

할 때였습니다. 밀양에서 무슨 행사를 했는데 시낭송 하러 이틀 말미를 얻어 거제도에서 올라왔더군요. 구릿빛 얼굴에는 오래 걸은 이의 기운이 풍겨났습니다. 아닌 게 아니라 만나자마자 바지춤 걷어 종아리에 박인 근육을 보여주더군요.

"이 정도면 나도 좀 남자답지?"

제법 싸나이 박남준 같습디다. 이 양반이 워낙 여성적이라 남성성에 대한 어떤 목마름 같은 게 있습니다. 엉덩이로 방바닥 밀며 창 쪽으로 다가와 바느질거리 잡아드는 모습이나 목욕탕 구석에서 얌전히 구부리고 앉아 조심스럽게 물 끼얹는 자세를 보고 있자면 말 그대로 '달린 여자'라 할 만하거든요.

이원규 시인이라고 엄청나게 큰 오토바이 타고 다니는 이가 있는데 그 친구한테 부탁해서 중고로 산악 바이크를 사더라고요. 아마 자신을 위해서는 카메라 외에 가장 큰 돈을 썼을 겁니다. 백만 원 좀 안 된다고 하니 말이죠.

나도 하나 사고 싶다, 해쌓더니 샀다, 는 소식이 전해져왔습니다. 그의 집이 마을 맨 꼭대기라 그런 운송 수단 하나 마련하는 것도 괜찮지만 사실 이 양반, 조금은 터프해지고 싶었던 겁니다. 그것 타고 산에 올라가 백두산 호랑이처럼 포효도 했답디다. 글쎄, 땅바닥에 납작 붙어서 가는 50시시짜리라서 그 터프함이 오죽하겠소만 그래도 나름대로 진일보한 것입죠. 그러니 혹시 가시면, 어쩜 그리 고우셔요보다는, 어머나, 보기보다는 의외로 터프하셔요, 이런 말로 밀어붙여보시는 게…….

예, 건강도 궁금하시겠지요.

워낙 그런 사람이라 병을 앓아도 특수 분과에 족보 올린 것들만 앓습디다. 언젠가 쓰쓰가무시인가를 앓았고, 그리고 뭐였더라, 그래, 통풍(痛風), 그것도 앓았죠. 요산(尿酸)이 급격하게 느는데 배설은 잘 안 되는 그런 병이랍디다.

근데 그 병은 왕자나 거지, 둘 중에 하나가 걸린다면서요? 그것 앓을 때 스스로 침을 놓고 있는데 괴로운 모양새는 아닙디다. 왕자나 거지 중에 하나라면 자신이 왕자 쪽에 가깝지 않겠나, 그런 얼굴입디다. 하긴, 술도 다른 것은 안 되고 양주가 그중 괜찮다는 병이니, 뭐 그럴 수도 있겠습니다.

예전에 아라비아 사막에 갔을 때 보니 살이 찐 탓에 소혹성 B612호로 돌아가지 못하는 것을 한탄하기도 합디다. 사막 한가운데에서 밤하늘 저 높은 곳만 아련하게 올려다봅디다. 나는 그때까지 남준 형의 본적이 전라도 땅 법성포인 걸로 알고 있었습니다.

사람이니 단점이 왜 없겠습니까.

워낙 동작이 굼떠 같이 어디 가려면 아주 속이 터집니다. 웃지 마셔요. 당해보시면, 웃음 안 나옵니다. 죽기 전에 이 양반 똥구멍에 불 한번 붙여보는 것이 제 목표라니까요.

자, 이 정도면 궁금증이 좀 풀어지셨나요? 그래요? 백문이 불여일견이라는 말이 사람한테도 쓰이는군요. 그럼 한번 가보시죠. 최소한 남을 위해 눈물을 흘려본 사람이라면 알아보고 직접 덖어놓은 차 한잔은 내놓을 겁니다. 마지막으로 그를 위한 시 하나 들려드립죠.

박남준 시인은 어느 날 밤 배가 고팠습니다.

'모처럼 국수를 삶아 먹어야겠다.'

그런데 찬장을 열어보다가 아차 했습니다.

소금이 떨어진 것입니다. 간장병도 말라 있었고요.

'어떡하지. 이 늦은 시간에 가게에 갈 수도 없고…… 음 그렇다면'

박남준 시인은 종재기를 하나 들고서 달빛에 매화가지

어른거리는 창문 옆에 앉았습니다.

'이제 시작해야겠어.'

그는 조용히 입을 열었습니다.

'겨울밤 새끼들을 데리고 사라진 고양이'

그러자 마음 한쪽이 축축해졌습니다.

'사람들이 먹겠다고 잡아간 버들치'

이번에는 목 언저리에서 시큰한 기운이 생겼습니다.

'지난해 차렸던 아버지 제사상'

그는 울먹거리기 시작했습니다.

'한쪽으로 기울어지며 멀리 떠난 사람'

눈가에 눈물방울이 맺혔습니다.

'두만강 강둑에서 손 흔들어주던 북한 소녀'

맺힌 눈물방울이 또르르 떨어졌습니다.

'불타는 포춘호에서 바라본 인도양 노을'

눈물은 마구 흘러내렸습니다. 그는 눈물을 담았습니다.

오래지 않아 종재기는 눈물로 찼습니다.

박남준 시인은 국수를 먹을 수 있게 되었습니다.

— 아널드 로벨 「눈물차」를 빌려씀

그럼, 안녕히 가십시오. 지리산 방향 버스 타는 곳은 저쪽입니다.

그가 그곳에서 사는 이유

—

이정록 시인

이를테면 시인 직업도 국가자격증이 있고 자격증 취득을 면접으로 본다 치자.

아니, 면접 오면서 소주병 들고 들어오는 사람이 어딨어요? 술병은 입구 우산꽂이 같은 곳에 두고 들어오세요. 아무리 해장이라도 그렇지, 국가 행정 알기를 원…… . 저기요, 초상났어요? 그만 좀 우세요. 화장지 거기 있으니 콧물 좀 닦으시고요. 으이그, 얼른 전근 가든지 해야지 이게 무슨 짓이야 그래. 그리고요, 제발 면접관 앞에서 피 좀 토하지 마세요. 화장실 옆에 따로 각혈실 마련되어 있으니 거기를 이용해주시구요. 피 토하면 곧바로 자격증 준다는 말은 브로커들이 하는 소립니다. 속지 마세요.

관계당국자 이렇게 질서 유지에 힘쓰다가 문득, 무슨 일로? 보시다시피 여기는 시인 자격증 면접실입니다. 방을 잘못 찾아오신 것 같은데요, 운동선수 면접실은 다음 동에 있습니다, 이런 말 하게 된다면 이정록 시인이 문 열고 들어왔다는 소리이다.

병환(病患)의 눈빛, 바짝 마른 몸, 신경질적인 입꼬리, 독한 기침으로 밤을 새우다가 새벽에는 급기야 피도 한 모금 토해내는 게 시인이라면, 그는 애초에 자격증 취득이 불가능하다. 그는 로마 병정 같은 네모나고 단단한 몸을 가지고 있으며 각 부위마다 근육이 찰진 사내이다. 국가 지정 시인들이 빈 소주병 나뒹구는 골방에 뒹군 채 볼펜 한 자루 들 힘만 있으면 나는 쓰겠노라, 쿨럭거릴 때 그는 150근 청룡도 휘둘러 다섯 송이 매화 허공에 그리고 나서 장풍으로 낙관 마무리한다, 하고 나서 씨익 웃는다.

나는 기운이 강하고 튼튼한 시인을 만나면 다행이라고 생각한다. 시인이 여리고 세세하기만 하다면 군인이 총질만 잘하는 것과 다를 바 없기 때문이다. 소설 쓰겠다고 소설책만 보면 반쪽짜리 되기 십상이듯이 시인도 반(反)시인의 세계를 지니고 있어야 한다. 멀고 낯선 것에 대해 기웃거리기. 그것과 이것의 연결 통로 만들기. 예전 씨름 선수 이만기가 훈련의 한 방법으로 탁구를 열심히 쳤다는 말을 듣고 무릎을 친 것도 그런 이유에서이다.

조금만 일찍 태어났다면 그는 유랑극단 변사를 했을 것이다. 제 발로 찾아가지 않았다면 납치를 당했을 것이다. 벌이가 시원치 않은 극단에서는 변사도 짐을 나르고, 아시바 메고 천막도 칠 수밖에 없지만 무엇보다도 뛰어난 언어 감각을 가지고 있기 때문이다. 어제 입국한 외국 관광객들을 한국말로 웃기는 것으로 봐서 위트가 가히 범지구적이다. 수출을 해도 될 정도이다. 그는 그것을 언롱(言弄)이라고 점잖게 부르지만 우리는 말빨이라 칭한다.

　'구라'로 유명한 황석영 선생도 고개 저으며 너한테는 졌다, 하신 적이 있을 정도로 그의 말빨은 독보적이다. 혹시 그와 술을 마신다면 화려한 일인극 무대를 볼 수 있을 것이다. 노래도 잘한다. '그는 갔어도 그의 노래는 남아 있다, 고 남인수 선생의 애타는 목소리를 여기에서 다시 한번 들어본다'도 들어보게 될 것이다. 모든 노래의 남인수화(化)는 음악에 대한 그의 자세이다. 그런 말빨과 노래는 왕왕 술집 여주인에게 헌사되는데 덕분에 우리 일행은 특별관리 대상으로 선정되기 일쑤이고 여타 편의와 배려를 보상으로 받게 된다.

　화가가 되었을 수도 있다. 그림에 대해서도 뛰어난 감각과 실력이 있다. 예전에 나와 동료들이 인도양 항해기를 냈을 때 캐리커처를 그려준 사람도 그였다. 자신의 동화집에 종종 직접 그림을 그려넣기도 한다.

　말했듯이, 그는 말을 아주 재치 있게 한다. 기억력도 좋다. 모

대학 문창과에 같이 강의 나갈 때였다. 내가 맡고 있는 소설반과 그가 맡고 있는 시반이 뒤엉켜 술을 마셨다. 학생들끼리 도토리와 상수리가 같네 다르네, 다르면 이렇게 다르네 저렇게 다르네 옥신각신했다. 한 학생이 우리에게 물어왔다. 그는 그 자리에서 한 쾌에 대답했다.

"드러누워 배꼽에 얹어놓고 흔들었을 때 굴러떨어지면 상수리, 잘 박혀 있으면 도토리.

귓구멍에 박아넣어도 쏙 빠지면 상수리, 큰일났다 싶어지면 도토리.

꼬마들 구슬치기 대용이 되면 상수리, 그렇지 못하면 도토리.

속을 파내고 호루라기로 쓸 수 있는 건 상수리, 되레 손가락 파먹는 것은 도토리.

떡메 맞고 후드득 떨어지는 건 상수리, 여물어 저 혼자 떨어지는 건 도토리.

줍다가 말벌에 쏘일 수도 있는 건 상수리, 땅벌에 쏘이게 되면 도토리.

구워서 먹을 만하면 상수리, 숯 부스러기만 남는 건 도토리.

동네총각 주머니로 가는 것은 상수리, 꼬부랑할망구 앞치마로 가는 것은 도토리.

맷돌에 넣고 갈 때 너무 커서 암쇠에서 매좆이 쑥쑥 빠지는 건 상수리, 금방 가루가 되는 것은 도토리.

떨어질 때 산토끼 다람쥐가 깜짝 놀라면 상수리, 아무도 모르면 도토리.

묵을 쒔을 때 빛이 나고 찰지면 상수리, 거무튀튀하고 텁텁하면 도토리.

잠깐 동안 이만큼 주울 수 있으면 상수리, 찾아다니다가 발목만 삐는 건 도토리.

갓난 아들 불알만 하면 상수리, 할아버지 썩은 송곳니만 하면 도토리."

그리고 선생답게 이렇게 뒤를 맺었다.

"참나무과 중에서도 도토리 열매가 열리는 나무를 참나무류라고 한다. 즉 상수리나무, 떡갈나무, 신갈나무, 졸참나무, 굴참나무 등을 한데 묶어 이르는 말이다. 학술적으로 도토리나무와 참나무라는 우리말 이름을 가진 종은 없다. 다만 사람들이 둥근 도토리 열매를 맺는, 키 큰 나무를 참나무, 뾰족하고 작은 도토리 열매가 열리는 키 작은 나무를 도토리나무라 한다. 이상, 상수리와 도토리에 대한 수업 끝."

이 정도면 식물학자도 새 직업 찾아 교차로신문 구하러 갈 판이다. 하긴 그는 한동안 농고에서 농업을 가르치기도 했다. 고추가 교목이라는 것을 나는 그에게서 들었다. 고추가 풀이 아니라 나무란다. 따뜻한 곳에서는 계속 자란단다. 어쩐지 여물고 맵더라.

물론 그는 고등학교 한문 선생이다. 체육 선생이 운동장에만 있으라는 법 없듯이 한문 선생이 한문만 가르치라는 법 또한 없다. 내 친구 하나는 중학교 때 반 년 동안 미술 선생이 영어를 가르쳤는데 그중 두 달은 수위가 수업을 맡았다고 한다. 그 수위는 월남 참전 용사였으며 미군들하고 친하게 지냈다는데 진위는 모른다. 다만 그 친구는 참참, 단어만큼은 원어민 발음으로 할 수 있었다.

아무튼 그는 우리들을 앉혀두고 간혹 한문 강독을 한다. 강독을 듣고 있자면, 아아 나도 한문학과를 갈걸, 후회를 하게 된다. 나는 지역개발학과라는, 이명박 정부 들어 심하게 부끄러워지는 그런 과를 전공했다.

상황 대처 능력도 뛰어나다. 문창과 수업하는 날, 비가 왔다. 그는 말했다.

"저번 시간에는 시인이 가져야 할 사회적 책임과 태도에 관해 이야기했고 오늘은 낭만에 대하여 이야기하겠다. 시를 쓰겠다면 이런 날 한잔하자고 전화하는 친구가 꼭 있어야 한다. 내 핸드폰을 안 끄고 여기에 두겠다. 전화가 오는지 안 오는지 한번 보도록."

삼십 분쯤 뒤 전화가 울렸다. 그는 분필을 놓고 씨익 웃으며 핸드폰을 집어들었다. 학생들은 상수리와 도토리 때처럼 감동하는 얼굴을 했다.

"오, 그래. 잘 지냈어?"
(선생님, 저 민정이에요.─그가 고등학교에서 담임 맡고 있는 반 여학생으로 그날 주번.)

"비 온다고 전화했구나?"
(그래요. 비 와서 구질구질해 죽겠어요. 청소 다 했어요. 근데 선생님 말이 좀 이상해요.)

"나야 늘 그렇지. 그래 어디서 볼까."
(어디서 보긴요. 빨리 종례해주세요. 알바 뛰는 애들 난리 났어요.─대학 강의 오는 날엔 다른 교사에게 종례를 부탁해놓는데 주번이 그 사실을 잊고 있었던 것이다.)

"거기? 그래 알았어. 지금 수업중이니까 조금만 기다려."
(종 친 지가 언젠데 아직도 수업을 해요? 선생님 자꾸 왜 그래요.)

그는 태연하게 전화를 끊었고 얼른 껐다. 학생들은 고개를 끄덕였다.

그러니 사실, 시인으로 써먹기는 좀 아깝다. 힘을 봐서는 씨름 선수로 딱이며, 산야농(山野農)을 훤히 꿰고 있는 품으로는 앞서 가는 농어민 후계자가 제격이며, 재기 넘치는 언변과 재빠른 대처 능력을 보아서는 국가 대변인이 맞춤이다.

그럼에도 그는 시인이다. 어떤 시를 쓰는가.

충청남도 광천 장(場)에서 출발하는 천북행 시내버스 운전사는 버스 안에 파리가 많아 골치다. 경로우대권 한 명 탈 때마다 등짝에 무임승차로 댓 마리씩 올라타기 때문이다. 운전사가 파리채를 휘두르자 노인들이 말한다.

"그냥 놔두시게 기사 양반. 그놈들도 광천 장에 왔다 가는 겨."

운전사가 대꾸한다.
"다들 데리고 타셨다가 슬그머니 떼놓구 내리시니 죽겠슈. 저번 장날 것두 다 못 잡았슈. 잘 보믄 집이 것두 있을뀨. 낯익은 놈 있으면 인사들이나 나눠유."

"예끼 이 사람. 보니께 자네 등허리가 파리들헌티는 아랫목이구먼.

우리야 손님들인디 자네 식솔들을 면면 알 수 있간디."

예전에 나왔던 시, 「파리」의 내용이다. 이렇게 그 동네 말투와 인정물태, 그것을 기반으로 한 성찰을 고스란히 시로 쓰고 있다. 그동안 시집으로 『벌레의 집은 아늑하다』 『풋사과의 주름살』 『버드나무 껍질에 세들고 싶다』 『제비꽃 여인숙』 『의자』가 있으며 이번 『정말』이 여섯번째.

시집 제목에서 대충 감이 잡히겠지만 도대체 값나가는 게 없다. 그의 시에 나오는 온갖 사물들은 고물장수도 고개를 젓는, 분리수거 대상들이다. 그의 시는 그렇게 여리고 약하고 찌그러지고 퇴색된 것에 머물고 피폐와 퇴화를 모태로 삼아 꽃피운다. 석쇠, 깻묵, 숟가락, 폐차, 대추나무, 닭, 곰팡이, 고구마, 개미, 간장, 식혜, 개집, 쑥, 무, 멸치, 요강, 웅덩이, 뒷짐, 촛불, 옻나무 젓가락, 소똥, 우표, 콩나물, 황태, 세숫대야, 졸음, 단무지처럼 주변에서 멋대로 굴러다니는 것들이 그의 눈에 걸려 아픈 창조의 과정을 거친 다음 빛나는 시어로, 제목으로 생명을 얻는다.

사물에 대한 직관이 날카롭기 때문이다. 노른자가 한쪽으로 몰려 있는 삶은 달걀을 두고 '끓는 물속에서 껍질 가까이 목숨을 밀어붙인 발가락과 날갯죽지'를 읽어낸다. 「나무 한 그루」라는 시에서는 '내 관(棺)으로 쓰일 나무 한 그루 어디선가 크고 있다'는 대목이 있다. 그 문장을 읽었을 때 왜 나는 그런 생각을 한 번도 하지 못했을까, 한탄했고 시인이 안 되기 정말 다행이라고 생각했다.

그는 또 언젠가 이렇게 말했다.

"보니께 말이여, 삶과 죽음의 거리가 2.5센티라고."

막연한 관념이 아니라 어떤 사물의 외형적인 특징을 본 것이다. 뭘까. 어떤 물건을 봤기에, 그 물건이 무엇이기에 삶과 죽음의 거리가 2.5센티라고 한 걸까.

그의 모든 것은 고향인 충청도의 언어에서 나오고 그것의 출발점에는 아버지와 어머니가 있다. 아버지는 튼튼한 몸과 고향 마을 황새울을 유산으로 물려주었는데 그것으로 부족하여 몇 개 더 물려준 것에 욕도 있었다.

그는 아들의 운동화를 빨다가 문득, 오래전 아버지가 자신에게 했던 욕을 떠올린다. '운동화나 물어뜯을 놈', 아하, 그는 욕실 바닥을 친다. 화가 난 부친이 솟구치는 순간에도 에두르는 표현을 쓴 것인데 그동안 잊고 있었다는 것은 상처를 받지 않았다는 증거. 댓돌에 운동화 벗어놓으면 무엇이 와서 물어뜯는가?

지금은 애들을 받들어 모시는 세상이지만 우리 어렸을 땐, 막말이 일상이었다. 부모의 막말은 주눅 아니면 반항을 만들어낸

다. 그렇지만 그의 아버지는 욕 하나에도 이렇게 추억과, 비유의 묘미를 덧붙여준 것이다. 그게 시 「아버지의 욕」이다. 그러니 자신도 아이들을 나무랄 때 나중에 웃을 수 있는 그런 말로 해야겠다고 생각하게 되는 것이다.

그 아버지는 세상 뜨시고 어머니는 세상에 남으셨다. 어머니는 어떤가.

우선, 그가 가지고 있는 부드러운 눈빛과 소박한 성격은 어머니 내림이다. 위트가 아버지 거라면 어머니는 관조의 품격을 보여준다. 이번 시집에도 등장하시는 어머니. 그의 어머니를 한 번이라도 본 사람은 말한다.

'그동안 정록이가 쓴 신 줄 알았는데 순전히 엄마 말을 받아쓰기 해놓은 거로구만 그래.'

시인이 시를 쓸 때 어머니만큼 강력한 동기가 있을까만, 어머니만큼 큰 메타포가 있을까만, 어머니만큼 아름다운 이웃이 있을까만, 그에게는 그 이상이다.

어머니가 없었다면 대한민국 시인의 태반은 삼수, 사수째 자격증 취득 실패에 머물고 있을 터이지만(어머니 없이 시인이 된 사람은 감투상을 주든지, 창작 과정을 추적해보든지 해야 할 일이다) 그에게 있어 어머니는 세상을 읽어내고 걸러내고 창조의 길을 열어주는 존재이다. 객관적 상관이다. 시의 출발점이고 창작 과정이며 도달점이다. 위트와 성찰. 문학에서 가장 중요한 두 축을 그래서 그는 다 가지고 있는 것이다.

부모가 자신에게 했듯 그도 학교에서는 학생들을, 집에서는 아이들을 진심으로 사랑하고 위한다. 아이들 눈높이로 스스로를 낮춰 대화하는 탓에 농담도 예사이다. 어떤 아이든 독립된 인격체로 대하는 것이다. 그래서 그는 먼 여행을 하지 않는다. 집과 학교가 일상의 대부분이다. 객지에서 행사가 있어도 늘 막차를 타고 돌아간다. 쉬는 날이면 두 아들 손잡고 목욕탕 가서 때를 밀어주고 산보도 하고 영화도 보고 밥도 차려 먹인다.

그리고 2.5센티.

답은 병풍이다. 알다시피 웬만한 병풍은 양면을 다 쓴다. 한쪽은 초상이나 제사에 쓰는 분향용이고 한쪽은 회갑 같은 때 쓰는 축수(祝壽)의 용도이다. 2.5센티는 두께이다. 삶과 죽음이 동전의 양면과 같다는 것을 옛사람은 알고 있었던 것이고 지금의 시인은 그것을 읽어낸 것이다.

사실 2.5센티 이야기를 자기가 해놓고서 잊고 있었단다. 그러다 나의 기억을 듣고 쓴 게 동시 「병풍」이다. 그러니까 이 시에 관해서는 최소한 저작권의 반은 나에게 있다.

오죽하면 시를

—

안현미 시인

현미구나.

　파르라니 깎은 머리 감춰줄 고깔모자 하나 없었다지(그런 건 꼭 제때 없더라). 거울도 지도도 없이 그저 눈물만 승했다지(그 눈물은 어디에서 모여들었을까). 건방지게도 요절을 꿈꾸었을 때 너는 스물두 살(그래서 어떻게 될 거 같았는데?). 넌 어떤 주술에 걸려 이별에 스며들었니. 너를 우주에서 이곳으로 끌어당긴 이들에게 뭐라고 했니. 그래, 사람이어서, 시인이어서, 행복하니.

　잎새에 이는 바람에도 괴로워하는 게 시인 족속의 숙명이라는데, 그래서 불행을 감지하는 것만큼은 탁월하다는데, 그러나 세상엔 나무가 너무 많고 잎은 더 많고 바람은 더더욱 쉬지 않고 불어오니 너, 시인은 안온할 틈이 없겠다. 밤마다 잠을 설칠 것이다. 안온하지 못하다는 것은 골목을 돌 때마다 마주치는 게 죄다 슬퍼 보일 것이라는 소리인데, 그리하여 그녀는 아프나 치유받지 못하고 있다. 외로우나 방문 받지 못하고 있다. 슬픔에 동참하라, 사람들아. 이게 다 세상에 잎새가 있기 때문이고 바람이 불어오기 때문이고 운명의 끈으로 뒷머리를 묶어놓았기 때문이다. 에이 씨팔, 잎새주나 나발 불자. 나는 그녀에게 모국어로 말을 건다. "인생이란 원래 뭘 좀 몰라야 살맛 나는 법"이라지. 그래, 오죽하면 시를 쓰겠냐. 도대체 무엇을 알아버린 거냐. 하늘은 너무 위에 있고 발은 생각보다 무거운데.

종종 그렇게들 하니까 나도 그녀를 처음 봤던 이야기나 할까 싶다. 십수 년 전, 가을하고도 어느 토요일. 나는 유용주 시인과 노원구 공릉동엘 찾아갔다. 행사 때문에 지방에서 전날 올라온 우리는 깊고 푸른 음주의 시간에서 막 빠져나온 상태였고, 마지막까지 버티던 동료들과(이상하게 이 경우에도 늘 시인들이었다) 광화문 인근에서 해장술을 나누고 막 헤어진 뒤였다.

그곳에 커다란 학교가 있었다. 서울산업대. 몹시도 웅장한 교문 아래로 많은 사람들이 들락거리고 있었다. 공부도 벅찰 텐데 산업까지 신경쓰느라 이렇게들 바쁘구나, 나는 감탄하며 몇 군데 건물 지나 어두침침한 강의실로 들어갔다. 열댓 명의 학생이 빙 둘러앉아 있던 그 교실은 '야매' 분위기가 풍겼다. 학교 쉬는 기간에 숨어들어온 야학 학생들이거나 산업역군인 우리에게도 배움의 기회를 달라, 뭐 이런 분위기.

그러니까 지금 안동에서 살고 있는 이위발 시인이 친구인 유용주를 자신이 속해 있는 '시 공부하는 모임'에 초청을 한 거였다. 우리를 반기는 이시인을 보면서 나는 그가 교수이거나 최소한 조교일 것이라고 생각했는데 알고 보니 그저 늙은 학생이었다. 늙은 학생이 담당교수 제치고 대장 노릇 하고 있었던 것이다.

"야, 일타이피네."

누군가 우리를 보고 그렇게 말했다. 유용주 불렀는데 한창훈이 별책부록으로 따라왔다는 소리. 이렇게 표현해도 된다면, 참 기특한 문예창작학과 학생들이었다. 토요일 오후에 쉬지도, 자지도, 놀지도, 연애하지도 않고 학교에 나온 것만 봐도 그랬다. 더군다나 학회, 시험, 이런 단어하고 아무 상관없이 순전히 자기들끼리 주머닛돈 털어서 모여 있었던 것.

그 자리에 네 살 정도의 아들을 데리고 있는 여자가 있었다. 로마인 얼굴형을 가진, 눈은 순하고 입매는 다부진 새댁이자 젊은 아줌마였다. 나도 어느 대학 문창과 강의 나갈 때 초등 2학년 딸

아이를 데리고 간 적이 있지만, 그래서 수업시간 내내 아이가 이상한 가루과자 만들어 먹느라 비닐 문지르는 소리를 내서 학생들이 웃기도 했는데, 아이를 데리고 있는 학생은 처음이었다.

뒤늦은 입학은 신산스럽고 고된 처지를 가늠하게 한다. 내가 그랬으니까. 나나 그녀나 생고무같이 통통 튀는 이십대 초기를 축 늘어진 빤스 고무줄처럼 살았다. 나는 공사 현장을 떠돌았고, 그녀는 회사 출퇴근하면서 아이를 낳았던 것이다.

무엇이 저 여자로 하여금 화창한 가을에 아이까지 데리고 교실로 오게 만들었을까. 왜 이 풍경이 모자(母子)의 단란함보다는 팔자 편안치 않아 보이는 쪽으로 읽힐까. 나는 잠시 생각했다. 시를 쓰려는 거겠지. 하긴 단지 그거겠지. 그런데 왜.

그녀의 까르르 웃는 소리는 그때부터 있었다. 물론 웃는 게 우는 것보다 삼천이백 배 낫다. 히브리 속담에도 "웃음소리는 울음소리보다 멀리 퍼진다"는 말이 있다. 그러나 슬픔이 많으면 일찌감치 죽어버리거나, 살아남았다면 웃는 거 말고는 할 게 없다는 사실도 우리는 알고 있다. 듣고 있으면 기분 좋은데 듣고 나면 공연히 쓸쓸해지는 그녀의 웃음소리는 이를테면 웃음 직전의 침묵, 웃음 직후의 허전함, 그리고 웃지 않을 때의 고단함, 그것들의 총화였다.

우리는 밥집으로 옮겨 소주를 마신 다음 노래도 부르고 춤도 추고 맥주도 마시는, 뭔가 엉성하되 그 모든 것이 다 가능하도록 뒤엉킨, 그런 술집으로 이차를 갔다. 성실파는 이미 교실에서 보았다. 보편적 비성실파는 일차 식당으로 찾아왔었다. 상당한 비성실파는 비로소 그 맥줏집으로 왔다.

마지막 방문자 중에 도깨비 형상의 젊은 사내가 있었다. 넓고 굵은 골격, 커다란 머리통에 벌름거리는 콧방울, 두툼한 입술, 아주 짧은 목. 술자리가 익을 대로 익자 그 사내가 나에게 말했다.

"여기 술값 걸고 팔씨름 한판 어떻습니까."

야매를 넘어 야바위가 되는 순간. 나는 거부했다. 초청강사 따라온 사람이 뭐한다고 술값 책임지는 짓을 한단 말인가. 잘해도 본전인데. 학생들이 우르르 달려들어 한판 붙어보라고 부추기는 것을 못 들은 척 버티고 있는데, 무대에서 여학생들과 춤을 추던 오늘의 초청강사가 휙 달려오더니 순간 베팅을 했다. 강사료 받은 봉투를 꺼내 탁자에 탁, 내려놓은 것이다.

"나는 창훈이에게 오늘 받은 강사료 몽땅 건다."

학생들, 특히 여학생들은 시어머니 죽었다고 연락받은 며느리처럼 환호성을 내질렀다. 제기랄, 이 정도면 뺄 수가 없다. 더군다나 투자자도 나타난 마당에. 그리고 오래지 않아 나는 지고 만다. 학생들, 특히 여학생들은 시어머니가 숨겨놓은 정기예금통장 찾아낸 것처럼 브라보를 외쳤다. 유용주 시인이 혀를 차더니 내 자리에 대신 앉았다. 그리고 프로만이 하는 멋진 포즈를 취했다. 네 손가락을 반듯하게 펴서 안으로 까닥거린 것이다. 덤벼보라는 것. 그리고 그도 멋들어지게 지고 만다. 왼손도 졌다. 학생들, 특히 여학생들은 통장 비밀번호까지 알아낸 것처럼 괴성을 내질렀다.

유시인이 받은 강사료는 30만 원. 맥줏집 술값은 짜맞춘 듯 29만 8천 원. 자리가 파한 뒤 우리 둘은 천 원짜리 두 장 든 채 이제 어디로 가야 하나, 깊은 밤 낯선 거리에서 하염없이 서성거렸다. 그 녀석은 진정한 야바위의 고수였다. '일단 줘라, 조금 있다가 자연스럽게 회수하면 된다.' 그게 공부와 산업을 병행하는, 그곳 문창과 '시 공부하는 모임'의 생활 태도였고 살아내는 방식이었다.

시간이 흘렀다. 십 년쯤 전 내가 작가회의 청년위원장과 사무국장이라는, 집안 대대로 한 번도 못해본 엄청난 직함을 연이어 할 때였다. 어떤 행사를 치르는데 두 손 걷어붙이고는 김치 썰고 안주 나르고 다 끝난 자리를 후다닥 치우는 한 여인네가 눈에 들어왔다. 그녀는 그러는 와중에도 손이 필요한 곳이 어디인가 계속 살펴보고 있었다. 작가보다는 일하는 아줌마에 가까웠다.

작가회의는 기본적으로 이런 사람들이 온다. 우아하고 고상한 이들은 올 곳 못 된다. 잘 오지도 않고 왔다 하더라도 여기는 이런 곳이군, 이러면서 금방 간다. 맞다, 작가회의는 그런 곳이다. 몸을 써야 하는 곳이다. 글 쓰는 것 외에 돈도 벌어야 하고 농성도 하고 가투도 해야 하니까.

그렇지만 다들 일을 잘하는 것은 아니다. 성실한 자세만으로는 뭐가 되지 않는다. 능숙한 일솜씨는 몸에 밴 버릇에서 나온다. 거칠고 귀찮은 일을 많이 해본 사람만이 일머리를 잘 알고 있는 법이다. 저 훌륭하고 아름다운 삼순이과(科) 여인네는 누구란 말인가. 그녀가 안현미였다. 몇 년 전 보았던, 아이 데리고 있던 그 새댁. 그녀는 그사이 등단하여 시인이 되어 있었던 것이다. 나는 또 생각했다. 오죽하면 시인까지 되었을까.

시인은 자기 인생을 유골함처럼 시집에다 담아놓는 버릇이 있다. 딸, 여성, 어미로 이어지는 태생의 의문과 몸부림, 그리고 그게 시로 만들어지기까지의 지난한 과정, 동굴 속에서 그토록 노력했건만 결국은 여성의 틀에 갇혀버리게 되는 불편, 불만, 불안의 떨림과 파장을. 지평선 너머로 날아가려는 영혼과 삶의 책임을 몇 뼘 몸뚱이 속에다 어떻게든 강제 동거시키는 자세를. 나는 시집을 읽고 나서 고개를 끄덕였다. 그래, 그녀의 오죽이 이것이었구나.

내가 아는 시인 대부분은 근근이 살아가는 편이지만 어쨌든 그들은 시 쓰는 행위로써 자신의 상처를 매만지는 이들이다. 각 개인의 고난을 역사적 사명으로 견디기 위해 정신없이 태어났고 예전부터 일었던 잎새의 바람을 오늘의 괴로움으로 되살려 안으로는 인내의 자세를 확립하고 밖으로는 타인을 위한 삶의 백신을 만들어야 한다는 것을 본능으로 알고 있다. 병균에서 백신이 나오듯, 독이 약이 되듯, 환자한테서 명의가 나오듯, 안현미의 인생도 시를 통해 멋진 진화를 꿈꾸어왔고 이번에는 더욱 그렇다.

그러니까 안현미는 아픈 결핍의 과거를 가지고 있는데, 그러면서도 착한데, 가난하면서 착한 것처럼 지랄 같고 가슴 짠한 것도 없지만, 그렇기에 이런 시를 쓰는 것이다. 시시때때 안현미더니, 곤두박질 안현미더니, 그리하여 한번 더 안현미이다.

삶의 비애를 적확하게 바라본다는 것은 나쁜 일은 아닐 테지만 나를 보아 너무 서둘지 않아도 나쁘진 않았을 텐데 어리고 영민한 여자가 현모양처가 되기란 동서남북 이 천지간에서 얼마나 얼얼해야 하는 일인가 그럼에도 불구하고 우리가 믿고 싶었던 행복을 얼음처럼 입에 물고 너도 곧 엄마가 되겠구나 무구하게 당도할 누군가의 기원이 되겠구나 여러 계절이 흘렀으나 나는 오늘도 여러 개의 얼음을 사용했고 아무도 몰래 여러 개의 울음을 얼렸지만 그 안에

국화 꽃잎을 넣었더니 하루 종일 이마 위에 국화향이 가득하였다
그 향을 써 보낸다 그저 얼얼하다 삶이

—「내간체」부분

　시간이 또 잘 흘렀다. 네 살이던 아이는 성인이 되었단다. 그녀는 그동안 아이 키우고 한 권의 시집을 더 내고 그리고 여전히 돈 벌어 가족 생계를 책임지고 있다. 순한 눈에 입매 다부졌던 새댁은 사십대 초반의 아줌마가 되어 있다.

　안현미 시인은 지금도 종종 본다. 생계에 휘둘리는 작가들을 보면 먼 곳에 자신이 가고 싶은 세상 하나를 만들어놓고 있다. 그 "길 끝에는 아무것도 없다"는 것을 잘 알고 있지만 그것으로 버틴다. 아무것도 없다면 그 텅 빈 곳이 모두 내 것이 될 테니까.

　그녀가 참 더디게 시를 쓰는 이유도 그것일 것이다. 내 것이 될 텅 빈 곳은 아직 너무 멀고 당장은 "당신의 직업 혹은 주로 하는 짓은 비정규직, 계약직, 시간제입니다", 이렇게 살고 있기 때문에. 행사, 공문, 감사, 보고서 따위의 지리멸렬 고리타분한 현실의 세계에 몸이 잡혀 있기에 더욱 그렇다. 그러나 니미럴, 비정규직이고 계약직이고 시간제인 것은 우리의 공통이다. 재빠르고 재수 좋은 몇몇을 들먹여본다 하더라도 이 별에서 사는 것 자체가 계약이고 시간제 아닌가. 그래서 그녀는 하루에 글자 하나

씩, 벽에다 쪽쪽 점 찍어 시를 만들어가고 있는 것이다. 삶과 시는 닮을 수밖에 없으니 어쩔 수 없다.

그녀에 대하여 한 장면으로 정리한다면 이런 풍경이다.

요즘은 이빨이 여러 개 빠져 몰골이 좀 그렇게 변해버렸지만 천재성을 지니고 있다고, 또는 있었다고 다들 말하는 시인 김정환 선배는 그녀를 만날 때면 두 손 번쩍 들고 이렇게 외친다.

"안현미 만세!"

그럴 때는 나도 동의해서 함께 두 팔을 올린다. 주변에서 마시던 두엇도 얼떨결에 들어올린다. 안현미처럼 사는 인생, 만세다. '만세'는 압박과 불편에서 해방되는 순간을 노래하는 단어이다. 지금까지 잘해왔으니 앞으로는 더 잘될 거라고 예측할 때도 쓴다. 뭐 당장 그렇게 안 돼도 상관없다. 만세를 또 부르면 되니까. 자꾸 만세 부르다보면 얼마 있지 않아 그녀의 웃음소리가 정말로 행복하게 들리게 될 것이다. 그럼 됐지 뭘 더 바라겠는가. 그러니 너무 열심히 살지 말자. 시인의 성공은 세상의 실패를 증명하는 척도이다. 좋은 세상에는 아픈 시인이 있을 리 없으니까. 그리고 무엇보다도 걱정 없는 것은, 계약의 시간이 끝나기를 기다리는 근사한 자세를 그녀는 이미 알고 있다는 것이다. 이렇게.

강 옆에서 물이 다 지나가기를 기다리는 사람처럼

삐아졸라를 들으며 나는 내가 다 지나가기를 기다릴 뿐

―「아버지는 이발사였고, 어머니는 재봉사이자 미용사였다」 부분

아, 팔씨름 잘했던 놈. 그는 최치언이라는 희곡작가이자 시인이다. 힘만 센 게 아니라 재주도 많아 이런저런 연극과 행사 연출을 맡기도 한다. 엄청나게 어려운 시집을 낸 적도 있다. 안현미 시인은 그에게도 천재성이 있다는 말을 간혹 하지만 나는 힘센 천재란 지구상에 존재하지 않는다고 생각한다.

꼼짝없이 술 마시게 된 이유

언젠가 길을 가다가 나는 누군가에 의해 순식간에 술집에 끌려
갔다. 그는 이렇게 말했다.

　아, 당신은 무조건 나한테 술을 한잔 사야 한다니까. 들어보면
알어. 간혹 신문이나 텔레비전에서 당신 얼굴 나오길래 아까 난
한눈에 알아봤지. 한 십오 년 정도 된 거 같은데 저기 대전 신시
가지 주공아파트 공사할 때⋯⋯. 흐흐, 이젠 알아보시는구먼. 지
금까지 목수 짓으로 먹고살고 있소. 암튼 반갑소.
　내가 왜 당신을 만나고 싶었고 술 한잔 받아먹어야 하는지 이

제 말하리다.

그때 그 현장 간조날 술 마시면서 고향 섬 이야기한 거 기억나시오? 낚시며 절벽 풍경이며 바다 색이며 하여간 얼마나 생생하게 이야기를 하던지, 뭐 그래서 작가가 되셨는지 모르겠소만, 순전히 그 이야기 때문에 그해 여름 친구 둘 꼬셔 당신 고향 섬엘 갔었소. 한 잔 더 따라보시오.

바다를 제대로 본 적 없는 나한테는 당신 이야기가 환상적이었소. 그래서 무조건 가본 거요. 멀긴 멉디다. 밤기차 타고 간 여수에서 배 타고도 다섯 시간을 또 들어갔으니. 젠장, 바다 너머 그렇게 먼 곳에서 우리나라 사람들이 살고 있다는 것도 놀랄 일입디다. 그냥 놀았소. 해수욕장에서 물놀이도 하고 낚시도 하고.

붕어 낚시 몇 번 해본 것이 전부인 솜씨로 뭘 제대로 했겠소만 그 뭐요? 맞소 보리멸, 그게 물디다. 우리도 낚시 한번 해보자고 싸구려 낚싯대 하나 사고 지렁이도 사고 해서 던져봤더니 잘도 물디다. 한 삼십 마리 낚았나? 근데, 잡기는 했는데 이것을 어떻게 해야 좋을지 몰라 지나가는 사람들 다 주고 말았소.

버는 대로 먹어버리던 노총각 때라서 여관 잡아놓고 날마다 식당으로 술집으로 돌아다녔소. 마지막날엔 올라갈 경비만 빼고 다 마셔버렸는데, 아 제기랄, 다음날 배가 안 뜬다지 뭐요. 폭풍이라나 뭐라나. 아주 돌아버리겠습디다. 예보가 있었다지만 우리야 경험이 있었어야지 어디. 배는 늘 뜨는 것인 줄만 알았지 뭐요.

그때부터 한 고생은 말도 못하요. 지금처럼 핸드폰이나 카드가 있는 것도 아니잖소. 내리 사흘 바람 불고 비가 오는데. 허참, 웃지 마시오. 비상금으로 밥 두 끼 사먹고 나니 아주 알짜 거지가 되어버렸소. 결국 해수욕장에서 누가 버리고 간 찢어진 텐트랑 각목이랑 나이롱 끈을 주어 비 피할 곳은 만들었소. 그래도 내가 명색이 목수잖소.

혹시 귀 간지럽지 않았소? 친구놈들은 이 세상 있는 욕이란 욕은 모두 모아서 나한테 하고 나는 그 욕을 고스란히 당신한테 했는데. 욕이 그렇게 많은지 우리도 놀랐소. 아마 그때 했던 욕대로만 한다면 당신은 물론 섬사람들도 모두 죽고 섬도 깨져서 바다 속으로 가라앉았을 거요.

돈 떨어지니까 사람 행색 변하는 것은 한순간입니다. 당신 이름 석 자나 제대로 알았다면 친척이라도 찾아내서 들러붙든지 할 텐데 그것도 안 되고, 육지에서 놀던 버릇대로 강짜를 놓자니 잘못하면 천리 타향 낯선 곳에서 얻어터지기 쉽겠고 해서 빗물 받아 마시며 지냈소.

비는 끝이 없고 바람과 파도는 또 왜 그렇게 무섭게 치던지. 아주 지옥입니다. 잘하면 그대로 죽어 물고기 밥이 되겠습디다. 날이 그러니 낚시도 못하고. 자, 왜 술 사야 하는지 이해돼요? 아줌마, 여기 한 병 더.

몇 끼 굶으니 헛것이 다 뵙디다. 나중에는 도저히 못 견디겠어서 낚싯대 들고 가서 식당 주인한테 사정을 했소. 주인이 웃더니 공짜로 밥을 줍디다. 그 낚싯대 지금도 있소. 흐흐.

그런데 말이요, 밥 얻어먹던 날 밤에 바람이 자는데, 바다 위로 달이 뜨는데, 맑고 밝기가 한정이 없습디다. 은빛 물결이 수평선까지 춤을 추고 달빛 조명 받은 바위섬이 그림 같아 아주 돌아버리게 아름답습디다. 완전히 딴 세상입디다. 우리는 멍하니 그 풍경만 바라보았소. 은하수를 본 것도 아주 오랜만이었소. 결국 우리는 알몸으로 밤바다에 뛰어들었지 뭐요.

친구들이 꼭 다시 오자, 이럽디다. 그 덕에 새끼들한테 바다에 대해 해줄 말이 생겼던 거요. 한번 다시 간다 간다 해놓고서 몸 팔아 먹고사는 신세라 못 갔지만 마누라 새끼 손잡고 올 여름 꼭 한번 가볼 생각이요. 애새끼들이 맨날 말만 하고 안 데리고 간다고 난리요, 이번에는 내가 본 여름 바다를 확실히 보여주고 싶소. 그래서 이차는 내가 살 거요. 오늘 정말 잘 걸렸소. 자 이차 갑시다. 일어서시오.

그는 그렇게 내 고향을 그리워하고 있었다.

4부

기다리면 올 것은 온다

배두령에게 띄우는
편지

자, 임꺽정이의 이야기를 붓으로 쓰기 시작하겠습니다. (중략) 이야기 시초를 이렇게 멋없이 꺼내는 것은 이왕에 유명한 소설권이나 보아두었던 보람이 아닙니다. 수호지 지은 사람처럼 일백 단팔 마왕이 묻힌 복마전을 어림없이 파젖히는 엄청난 재주는 없을망정 삼국지 같이 천하대세 합구필분(合久必分)이요 분구필합(分久必合)이라고 별로 신통할 것 없는 말 쯤이야 이야기 머리에 얹으라면 얹을 수 있겠지요.

『임꺽정』은 이렇게 시작한다. 으레 고리타분한 역사 소설이려니 하다가 한번 잡은 손 놓지 못했던 소설이다.

알려진 대로, 벽초 선생께서 '쉰네 근성'이 몸에 배어버린 민중을 계급적으로 각성시키고자 '옛날이야기'를 이용한 게 이 소설이다. 임꺽정에는 장대한 스케일 속에 이야기의 생명을 부여하는 디테일과 역사 고증, 순우리말이 절묘하게 쓰인 문장, 살아 움직이는 캐릭터, 지배계급의 허위와 비겁함이 잘 드러나 있는데, 장교리가 도망치다가 굶어 쓰러진 끝에 누가 싸놓은 똥 속의 덜 삭은 보리쌀을 씻어 먹는 장면은 압권 중에서 압권이다. 쫄지 말자. 양반이라는 것도 굶으면 이 모양이다. 그 말이었다.

그러면서 『임꺽정』은 소설가로서 내 능력의 한계를 절감하게 해주기도 한다. 평생 몸과 마음 바쳐도 이렇게는 못 쓰겠구나, 겸손을 가르쳐준 소설이다.

나는 한번은 청석골패 형제 중에서 배두령에게 편지를 쓰기도 했다.

배두령.

막상 이렇게 불러보니 정말 남 같지가 않소이다. 열두 해 같이 뒹굴다가 봄 한철 잠시 헤어진 의형제 같기도 하고 조총 탄환 피해가며 돌멩이로 왜놈 물리쳤던 전우를 불러보는 듯도 하오.

그래, 지내는 것은 과히 괴롭지 않은지, 사지 평온한지 궁금하오. 물론 수백 군졸을 거느린 두령이니 불편하지는 않겠지만 자

모산성 뒤로 그대의 행적을 알려주는 이가 더는 없으니 혹 화살에 몸이라도 상했는지, 걱정이 열 말짜리 콩 가마 같소이다.

일찍이 벽초 선생에 의해 청석골패가 세상에 알려진 다음 나와 몇몇은 술좌석에 앉아 가장 마음이 가는 이가 누구인지 떠들던 적이 있었소이다.

당연히 그대들의 대장, 임꺽정을 최고로 치는 이가 있었소. 끝을 짐작하기 어려운 힘(우물가 향나무를 맨손으로 뽑아올리니 그게 어디 사람의 힘이오? 요즘 그런 일은 포클레인이 한다오)에 검술까지 겸비한 대장부 중의 대장부이니 어찌 안 그러겠소, 허나 변덕이 죽 끓듯 하고 보이는 여자마다 족족 마누라를 삼아버리는, 호방함을 넘어서는 무식이 너무 과해 반대파도 많았더랬소.

그대 둘째 형인 이봉학을 치켜세우는 이도 있었소. 조용한 성품에 오시오중 정도는 눈감고도 한다는 당대 명궁에다가 종반가의 피를 타고났다는 게 매력적이기는 하겠소이다. 박유복도 한 표 나왔소, 무던한 성품이면서도 부모의 원수를 끝까지 찾아내 복수하고 마는 집념의 소유자라 그렇다고 하더이다.

황천왕둥이는 여성들에게 인기가 좋았소. 잘생긴 외모에 순진한 성격, 그리고 유별난 아내 사랑 때문이었소. (곽오주와 길막봉은 한 표도 안 나왔으니 이 편지 보여주지 마시구랴.)

나요? 흐흐, 내가 왜 돌석씨에게 편지를 쓰겠소. 아니, 명색이 청석골 총찰두령이 부끄러워할 것은 또 무어요. 그대의 매력이 어디 한두 가지겠소?

우선 돌팔매질부터 봅시다. 짱돌로 오십 보 밖 목표물을 한 치 오차 없이 맞히는 제구력과 호랑이도 어렵지 않게 잡는 파워가 있으니 지금 당장이라도 선발투수로 나가면 뉴욕양키스도 우습게 퍼펙트게임 할 수 있을 것이요. 아, 이해 안 되면 까짓것, 넘어갑시다. 그것 때문에 그대를 좋아하는 것만은 아니니까.

돌석씨가 을유년 투석대에 뽑혀나가 전공 세우고 대정(隊正) 계급 달았다가 골김에 칼질 한번 하고는 불명예제대로 고향 김해에 가지 않았었소? 거기서 김도사집 비부로 들었는데(그대가 먼저 털어놓은 것이니 내가 다시 말한다고 해도 노여워하지 마시우) 그대 처가 된 여종이 사실 그 집 양반 나으리의 거시기였잖소. 둘을 갈라놓으려고 아씨 마님이 깡패로 소문난 그대를 집안에 들인 것이고.

알았소. 길게 안 하리다. 아무튼 처와 나으리가 붙어먹는 장면을 등시포착한 적 있잖소. 그대는 잡아죽이는 대신 나으리 이마에 얄궂은 것을 칼로 새겨놓고 새벽 똥 싸는 아씨 마님 찾아가 강제로 입 한번 맞추고는 길 떠나는데 그 장면이 너무 호쾌하고 시원했소이다. 맞다, 이것이다, 싶었소. 각자 저 할 수 있는 능력껏, 잘난 양반들 뒷구녕을 까발려버리는 것. 그게 저항 아니겠소. 그대 방법이 이곳 세상에서도 통할 부분이 많소이다.

돌석씨. 여기는 날 풀려 따스한데 거기는 어떻소. 성질나는 대

로 접전하지 말고 부디 몸 성하길 비는 바이오, 그대 형제들에게
도 안부 전해주시구려. 언제 돼지나 한 마리 잡아놓고 대포 한
잔 합시다. 그럼.

먼 곳에서 나를 끌어당기는 소리

지난 주말에 세 명의 시인이 섬마을 내 처소로 찾아왔다. 그들은 머물렀던 사흘 내내 흡족해했고 몹시도 아쉬워하면서 돌아갔다. 하긴 배 타고 낚시를 했고 가두리 양식장에서는 쏟아지는 별빛 보면서 탄성을 질렀고(그 가두리가 이번 태풍에 상해버려서 마음이 안 좋다) 바다에 비 오는 것 보면서 술 마셨으니 싫을 이유는 없지만 그들이 즐거워했던 이유 중 하나를 더 대보라면 충동적으로 여행을 왔다는 것이다.

그러니까 한 명이 나에게 놀러간다고 트위터에 자랑질을 했는데 그것을 보고 두 명이 말 그대로, 확 저지르는 심정으로 휴가

내고 따라붙었던 것이다. 여행의 가장 큰 매력은 충동이 용서받는다는 것이다. 용서받는 정도에서 끝나는 것이 아니고 훨씬 더 깊고 다양하게 무언가를 만난다는 것이다. 그것도 느닷없이.

옳은 말이다. 푸른 바다와 맛깔나는 생선회, 주민들과의 새로운 인연, 밤바다 항해를 하는 것은 사거리 모퉁이 도는데 누군가가 갑자기 꽃다발을 선물해주는 것과 같은 것이다. 이게 여행이다. 날 잡고 머릿수 맞추고 예약 확인하고 시시때때 인원 점검하고 먹을 것 쇼핑하는, 그래서 같이 간 동료들 얼굴을 더 자주 봐야 하는 관광과의 차이가 이것이다.

어차피 계획에 없었기에 그 여행에는, 만난 대상들과 한동안 망연자실 시간을 보내는 것과 뜻밖의 풍경에 어떤 감상이 밀려오는 것, 조금은 쓸쓸한 시간대를 보내면서 무언가 골똘히 생각하는 것도 섞여 있다. 그런 것들이 마음의 파장을 만들고 기억하게 한다. 내가 여행과 관련하여 기억하는 것도 그런 것들이다.

이십대 때 보았던, 충청도 어느 채석장 돌 깨는 아주머니 뒤통수에 내리쬐던 여름 햇살은 삶이 어느 정도까지 고단할 수 있는지를 알려주는 말씀 같은 것이다. 그녀는 기계가 깨놓은 돌멩이를 일일이 망치로 더 잘게 부수고 있었다. 기차선로에 깔기 위한 용도로 보였는데 어쨌든 그날 뒤로는 웬만한 일로는 힘들다는 말이 내 입에서 나오지 않게 되었다.

변산반도 밤바다에서 보았던 수평선에 반달 떠오르던 모습은 우리가 정말 아름다운 행성에서 살고 있다는 것을 깨닫게 해주었고, 부산 국제시장에서 리어카에 엄청난 양의 짐을 싣고 끌고 가던 청년에게서는 가족을 책임지는 장남의 심정이 스며들어왔다. 조악한 물건 몇 가지를 늘어놓고 팔아보려는 늙은 사내와 호루라기를 불며 쫓아와 내쫓는 경비원, 그리고 아버지의 손을 잡으며 뭐라고 위로를 하는 어린 딸을 본 것은 강원도 어느 도시 복판이었다. 그들이 멀어지는 모습을 보고 있자니 무력한 가장과 착한 딸, 그리고 소멸해가는 농경의 역사가 파도처럼 밀려와서 오랫동안 서 있어야 했다. 쫓아가서 물건 하나 사주지 못한 게 지금도 후회가 된다.

나는 그 장면들을 충동적으로 기차 타고 가서 만났다. 비록 사진 한 장 없지만 지금도 때때로 떠올라 깊은숨을 쉬게 하고 마음이 가라앉게 한다. 그랬던 것처럼 집과 회사로 돌아간 그 친구들도 이곳의 바다 색깔과 생선회, 더불어 식당 여주인의 노련한 손놀림과 섬 사내들의 투박한 친절, 비에 젖은 채 갈매기조차 졸고 있던 바닷가의 시간대를 기억할 것이다. 그 기억이 정서의 재산이 될 것이다.

정태춘의 노래 〈애기 2〉의 2절은 이렇게 시작한다. '이 땅이 좁다고 느끼던 시절 나는 방랑자처럼 떠돌았네.' 청춘의 시절에는 나도 그 노래 가사처럼 우리나라 땅이 좁다고 여겼으며 여행의 횟수를 늘리고 나서야 아주 넓은 나라에서 살고 있다는 것을 알게 되었다. 그리고 지금 생각한다. 그때 떠돌기를 잘했어.

갈까 말까를 고민하는 것은 무기력하다. 충동이 일어났다는 것은 먼 곳에서 무언가가 나를 끌어당긴다는 소리 아닌가. 그렇다면 그 거리를 이동해야 한다. 고민은 돌아갈까 말까 부분에서 해야 한다. 세상 저만큼 간 다음 어떤 모습으로 어떻게 돌아갈까를 고민하는 것, 그게 내가 말하는 여행이다.

구멍에 대하여

나는 예전에 구멍에 대하여 철학하는 사람 이야기를 한 적이 있다.

간략하게 말해보자면, 그가 구멍에 대하여 연구 및 공부를 시작한 시점은 열 살 때쯤이었다고 한다. 좁고 어두운 다락방에 누워 있다가 그 나이 아이들이 흔히 그러듯, 컴퍼스를 들고, 어디에 쓰는 물건인고, 잠시 갸우뚱하다가 베니어판 담벼락을 슬슬 긁어본 게 시작이었던 것이다.

머잖아 구멍이 하나 뚫어졌는데, 그 좁은 곳으로 쏟아져들어오는 바깥 풍경에 깜짝 놀라고 말았다. 택시와 자전거와 사람의 모습이 고스란히 맞은편 벽에 거꾸로 재현되었던 것이다. 그게 렌

즈의 역할이라는 것은 나중에 알았지만, 이 작은 구멍으로 세상이 통째로 들어온다는 것을 보고 벌어진 입을 다물 수 없었다.

그는 다음날 학교에서 집으로 돌아오다가도 새로운 세계를 만나게 되었다. 서쪽으로 뉘엿뉘엿 넘어가는 해를 보았는데, 다들 아시다시피 뜨거나 질 때의 해는 바라볼 수가 있는 것이어서, 멍하니 고개 들고 터벅터벅 걷다가 문득 제자리에 서버리고 만 것이다.

해라는 물건이 허공에 떠 있는 것이 아니고 이 세상을 감싸고 있는 지붕에 생긴 구멍은 혹시 아닌가, 싶은 거였다. 그러니까 우주 바깥쪽은 빛으로 가득한 세상이고 베니어판의 구멍이 그렇듯, 그 빛이 저 움직이는 구멍을 통해 이곳으로 오는 것 같은, 좀 특이한 발상을 한 것이다. 생각지도 못한 구멍이었다.

그러다보니 달은 차갑되 저 홀로 벌어지고 메워지는 그런 구멍이며 별은 산탄총 맞은 자국으로 보였다.

그때부터 그의 구멍 철학은 본격적인 탐구의 길을 걷게 되었다. 따져보니 구멍 아닌 것이 없었다.

주전자, 샤워기, 펜꽂이, 라이터, 주사기, 크고 작은 병, 잔, 보일러, 연통, 파리약, 피리, 수챗구멍, 빨대, 단추, 사진기, 볼펜, 플러그, 압력밥솥, 신발끈, 자동차 엔진, 가습기, 소화기, 가스레인지, 나팔, 스프링클러, 호스, 제트기, 화물선, 일일이 다 말해보자면 한 계절 족히 넘길 물건들이 구멍을 통해 스스로의 쓰임새를 만들고 있었다.

어디 그뿐인가. 구멍에 대한 그의 사유와 분석은 나날이 발전을 거듭하여 사람의 몸이란 구멍에 의해 탄생하고 진행된다는 걸 확인했다.

아비의 구멍을 통해 들어간 반쪽이 나머지 반쪽을 만나 습하고 따뜻한 동굴에서 여물었다가 어미의 구멍을 통해 세상에 나왔고 평생 구멍을 통해 흘리고 먹고 말하고 듣고 풀고 빨고 짜고 쏟고 싸고 끼고 누는 행위를 하다가 마침내 땅에 구멍 하나 파는 것으로 끝나지 아니하더란 말인가. 인생 자체가 구멍에서 시작하여 구멍으로 끝나는 거였다.

그는 산에 가서도 모든 식물이 땅에 구멍 파고드는 것으로 생존하는 것을 보고 무릎을 쳤고 바닷가에 가서는 그늘진 틈 속에 모여 있는 패류(貝類)를 보며 고개를 끄덕였다. 삶의 지혜와 생존 방식이 모두 그곳에서 시작하고 그곳에서 결말지어지고 있었다.

아, 세상은 구멍에 의해 유지되고 있었던 것이다. 구멍에 경배할 일이었다. 그는 구멍 연구를 거듭 진보, 진화시켜 구도(求道)의 경지에 이르렀다.

구멍이란 무엇인가. 그것은 면이 합쳐진 채 변형된, 휘어지고 구부러진 3차원 공간이며 인간은 그 구멍과 구멍의 연결선상 중 어느 한 점에서 끊임없이 구멍을 통해 떨어대는 존재라고 규명짓고 그렇기 때문에 모든 의미의 육화가 구멍을 통하여 이루어진다고 정리했다. 그리고 거듭 정진하여 세상이 하나의 살아 있는 구멍이라는 선까지 밀어붙였다.

갈대 구멍을 통하여 세상을 보았다고 고백한 고승의 책을 앞에 두고 긴 숨을 내쉬는 모습은 가히 그런 경지를 보여주고도 남는 데가 있었다.

구멍법사라는 칭호를 입게 된 뒤로는 사람들이 종종 찾아와 가르침을 받기도 했다. 선대의 선사들이 그러했듯 그도 긴 법문을 다 들려주느니 상징적인 것 하나만 화두처럼 던지는 방법을 택했다. 바닷물의 맛이 궁금하다고 다 마셔볼 필요는 없다, 단 한 모금이면 충분하다, 가 그의 지론이었다. 구멍의 중요성에 대해 그는 대중에게 다음과 같이 설법하였다.

평생을 술과 오입질로만 살았던 못된 인간이 하나 있었습니다. 가족 등골을 빼먹는 것도 부족해 친척 친구까지 등치고 살다가 마침내 죽었습니다. 자, 왜 이렇게 살면 안 되는가에 대해 말씀드리겠습니다. 이 사람이 죽어 지옥엘 갔습니다.

어느 날 천당에서 지옥 견학을 온 이가 있었습니다. 볼 만했습니다. 아수라, 화탕, 발설, 얼음, 가시지옥 두루 둘러보고 총알이 뒤로 나오는 총을 날마다 518번씩 쏴야 하는 사람과 십 원짜리로 구백구십구억 원을 매일 먹어야 하는 사람, 썩어 부글거리는 강물을 한번에 다 마셔야 하는 사람까지 구경하다가 속이 매스꺼워 빠져나오는데 문득 이상한 곳을 발견하게 되었습니다.

지금까지 본 것과는 판이하게 다른 게 하나 있었죠. 분홍빛 실크 커튼이 쳐진 아름다운 방이었는데 남녀교접 체위가 양각(陽刻)되어 있는 오동나무 침대에 한 사내가 앉아 있는 것입니다. 그렇습니다. 아까 말씀드렸던 그 못된 사내였습니다. 그런데 이 사내는 오른쪽 무릎에 홀랑 벗은 팔등신 미녀를 앉혀두고 왼손으로는 술이 찰랑거리는 병을 들고 있는 것 아니겠습니까.

견학 온 이가 물었습니다.

"이 사람은 어떤 사람인데 이런 대접을 받고 있는 겁니까."

"살아생전 술과 오입질로 방탕하게 산 사람입니다."

"그렇다면 벌을 주어야지 저렇게 미녀와 술을 주면 어쩌자는 겁니까?"

그곳을 지키고 있는 문지기가 이마에 박힌 눈을 끔벅이며 답했습니다.

"저 술병과 여자에게는 구멍이 없습니다."

그랬던 그가 승승장구하던 자신의 구멍철학에 처음으로 회의를 드러낸 게 십 년 전이었다. 1996년 12월 26일 새벽 신한국당 국회의원들이 모여 일제히 일어섰다, 앉았다를 되풀이하며 노동법과 안기부법을 날치기 통과하는 장면을 보고 난 직후였다.

그는 그때 국민에 대한 민주주의 약속에 구멍이 난 것부터 해서 텔레비전 뉴스, 신문 사설, 투표했던 손, 훈련소 훈련병처럼 일어섰다, 앉았다를 되풀이하는 국회의원들 머리통에 이만한 구멍이 하나씩 나 있는 것을 보았다고 말했다.

그가 지금까지 보아왔던 것과는 전혀 다른 차원의 구멍이었다. 구멍은 늘 생명이었는데, 그 구멍은 파탄과 파멸로 가는, 무언가를 움켜쥔 자들의 블랙홀 같은 거였다. 그는 충격을 받아 한동안 말이 없었다. 그러다가 이렇게 입을 열었다.

"그래도 좌절하지 않을 겁니다. 희망이 있겠죠. 언젠가는 메워질 그런 구멍 아니겠습니까? 그것이 아니라면 메울 수 있는 방법이 있겠죠. 전 다시 한 십 년 맘먹고 그 희망을 찾을 때까지 정진할 생각입니다."

지금쯤 희망을 찾았을까? 최근 근황이 궁금해진 나는 오랜만에 그의 구멍철학관을 찾아가보았다. 그는 몹시 늙어버린 모습으로 검은 소반 앞에 앉아 있었다. 소반 위에는 특이하게도 김밥과 순대, 안경, 그리고 오백 원짜리 동전이 놓여 있었다.

인사를 건성으로 받은 그는 눈을 소반 위로 다시 옮겼다.

"이것 보세요. 이것들은 모두 속이 꽉 찬 구멍들입니다. 김밥과 순대는 배를 부르게 해주고 안경은 눈을 맑게 해줍니다. 그런데, 이 돈은…….”

“……”

“사람들을 미치게 만들어버리는 구멍입니다. 이것과 당장 상
관없는 것은 어떠한 가치도 없다고 사람들은 생각해요. 심지어
는 돈만큼은 벌게 해주겠다는 사람에게 우르르 달려가 지도자로
뽑았습니다. 거기에다가.”

그는 그러면서 눈을 들었다. 깊은 좌절이 눈 속에 들어 있었다.

“나라를 이리저리 관통해서 구멍을 파겠답니다. 그것으로 돈
을 벌겠답니다. 벌었다 칩시다. 그 돈 쓰고 나면 어떻게 될까요?
포클레인으로 모조리 뒤엎어놓은 뒤인데, 그때는 무엇으로 살까
요?”

“……”

“이렇게 무서운 구멍은 처음입니다. 무서운 구멍들의 엄습입
니다. 이 구멍 때문에 내 평생 공부 도로아미타불입니다. 어떻게
해야 될까요?”

그는 나에게 되묻고 있었다.

해마다 오월은 돌아와

봄이 깊어지면 매화 진 자리에 세상은 노란색이어야 한다, 외치며 개나리 돋아나고 벚꽃에 이어 목련 피어난다. 그야말로 꽃 세상이 된다. 겨울을 참아낸 것들의 축하이고 축복이다. 그러고 보면 가만히 있어도 세상 구경할 수 있는 것이 계절 덕분이고 주말마다 차 막힌 도로로 꽃 찾아 나서는 것을 보면 사람이란 종(種)은 이렇게 아름답고 포근한 것을 사랑하는 존재란 것을 알 수 있다.

　화려하게 타올랐던 꽃이 지고 나면 산천은 비로소 생기를 뿜어낸다. 꽃 시절이 화려한 결혼식이라면 5월은 드레스 벗고 본격적인 삶을 시작하는 새댁이다. 물 빨아올리고 있는 산과 들에서는 싱싱한 기운이 넘쳐나기 시작한다. 삶을 이끌어가는 생명의 힘이다.

그러나 이 아름다운 계절에 어김없이 독한 아픔이 함께 온다. 생명의 시절에 죽음이 부상한다. 황지우의 시집 『새들도 세상을 뜨는구나』 80쪽에는 다음과 같은 시가 있다.

아무도 미워하지 않는 자의 죽음
— 잉게 숄 著·박종서 譯·靑史·188면·값 1,900원

"어머니 오셨어요?"
"오냐, 잘 지냈니?"
"네."

(사이…… 말 없음)

"애야, 내일이면, 네가 그 자리에 없겠구나."

—「아무도 미워하지 않는 자의 죽음」전문

「아무도 미워하지 않는 자의 죽음」은 나치의 광신적인 제국주의와 인종차별에 저항했던 뮌헨 학생 조직 '백장미단' 이야기이

다. 지은이의 여동생인 조피 숄과 남동생 한스 숄은 게슈타포에 체포되어 1943년 2월 22일 처형당한다. 조직원들의 자유를 위한 저항과 죽음에 이르는 과정을 담담하고 꼼꼼하게 진술하고 있는 이 책은 80~90년대 민주화를 열망하던 젊은이들 사이에서 비밀스럽게 읽혔다.

독일은 나치의 폭력과 야만에 대하여 책임과 반성을 분명하게 해온 것으로 알려져 있다. '모든 폭력을 이겨내고 살아남으라.' 사형을 당하는 날 아침 한스 숄이 감방 벽에 써놓은 글자대로 그들의 정신은 지금도 살아남아 인권의 가치와 민주의 이념을 설명하기 위한 수업 교재로 사용되고 있다. 2005년 제55회 베를린 영화제에서 마르크 로테문트 감독의 〈조피 숄—마지막 날들〉이 화제가 되었고 조피 숄 역을 한 율리아 옌치는 폐막식에서 여우주연상을 받기도 했다.

그다음 81쪽에는 이런 시가 있다.

묵념, 5분 27초

본 사람은 알겠지만 시 「묵념 5분 27초」는 제목이다. 내용이 없다. 침묵의 공간만 있다. 그 공간이 언어이며 내용이다.

이 시를 어떻게 봐야 할까. 이런 난해한 시에는 숨어 있는 비밀번호가 있다. 난감하지만 공식 하나로 깔끔하게 풀리는 수학 방정식과 같다. 5분 27초는 5월 27일이다. 1980년 5월, 공수부대가 광주 도청의 시민군을 진압한 날이다. 파쇼가 저항을 장악한 날이다.

5월이면 홍역을 앓듯 떠오르는 눈동자가 있다. 1980년 5월 그날. 나는 양영학원 삼거리에 있었다. 시꺼먼 연기 솟아오르는 자동차 주변에는 깨진 블록과 각목이 어지럽게 나뒹굴었다. 부상당한 사람을 구하려고 태극기와 흰 손수건을 들고 도로 가운데로 나선 사람은 곧바로 군인의 총을 맞고 쓰러졌다.

그때 내 어깨에 기대오는 이가 있었다. 고등학교 2학년이던 나보다 더 어린 학생이었다. 중 3이나 고 1 정도. 안경 아래 막 여드름 몇 개 튀어나온 순한 얼굴. 집에 가려고 했던가. 막 몸을 돌릴 때 맞았는지 등 가운데서 붉은 피가 흘러나오고 있었다. 청년 하나가 달려와 지혈을 했다. 나를 바라보던 눈은 점차 초점을 잃어갔다. 저 눈에 아직 총을 맞지 않은 나는 어떻게 비칠까.

청년과 함께 병원으로 옮기는 동안 죽음의 공포가 엄습해왔다. 왜 죄 없는 사람들이 죽어가야 했는가를 알게 된 것은 뒷날의 일이다.

그 학생이 살아 있다면 내 또래 사십대 중반일 것. 아마 아들딸 하나씩 둔 은행 과장이나 보험회사 부장을 하고 있지 않을까. 주말 가족 여행 가려고 섬진강이나 지리산 쪽 코스를 인터넷으로 검색하고 있지 않을까.

그러나 그는 죽었다. 그리고 그를 죽게 만든 사람들은 통통한 얼굴로 잘살고 있다. 우리의 5월은 그 이유를 대라고 올해도 묻고 있다.

깊고 푸른 강

그동안 거문도를 소재로 한 소설을 여러 편 써왔다. 이를테면 단편 「깊고 푸른 강」은 이렇게 만들어졌다.

　마을에서는 청년회 주관으로 해마다 어버이날 경로잔치를 하는데 그때는 여느 때와 규모가 달랐다. 출향인 중에서 부산 사는 이들이 오래도록 계를 묻었다가 드디어 맘먹고 여는 잔치였다. 마을 앞 공터에 동춘극단 같은 천막을 치고 그리고 무슨무슨 상(賞) 받은 판소리꾼들도 불러왔다.

　할머니도 억지로 끌려 곱게 단장한 다음 한복 차려입은 노인들 사이에 끼어 앉았다. 생계란 가득 담긴 양푼을 앞에 두고 소리꾼들이 춘향이 칼 찬 대목, 청이 아버지 눈 뜬 대목을 하는데 소리라는 게 한번 시작하면 그 대목이 끝나야 마무리되는 까닭에, 또 초청 받은 입장에서 한 대목 안 할 수도 없는 거라 판은 길어져갔다. 살짝 포장 들춰보니 아닌 보살로 앉아 있던 할머니는 좀이 쑤시는 것을 참고 있는 눈치였다. 어서 한복 좀 벗어젖히고 밭으로 달려갔으면 하는 표정이 역력했다.

그날 들은 이야기다.

장성한 네 딸이 모여 아버지 초상을 쳤단다. 발인하기 직전 제사 모시는 순간에 사건이 일어났다. 엉덩이 뒤로 내민 채 지친 울음을 억지로 내놓고 있는 네 딸 사이에서 적잖은 방귀가 터져 나와버린 것이다.

뒤에 서 있던 문상객들은 쿡쿡, 웃음 참느라 곤욕을 보는데 정작 괴로운 이는 꿇어앉아 있던 딸들이었다. 어떻게 해야 할까. 그냥 있자니 모양새가 너무 이상해서 형국변환 시도로 큰딸은 무작정 몸을 날렸다. 짝, 소리가 나게 방바닥을 치고는 이렇게 말했다.

"아이고, 이게 무슨 소리요, 아부지 가시는 길에 대체 무슨 소리란 말이요."

이러다가 뒤집어쓰겠구나 싶은 둘째가 언니의 자세를 뒤따르며 외쳤다.

"나는 아니요, 아부지. 나는 아니요."

그럼 셋째인들 가만있겠는가.

"이런 경우는 없소. 아부지 가시는 길에 이래서는 안 돼요."

코너에 몰린 막내까지도 바닥을 치며 악쓰듯 외쳤다.

"아부지는 아실 것이요, 아부지는 정녕 아실 것이요."

이렇게 해서 곤란한 상황은 벗어났는데 누가 꾸었는지는 아직도 모른단다.

상상보다 앞서 나간 현실이 얼마나 많은가. 그들이 없다면, 그런 모습이 없다면 자본의 확대재생산 속도를 늦춰줄, 도시와 비도시의 균형을 맞춰줄, 사람이란 그렇게 독하고 모진 것만은 아니라는 것을 보여줄 이 어디 있겠는가.

나는 쓰기 시작했다. 섬의 딸들이 어떤 식으로 위기를 넘겼는지, 어떤 형식으로 지리적 천형과 운명의 굴레를 이겨냈는지, 숨은 마음과 유쾌한 말을 적어나갔다.

죽음과 삶이 한 쾌에 엮여 있는 것. 울음과 웃음이 한 장소 같은 시간대에 뒤범벅되는 것. 자신이 떠나는 자리에 웃음소리 돋아났다면 그 인생도 괜찮은 인생 아니겠는가.

웃음에 대하여

사람이 사람으로서 하는 짓거리가 동물하고 다른데, 울고 조잘대고 모함하고 돈 세고 비꼬고 천시하고 찌르거나 쏴 죽이는 와중에 훌륭한 게 하나 있으니 바로 웃음이다. 속담 중에 웃는 낯짝에 침 못 뱉는다는 말이 있다. 뒤집어보면 모욕을 받아 마땅하거나 침 뱉어 표시 나게 업신여겨야 속이 흡족한 부류가 많다는 이야기도 되는데, 어쨌거나 웃음이란 뱉을 침도 삼키게 만드는 효력이 있다는 것만큼은 확실한 듯하다.

종류도 다양하여 아기의 순진한 웃음부터 해서 아이들 깔깔거리는 웃음도 있고 가랑잎만 굴러도 터져나오는 소녀들의 웃음, 거시기한 잡지에 머리 박고 헤헤거리는 웃음, 미래를 짐작하지 못하는 신랑 신부의 웃음, 아이를 바라보는 엄마 아빠의 웃음에, 미안해서 그냥 웃어지는 것도 있고 술좌석의 왁자지껄한 것도 있고 손 비비는 영업사원의 것도 있고 우황청심환 사들고 찾아오는 손님을 맞을 때 쌔물대는 노인의 것도 있고 하여간 다 쓰지 못할 정도로 많다.

또 있다.

복권에 당첨됐거나 뜻하지 않게 키스를 했거나 곗돈을 타게 됐을 때 짓는 비밀스러운 웃음도 있고 정복자의 그것이나 사기꾼이 범행에 성공했을 때 짓는 것도 늘 있어왔다.

어쨌거나 사람은 울면서 태어나고 고통스런 얼굴로 죽으니 웃음이라는 게 저세상에서 가져온 것도, 가지고 돌아갈 것도 아닌 듯하다. 이 부분에서 인간은 삶의 고통을 이겨내기 위해 웃음을 만들었다는 어떤 철학자의 말이 실감 있게 들린다.

과학자들이 이르기를 왼쪽 대뇌 사지(四肢) 통제 신경조직 바로 앞에 표면적 4평방미터 크기의 웃음을 일으키는 부위가 있다고 하는데 자극을 받으면 뺨의 근육을 움직여 웃음을 터뜨린단다. 허나 어째 좀 엽기적인 방법이다.

나는 삶을 이겨내는 기능으로서의 웃음을 좋아한다. 아프거나 가족이 다쳤거나 사업이 어렵거나 시험에 떨어졌거나, 끊임없이 만나야 하는 시련 속에서도 평상적인 삶을 이어주는 게 웃음이었다. 힘들수록 되레 웃는 이들을 많이 보아왔다. 살려고 웃는 것이다. 물론, 드라마나 만화에 나오는, 충격 때문에 하늘이 찢어져라 웃는 그 얼토당토않은 웃음을 말하는 게 아니다.

웃음은 진통제이다. 에너지가 늘고 엔돌핀이 더 많이 나오게 해준다. 찰싹거리는 파도 소리가 사람 마음을 편안하게 해주고 기를 북돋아준다고 하는데 가만히 들어보면 꼭 바다가 히히 웃는 듯하다.

나는 이야기할 때 스스로 세운 원칙이 하나 있다. 말 많은 이들과 오랫동안 술좌석을 같이하다가 터득한 것으로 '새로운 의미나 정보, 웃음. 그 외는 다물고 있자'이다. 하루에 평균 오만 단어씩 떠든다는 인간으로서 잘 지켜졌을까마는 별 내용 없는 우스개라도 저 혼자 잘난 척 떠드는 것보다는 훨씬 낫다. 유머와 위트는 사람을 다치게 하지 않는다.

웃으면 건강에 좋고 주변 사람들에게도 좋고, 꿩 먹고 알 먹고 둥지 털어 불 때고 깃털로 이불 만드는 격이다. 손해볼 것 없다. 밑천도 안 든다. 이렇게 좋은 게 또 어디 있겠는가.

엔돌핀은 뇌에서 만들어지는 마약물질로 몰핀보다 200배나 강한 진정, 진통제이다. 상처의 통증을 순간 잊는 것도 이것 덕분이라고 한다. 웃을 때와 적당한 운동을 할 때, 즐거운 마음을 가질 때 분비가 되는데 극소량이며 효과는 5분 정도이다. 인위적으로 만들어낼 수 없다는데 어디서 읽기로는 매운 고추를 먹으면 이게 생긴다고 한다.
그런데 죽음이 닥쳤을 때 엔돌핀이 샤워처럼 쏟아진단다. 다행이다.

포장마차 연탄불은
일회용 고향

예전 시골이 다 그랬듯이 거문도도 나무가 연료였다. 땔감 이야기 하다보면, 불쏘시개용으로는 솔잎이나 가랑잎 긁어 정부미 마댓자루에 담아둔 것, 역시 불땀 좋기는 참나무가 제일인 것, 따위가 공통된 추억이다.

그럴 때 나는 동백나무 불 때서 밥해먹고 살았다고 말해, 동백꽃 하나 보려고 몇 시간씩 차 타곤 하던 이들의 부러움을 사기도 했다. 동백나무도 단단하고 불땀이 좋았다. 덧붙여보자면, 동백꽃은 흔한 장난감이었다. 심심하면 뚝 따서 뒤꼭지 꿀 빨아먹고 버리곤 했다. 집집마다 동백이 있어 소 여물통까지 붉게 수놓곤 했다.

물론, 섬은 나무가 귀해 불편이 컸다. 동백나무로 불을 땐들 그 것도 타고 없어지는 것이라 집은 늘 장작이 부족했다. 부족한 것 만이 문제가 아니었다. 육지에 며칠 갔다 온 날은 냉골이었다. 어 머니가 성냥 그어 아궁이에 불을 지피면 불빛만 환했지 한번 식 은 구들은 영 데워지지 않았다. 새벽이 되어서야 미지근해지는 탓에 하룻밤 한기는 어쩔 수 없이 견뎌야 했다.

여수로 이사를 하고 나서 만난 물건이 연탄이었다. 나무 대신 그것에 불을 붙인다는데, 그동안 본 것 중에 가장 새까맣고 구멍 도 숭숭 난 것이 쉽게 정이 가지 않았다. 스치기만 해도 새 옷 망 치기 일쑤였고 실수로 깨뜨리면 재생 불능에 뒤처리도 곤욕이었 다. 그런데 이게 조화를 부리기 시작하는 게 아닌가.

우선 초저녁과 새벽에 불 때야 하는 불편에서 어머니를 어느 정도 해방시켜주었다. 밥이나 라면을 끓일 때도 구들 밑에 밀어 놓은 연탄 화덕을 드르륵 잡아당겨 덮개 벗기고 냄비 올리면 그 만이었다. 무엇보다도 생선 구울 때 제격이었다. 할머니가 섬에 서 보내온 갈치나 부시리, 고등어 따위가 그랬다.

생선을 장작 아궁이에 구우려면 손이 많이 간다. 우선 솥에 물 붓고 장작에 불을 붙여 땐다. 잉걸불을 만들어야 하기 때문이다. 숯 타듯 벌건 잉걸불이 만들어지면 그 위에 석쇠를 놓고 굽는데 노련하지 않으면 까맣게 타기 십상이었다.

그런데 연탄은 아니었다. 바람구멍으로 화기를 조절할 수 있고 불구멍도 고루 퍼져 있어 굽기에 딱이었다. 굵은 소금 뿌려 올려놓으면 앞서거나 뒤처지는 부분 없이 노릇노릇 변해간다. 소금이 녹아 스며들면 기름기가 자르르 돌았다.

밤 깊어 속 출출하면 말린 학꽁치 같은 것이 올라갔다. 밤은 깊어가고 어머니는 다 익은 놈 들어내어 가늘게 찢어주었고 우리는 고추장 찍어 먹었다. 무슨 이야기를 해도 재미있었다. 연탄불 가운데 두고 빙 둘러앉은 우리 가족은 벌건 기운이 얼굴로 옮겨와 마치 타는 노을 속에서 증명사진을 찍고 있는 듯했다. 혹, 가스가 콧속을 파고들기도 했다.

한 이백 장 광에 쌓아놓으면 겨울이 통째로 따뜻하게 변했고 그렇지 못한 집은 걱정이 태산이었다. 산동네 사람들은 읍소하다시피 부탁을 해야 아저씨가 리어카에 싣고 낑낑거리며 올라갔다. 나도 여러 번 밀어준 적이 있었는데 그럴 때마다 손바닥이 까매졌다.

물론 연탄은 불기운 있을 때만 유용한 것이 아니었다.

내가 다니던 초등학교는 비가 오면 의무적으로 연탄재 한 장씩 가져오게 했다. 저지대라 동네 빗물이 운동장으로 모여들곤 했던 것이다. 때문에 등굣길에 우산 쓰거나 비옷 입은 고만고만한 아이들이 흰 연탄재를 새끼로 묶어 하나씩 들고 가는 진풍경이 생기곤 했다.

운동장에 그것을 던지고 발로 밟아 부순 다음 교실로 가는 것이다. 고학년이던 나는 잊지 않고 챙겼는데 여동생은 그러지 못했다. 귀찮아서, 혹은 도중에 떨어뜨려서 빈손일 때가 많았다.

일단 교문까지 가본다. 역시나 교사가 선도부들을 좌우로 거느리고 군부대 입구처럼 지키고 있다. 그러면 여동생은 나를 바라본다. 방법 없다. 먼저 들려 보낸다. 그리고 개구멍을 찾아간다. 그런 날은 그곳도 누군가가 지키고 있기 마련이다. 이름 적히고, 하굣길에 남아 토끼뜀으로 운동장을 돌거나 교직원 변소 청소를 하고.

중학교 지나 고등학교 가서 자취나 하숙을 할 때도 늘 연탄이 근처에 있었다. 하숙을 할 때도 밤참을 연탄에 끓여먹었다(석유 곤로가 없어 주인아주머니가 연탄불 넣어주는 늦가을에야 가능했지만). 재수생, 삼수생이 주류였던 관계로 준비는 가장 어린 내가 맡아 했다. 고생하는 사람에게는 어떤 형태라도 보답이 있는 법. 다른 이들 라면 봉지에 몇 가닥 놓고 뜨거워 죽으려고 하고 있을 때 나는 솥뚜껑에 수북이 쌓아두고 먹었다.

그러나 연탄불의 진정한 미학을 맛본 것은 세상을 조금 알고 나서였다. 대학생은 못 되고 그렇다고 취업전선에 뛰어들어 착실히 월급 받는 것도 아닌 상태로 세상 돌아다녔는데, 당연히 배고프고 고단했다. 추워 죽겠는데 오라는 곳 없으면 만만한 게 포장마차였다. 연탄불이 가장 잘 어울리는 풍경을 한두 가지 꼽아 보라면, 뒷골목에서 뽑기 장사 하던 영감님과 포장마차이다.

내가 하던 포장마차는 겨울 한때로 끝났기에 주인보다는 손님
으로 그곳을 찾아들어간 횟수가 훨씬 많았다. 포장 들추고 들어
가면 주인아주머니는 화덕을 껴안다시피 하고 졸다가 손님을 맞
곤 했다. 아주머니가 내준 자리에 앉아 시린 손 쬐면 손가락이
노랗게 변했고 얼어붙은 발 쬐면 젖은 양말에서 뽀얀 김이 났다.
그것을 바라보다가 나는 스스로에게 한마디했다.

"포장마차 연탄불은 일회용 고향이다."

물소리를 꿈꾸기에
최적의 장소는 사막

내륙에 살다보면 비늘 달린 것 생각이 간절할 때가 있다. 그럴 때면 시장엘 간다. 옷가지 쌓아놓은 곳 지나고 야채전도 쳐다보다 말고 어묵 국물에 호떡 먹고 있는 고등학생들 스치면 해물전이다. 한세상 마감하고 가지런히 누워 있는 것들을 살피는데 어떤 것 하나가 눈에 쑥 들어왔다. 타원형을 지니고 있되 갸름한 놈으로 까만 점이 뚜렷한 전어(錢魚)였다.

　바다에서 워낙 먼 내륙에서의 어물전이란 대개 옆집에도 있는 것 똑같이 이 집에도 있기 마련이다. 굵은 소금으로 무장을 한 간고등어나 회복하기 어려울 정도로 모양이 변해버린 조기, 꽁꽁 얼었다가 아침마다 해동을 되풀이하는 물오징어, 바다를 언제 떠났는지 저도 영영 잊어버렸을 동태, 꽃게, 중국산 낙지, 바지락 따위가 한 치 어긋남 없는 메뉴이다. 그런데 그 가운데 막 잡아올린 듯한 전어가 품격을 높이고 있었던 것이다.

그래 저런 게 있었지 싶어 얼마냐니까 주인아주머니는 한 마리에 천 원이다 하다 말고

"전어가 어쩌자고 이렇게 비싼 겨, 참말로."
내가 할 말로 뒷동을 달았다.

가을에 전어가 나기 시작하면 한 양판 사거나 얻어다가 먹곤 했다. 뼈까지 통째로 썰어 먹는 전어회는 고추냉이 간장도 아니고 초고추장도 아닌, 들기름 두어 방울 떨군 양념된장에 찍어 먹어야 제맛이 났다. 또한 갖은 양념과 야채를 넣고 버무려 뜨거운 밥에 비벼 먹으면 훌륭한 반찬이 되었다. 여름 동안 기름기 빠진 배가 든든해졌다.

어렸을 때 들었던 이야기에 따르자면, 예전의 전어는 가시가 전혀 없어서 사람들이 그것만 잡아먹었다고 한다. 그러자 멸종 위기에 놓이게 되었다. 용궁에서 '전어멸종방지대책위원회'를 발족시켜 말 그대로 대책을 찾았다. 지혜로 늙은 물고기가 나서서 인간이란 종족은 가시를 싫어하는 못된 버릇이 있으므로 우리들

잔가시를 하나씩 박아주자는 의견을 내놓았다. 다들 찬성하여 전어는 잔가시가 아주 많아지게 되었다는 것이다.

어쨌거나 나는 자꾸 눈이 그리로 갔다. 사촌동생 둘째 아들 친구라는 이유 하나만으로도 한 바가지씩 퍼주던 전어가 천 원 꼬리표를 달고 누워 있는 딱 그만큼의 세월이 흘러갔다.

내 이름 뒤에 곧잘 바다가 붙어다니는 탓에 바다의 작가가 왜 이렇게 내륙 깊숙한 곳에서 살고 있느냐고 물어오는 이들이 더러 있다. 그러면 이렇게 대답한다.

'물소리를 꿈꾸기에 최적의 장소는 사막입지요.'

바다를 그리워하는 어부를 본 적이 있는가. 그리워 달려가면 바다는 날카로운 현실이 되고 마는 까닭도 있지만 꿈속에서의 그것은 실제보다 크고 거세면서도 신비하게 채색된다. 어쩌면 꿈꾸기 위해 내륙에서 살고 있는지도 모른다. 꿈꾸는 곳은 늘 멀리 있는 법. 먼 곳과 만날 수 있는 방법은 꿈꾸는 것.

도시가 지겨워 바다로 탈출을 시도한 이들도 머잖아 도시를 그리워했다. 그래, 그리움이란 익숙한 것에서 오는 것이다. 산이 지겨워 떠나온 자 산을 그리워하고 사막이 괴로워 떠나온 자 사막이 있는 서쪽으로 자주 눈길을 주었다.

그들처럼 나도 내륙의 도시 저잣거리에 서서 저 먼 남쪽 바다를 떠올려보았는데, 바다는 늘 그곳에서 파랗게 출렁이고 있었다. 굳이 만나려 하지 않아도 좋을, 마음 서늘해지고 가슴 축축해지는 것이다. 그리움의 속성 중에 호들갑은 없을 것이다. 그리움이란 계절을 기다리는 철새의 침묵과도 같은 것이다.

결국 아무것도 사지 않고 시장을 나왔다.

가을 바다 물결을 타고 무리 지어 몰려오는 전어떼가 시간과 공간을 뛰어넘어 내 머리 위로 지나가고 있었다.

겨울 바다

명성과 실체가 다를 때 있다. 유명한 음식점일수록 오만한 주인에 서비스 엉망인 경우는 지금도 넘쳐난다. 훌륭하다고 들었는데 만나보니 영 아닌 사람 적잖고 이름난 관광지나 축제 찾아갔다가 찝찝한 심사로 돌아온 경험도 한두 번씩은 있을 것이다.

겨울 바다가 그렇다. 겨울 바다, 이 네 글자를 발음해보는 것만으로도 일단은 근사한 느낌이다. 아련한 슬픔이 어떤 낭만과 뒤섞인 채 피어나고 운명적인 누군가가 나를 기다리고 있을 것 같은 예감도 든다. 자꾸 생각하다보면 가기도 전에 그곳에서 찍어온 사진을 보고 있는 것처럼 되어버리기도 한다.

그러나 겨울 바다에, 그것도 이렇게 육지와 멀리 떨어져 있는 섬에, 그대가 온다면 우선 거친 파도가 세찬 바람에 꺾이고 있는 풍경을 만날 것이다. 고개 돌리는 곳마다 흰 포말이 휩쓸려가고 있어서 흠칫, 몸서리칠 것이다. 메마른 억새밭이나 한쪽으로만 가지가 뻗어버린 나무를 바라볼 때쯤이면 그만 목이 움츠러들 것이다. 눈도 가늘어질 것이다. 주민들이 이미 그런 자세로 걷고 있으니 더욱 그렇다. 거기에다 딱히 할 것도 없다. 밥이나 제때 사 먹을 수 있으면 다행이다.

단 십 분 만에 겨울 바다란 한없이 스산하고 끝없이 쓸쓸한 곳이라는 걸 사무치게 깨닫게 된다. 하지만 어쩌겠는가, 원래 그런데. 우리가 아무리 원망을 해도 저 거대한 풍경은 눈썹 하나 끔적하지 않는데. 자연물의 가장 큰 특징은 '스스로 그러하다'는 것이다. 자연이라는 단어 자체의 뜻이 그러하지 않던가. 그러니 고작 여덟 뼘짜리 육신으로 어떻게 해볼 수가 없다. 계절이 등장하면 사람은 뒤따라갈 뿐이다.

시각적으로 아름다운 바다를 보려고 했다면 그대는 조금 늦은 것이다. 바다가 아름다운 때는 11월이다. 내 개인 의견이지만 큰 이견 없을 것이다. 그때가 파랗고 맑은 기운이 가장 도드라진다. 처연하기 이를 데 없다. (자주 쓰는 말이지만 한번 더 해보자면) 늦가을 바다는 이별의 아픔을 견디고 난 화가의 수채화 같다. 그다음이 곧바로 겨울 바다이니 혹독한 것은 이렇게 늘 아름다운 것의 이면이다.

겨울 바다의 지배자는 북서계절풍이다. 대륙 깊숙한 곳에서 발달한 이 바람은 낮고 건조하게 태어났으나 서해 물기를 만나 대설주의보를 만들어내기도 하면서 남하한다. 섬에 도착한 이 계절풍은 살아 있는 모든 것들의 고개를 움츠리게 하고 발을 동동 구르게 하고 두 눈을 저 깊은 곳으로 밀어넣어버린다. 바다는 수시로 돌풍이 일고 무수한 파도의 대가리가 휩쓸리면서 온통 흰 물보라로 변한다. 을씨년스럽고 삭막하여 바라보고 있는 눈도 시리기 그지없다.

밤은 한정 없이 늘어나버렸다. 한낮이라도 햇살은 적선하듯 드문드문 내려온다. 이곳 섬으로 시집을 온 아낙들이 자신의 결혼을 집중적으로 후회하는 때도 이 무렵이다. 그녀들은 자신이 두고 온 도시의 네온사인 불빛과 북적거리는 사람들의 온기를 떠올리며 몸을 떤다. 그나마 동지 지나고부터는 낮이 길어진다. 어느 정도? 우리 할머니 표현에 의하면 하루에 쌀 한 톨 정도씩.

이 계절이 오면 섬 밑동을 잘라낸 다음 모든 어선에 줄을 묶어 끌게 하여 저 남태평양 어디쯤으로 이동하고 싶어진다. 그곳에 닻을 놓고 한 계절 햇볕이나 잔뜩 쬐고 싶다. 시베리아에서 내려온 철새처럼 말이다.

어제는 술 한잔 하자는 연락이 왔다.

내가 살고 있는 섬마을에서 갈치 배를 하는 선배이다. 밤이 뒤덮인 길에는 찬바람만 불고 사람 하나 없었다. 몇몇 식당을 제외하고 웬만한 가게는 문을 닫았다. 누구네 집에서 튕겨나왔나, 빈 스티로폼 박스만 우당탕탕 뒹굴었다.

그 선배는 3박4일 동안 제주 아래로 어장을 다녀왔다. 갈치 잡으러 간 것이다. 갈치는 봄부터 여름까지 이곳 거문도 옆 백도 주변에서 주로 난다. 그도 그 시절에는 그곳으로 다녔다. 오후 네시경에 나가 밤새 고기를 낚고 아침에 수협 어판장으로 돌아왔다. 그러니까 출퇴근이 가능했다는 소리이다.

하지만 찬바람이 불면서 어장이 아래쪽으로 내려가버린 것이다. 쉽게 오고갈 거리가 아니어서 나흘간 바다 위에 떠 있었다. 아주 모처럼 만이구나, 하는 모습으로 밥과 찌개와 아내를 앞에 두고 앉아 있는 그는 그사이 머리가 부쩍 세었고 눈동자는 작아져 있었다.

그는 오전에 갈치 상자를 내려 경매에 붙였다. 모두 180만 원. 좀 벌이가 되었느냐는 내 질문에 부부가 합심으로 한숨을 내쉬었다. 그 기간 들어간 경비와 인건비가 230만 원. 그러니까 나흘 동안 차가운 바다 위에 떠 있으면서(갈치 배는 물닻이라는 것을 내린다. 이를테면 물속의 낙하산 같은 것이다. 이것 때문에 배가 쉬 흘러가지 않는다) 고기 잡고 밥 해먹고 칼잠 자다 돌아온 그 행보가 결국 50만 원 버리러 간 셈이 된 것이다. 돈이란 게 이렇게 쓰일 수도 있었다. 유일한 벌이를 굳이 말해본다면 내가 얻은 고등어 몇 마리.

선배는 연거푸 소주잔을 비워내고 그의 아내도 박자를 맞추고 있었다. 마신 만큼 몸에 박혀 있는 차가운 기운이 바깥으로 밀려 나왔다.

"이제 그만 접지그래?"

옆에 앉아 있던 그의 친구가 한마디 거들었다.

"돈도 안 되고 고생스럽기만 한데 뭐하러 자꾸 나가."

선배는 대답이 없었다. 자신이 놀게 되었을 때 생기는 손익계 산을 잠시 해보는 눈치였다. 벌이가 안 되면 어장을 쉬는 것도 하나의 방법이다. 하지만 그는 경력 많은 선장임과 동시에 알아 주는 술꾼이다. 일을 놓으면 얼마나 많은 술을 먹게 되는지를 스 스로 잘 알고 있다.

그가 일을 멈추고 술잔을 쥐어버리면 하루이틀에 끝나지 않는 다. 김치 지져 소주만 마시는 게 아니다. 마시다보면 맥줏집 카드 영수증이 심심찮게 주머니에서 딸려나온다. 이곳도 대한민국 사 람이 사는 곳이니까. 그러면 아내가 잔소리를 한다. 술꾼은 배우 자의 잔소리 정도는 이미 초월한 존재들이다. 그러니 말이 귀에 들어오지 않는다.

그러면 그의 아내도 같은 방법을 써버린다. 아내도 유명한 술꾼이다. 네가 하는데 난들 못하겠느냐, 가 그녀의 원칙이자 자세이다. 남편이 일을 놓듯, 마음을 놔버리고 마시기 시작한다. 아침 점심 저녁 세 끼니때는 물론 밤 깊은 시간에도 술병을 끼고 살아버린다. 그러면 남편이 밥을 하고 청소를 한다.

이번에는 남편이 잔소리를 한다. 결과는 같다. 아내가 더이상 마시지 못할 정도가 되면, 미안하지만 이제는 내 차례, 하면서 남편이 다시 시작한다. 그러니까 두 사람은 일주일 정도씩 상대가 했던 것을 되풀이하는 것이다. 반평생 그렇게 살아왔다.

그게 섬의 겨울 풍경이기도 하다. 자신의 의지라기보다는 변방의 섬과 겨울 바다가 강요하는 어떤 것이다. 도 닦자고 토굴에 들어앉은 사람이 아닌 이상 그것 외에는 딱히 방법이 없다. 내 방에서도 겨울에는 빈병이 더 많이 생긴다.

섬은 갈 곳이 많지 않다. 그저 몇 안 되는 사람들이 돌아가며 모이고 흩어진다. 사람들의 짝이 만들어낼 수 있는 모든 경우의 수가 다 생긴다. 그들은 겨울밤 내내 귀를 동냥하러 다닌다. 자신의 말을 들어줄 사람을 찾는 것이다. 나도 종종 불려간다. 나야, 사람들 말을 들어주는 게 직업적으로 체질화되어 있어서 그럭저럭 버티긴 한다.

선배의 침묵은 한동안 이어졌다. 그러니까 또다시 되풀이될 풍경을 떠올리고 있었던 것이다. 어장 갈 곳이 없지는 않다. 겨울철 어장은 대마도 인근에서 만들어진다. 그곳에서 잡히는 갈치는 매우 굵다. 어떤 때는 괴물에 가까운 것이 잡히기도 한다. 문제는 그게 늘 보장되어 있는 것도 아니고 그리고 고생스럽다는 것이다. 아니, 보장된 어장이나 고생스럽지 않은 뱃일 따위는 애초에 없다. 진짜 문제는 고생의 강도이다. 그의 배는 그 수역 파도를 견뎌내기에는 작다. 배가 작다보니 선원들도 내켜하지 않는다. 그는 끙끙거리며 한동안 고민했다. 작년 이맘때 했던 모습 그대로였다.

오늘 오전, 그의 배는 얌전히 묶여 있다.

어장을 나가든, 술로 한 계절 나든, 며칠간은 따뜻한 아랫목에서 결론 나지 않는 고민을 계속할 것이다. 나는 오토바이를 타고 지나가면서, 어장 나가는 쪽에다가 한 표 던졌다. 어쨌든 그의 직업은 어부 아닌가.

찬물샘은 방파제 너머에 있다. 산에서 내려오는 물이 모이는 곳이다. 물 받으며 보니 자그마한 어선들이 속속 들어온다. 아침 일찍 삼치 낚으러 나간 배들이다. 이 시간에 돌아온다는 것은 낚시를 포기한다는 소리. 역시나 파도가 높아지고 있다. 어선들은 수협 어판장이 있는 이쪽으로 오지 않고 좌로 우로 자신들의 마을로 돌아간다. 한 마리도 잡지 못한 모양이다.

여객선도 쫓기듯 들어온다. 나는 물을 싣고 선착장으로 간다.

전날 택배회사에서 전화가 왔었다. 이곳 일반 택배는 자신이 찾으러 가야 한다. 아는 얼굴들 몇몇 육지에 나갔다가 돌아오고 있다. 어떤 이는 고개 인사, 어떤 이는 눈인사를 해온다. 그리고 붉은색 관광객 차림의 일행이 내린다.

"뭐한다고 이런 날씨에 섬엘 들어오십니까?"
짐 받고 있던 주민 하나가 피식 웃으며 묻자 오십대 여자가 대답을 한다.

"그러게요. 와서 보니 우리가 미친 거지 뭐예요."
아닌 게 아니라 오후에 풍랑주의보가 발효될 예정이어서 곧바로 배가 돌아가겠다는 방송이 나온다. 지금 떠나면 풍랑이 잦아든 뒤에야 다시 이 섬으로 온다. 내일이 될지 모레가 될지, 더 걸릴지 아무도 모른다. 겨울에는 일기예보가 종종 틀리니까. 이렇게 날이 사나우면 육지는 훨씬 더 멀어져버리는 느낌이다. 관광객 일행도 잠시 술렁거렸다. 되돌아가자는 사람이 있다. 조금 전의 그 여자가 다시 대답한다.

"어차피 왔으니까 있어봐요. 어떻게 곧바로 그냥 돌아가요."
미친 김에 미쳐버리기로 작정을 한 것이다. 하긴, 여행이란 그런 것이다. 즐겁고 행복하기만 한 인생이 따로 존재하지 않듯 편안하고 재미있는 여행만 있는 것이 아니다. 그들은 최소한 겨울 바람 속의 섬을 맛보게 될 것이다. 등대까지의 도보가 끝나면 딱히 할 것도 없기 때문에 숙소에서 그동안 못다 한 이야기를 나눌 수도 있다. 오래도록 잊고 있었던 사람이 떠오르기도 할 것이고 화투 실력이 늘 수도 있다.

사람들은 내가 따뜻한 남쪽에서 살고 있다고 생각한다. 하지만 섬의 겨울은 이렇다. 이 시기에 내 방에 빈병이 더 늘어나듯 산책의 길도 길어진다. 오후 산책은 바닷가 길을 따라 등대 다녀오기이다. 독한 시간대를 보내는 최고의 방법은 독서와 걷기이다.

춥다고 사람들이 다 노는 것은 아니다. 겨울이 되면 모자반이 떠내려온다. 노인들은 부지런하기도 하다. 모자와 목도리로 중무장을 한 채 갯바위 이곳저곳에서 모자반 줄기를 거둬들이고 있다. 모자반은 해초 중에서 가장 커다란 종류로 물고기 산란장 역할을 하는데 파도에 끊긴 것들이 이렇게 오는 것이다. 나는 잠시 쇠고기를 넣고 끓인 모자반국을 떠올리고는 공연히 입맛을 다신다.

한바탕 일을 하고 난 노부부가 옴팍한 곳에서 합판 쪼가리에 불을 붙인다. 의식이라도 치르듯 서로 고개를 맞대고 불을 쬔다. 그 너머로 선착장에서 본 일행이 서 있다. 그들은 붉게 핀 동백꽃을 보면서 감탄을 하고 있다. 그냥 돌아갔다면 동백꽃은 보지 못했을 것이다.

새싹이 나고 꽃이 피고 그늘이 지고 열매 맺었다가 낙엽 지는 것으로 육지의 계절은 흘러간다. 바다는 바람이 바뀌고 찾아오는 어종이 변하는 것에 의해 일 년이 간다. 갈치가 가고 삼치가 오듯, 참돔이 물러가고 감성돔이 방문을 하듯 그렇게 바다의 시간도 주기를 가진다. 저 아름다운 동백이 지고 나면 봄이 올 것이다. 추위가 혹독하다는 것은 저기 어디쯤 이미 봄이 준비되고 있다는 소리 아니겠는가. 봄은, 이런 시간을 견뎌낸 다음에야 만날 수 있는 것이다.

남도 봄소식

기다렸던 봄이다. 예전에는 어쩐다고 해마다 봄이 오지, 생각했는데 요즘은, 어쩐다고 봄은 한 번씩밖에 안 오는 거야, 로 바뀌었다. 그 정도로 기다렸던 봄이다.

아니, 봄인 줄 알았다.

겨울 다 끝난 줄 알았다. 수면은 유리알처럼 맑고 날은 포근하기 그지없었다. 벚나무 아래 앉아 하늘을 향해 입김을 뿜어보아도 아무것도 나오지 않았다.

혹한의 시기가 가고 포근한 시절이 찾아온 것이다. 쾌조의 스타트이다. 이제 북풍한설은 아홉 달 뒤에나 만날 것이다. 많이 남왔다. 나이가 들어간다는 것은 혹독한 계절을 피하고 싶어하는 것과 맞물려 있다.

산에 다녀와서는 봄기운에 감겨 졸았다. 졸려도 좋았다. 그래, 세상은 좀 이래야 될 필요가 있겠어. 그러나 웬걸. 기다리는 것은 더디 오는 법이다. 일단 왔다가도 뭔가 두고 왔다는 투로 되돌아서기도 한다는 것을 나는 잠시 잊고 있었다.

밤에 초속 25미터의 강풍이 불어닥쳤다. 허공을 찢으며 미친 바람이 불었다. 눈보라가 휘날렸다. 이번 겨울 동안 처음 본 눈이다. 동백꽃 우수수 떨어졌고 후박나무도 가지가 찢어졌다. 그리고 내 거처의 지붕도 벗겨져버렸다. 나는 갯바위 틈의 게고동처럼 몸 잔뜩 낮춰 바람 지나가기만을 기다렸다.

다음날도 바다는 하얗게 보푸라기가 일고 내 눈은 가늘어졌다. 새는 입 꾹 다물고 돌담 아래 달래 싹도 옆으로 누워 일어나지를 못했다. 바다는 여전히 정복자의 위세이다. 이러면, 사람은 참나무 침대 옹이에 붙어먹고 사는 벌레 같은 존재가 되어버린다.

사흘간 그랬다. 그랬다가 다시 봄기운이다.

날은 기분 풀어진 주인처럼 인자스러워졌다. 진짜 봄인가. 봄이라 해도 되나 몰라. 아무래도 될 듯싶다. 포근하다. 비로소 나는 내 식솔들, 고양이와 동백나무와 가문비나무와 온갖 벌레와 풀잎들에게 말했다. 이곳에 진정 봄이 왔음을 선포한다. 다들 안녕. 광포하게 날뛰던 바다도 잠잠해지고 섬의 영토는 햇살을 받아 빛난다. 그러니까 하루아침에 봄이다. 봄은 엄습하는 버릇이 있다.

이곳의 봄은 쑥 뜯는 노인들 손에 먼저 온다. 봄이 삼백 리 바깥에서 살짝 윙크할 때부터 뜯기 시작해서, 지금이 이른바 성수기이다. 쑥은 배 없는 사람들에게는 이 계절 유일한 벌이 수단이기도 하다. 온갖 작물 심었던 밭은 모두 쑥밭으로 바뀌어 있다. 다른 것은 심지 않고 그물 덮어 관리하기까지 한다. 해풍 맞은 쑥은 약효가 좋다.

보통 한 사람이 다섯 관 정도 뜯는다. 저번 주까지는 한 관에 팔천 원씩 했는데 이번에는 더 떨어진다고 한다. 육천 원으로 치면 육오 삼십. 경비 제하고 이만오천 원 정도 버는 셈.

봄은 통학선 타고 등교하는 중학생들의 느린 걸음에도 달라붙는다. 책가방 늘어진 채 터벅터벅 올라가는 품이, 땅은 잡아당기고 봄 햇살은 무겁다는 투이다.

사람들 얼굴도 펴졌다.

마을에는 유난히 햇살 잘 드는 곳이 있고 밑밥에 물고기 꼬이듯, 사람들은 그곳으로 모인다.

빗질 안 한 사내들이 운동화 구부려 신고 삼삼오오 쪼그려 앉거나 벽에 기대어 있다. 권태로운 얼굴처럼 보이지만 사실 정보 탐색중이다. 어제 누가 어디에서 무엇을 몇 마리 잡았나, 하는 정보를 주고받는다.

오늘 삼치가 다시 물기 시작했다는 말이 돌았다. 그러자 서둘러 채비한 다음 우당탕탕 배 몰고 나갔다. 봄 햇살은 골수에 박힌 무력감마저도 알뜰히 거둬간다. 사내 떠난 곳에 아낙들이 모인다. 그녀들은 그녀들대로 어젯밤 열두시에 들어온 남편이 누구와 어느 술집에서 마셨는지를 듣게 된다. 남편이 술값을 '쐈다'는, 눈 캄캄해지는 소리도 듣고 만다. 다툴까? 빈손으로 돌아오면 한바탕 난리가 날 것이다. 하지만 삼치 열 마리만 낚아오면 우리가 왜? 이럴 것이다. 서방 각시 숟가락 위에 서로 삼치회 올려주는 게 그 집 저녁 밥상 풍경이 된다.

봄은 사람들 신발 옆으로도 찾아온다. 누웠던 야생 달래가 끄응 일어서고 있다. 파릇파릇 살이 오르는 중이다. 이것 캐다가 무쳐 씹으면, 봄은 이빨 사이에서 웃을 것이다.

매화 진 자리에 수선화가 피고, 유채가 피고, 보리가 패기 시작하고, 개부랄꽃이 피고, 염소도 기름기가 돌고 동박새가 쪼롱쪼롱 울어댄다. 동박새 우는 것을 들으면 저 녀석은 나르시시스트 아닐까, 생각이 든다. 구역 개념이 확실한 녀석이라 쉬지 않고 경고를 날리는 것이지만 마치 제 목소리를 들으려고 우는 게 아닐까 싶은 것이다.

갯바위도 달라졌다.

겨우내 자란 톳이 치렁치렁 몸을 드러내고 미역도 훌쩍 자랐다. 썰물 땐 갯바위에 가서 생미역을 따온다. 끓는 물에 데친 다음 문질러 씻어 초고추장이나 장국에 찍어 먹는다. 겨우내 깊은 바다로 나갔던 군소도 돌아왔다. 무쳐놓으면 술안주로 딱이다.

기다리면 올 것은 온다. 견디느냐 못 견디느냐의 차이뿐이다.

소설을 쓰기 시작한 지 근 이십 년 만에 처음으로 산문집을
엮습니다.

그동안 만났던 이들이 낙타처럼, 가마우지처럼 모여들었습니다.

각자 다른 주민번호처럼 그들은 자신만의 율법과 국경과 보폭을
가지고 있었습니다.

걸어 다니는 공화국들이여

만나주어서 고맙습니다.

우리는 서로의 흔적이자 이력입니다.

그러니 이 책은 사람들과, 매 순간 명멸하던 감상의 향연입니다.

饗宴이자 香煙입니다.

손을 잡고 등을 두드리며 술잔을 나눌 것입니다.
여기까지 이랬습니다.
하지만 흩어질 산(散). 회합이 끝나면
돌아갈 것입니다.
사막에 또다른 발자국이 찍힐 것입니다.
수평선을 향하여 새로운 비행이 시작될 것입니다.

2009년

거문도에서 한창훈

한창훈의
나는 왜 쓰는가

초판 1쇄 인쇄 2015년 4월 7일
초판 1쇄 발행 2015년 4월 17일

지은이 한창훈 | 펴낸이 강병선 | 편집인 신정민
편집 신정민 최연희 | 디자인 김이정 | 저작권 한문숙 박혜연 김지영
마케팅 방미연 최향모 유재경 | 홍보 김희숙 김상만 한수진 이천희
모니터링 이희연 | 제작 강신은 김동욱 임현식
제작처 한영문화사

펴낸곳 (주)문학동네
출판등록 1993년 10월 22일 제406-2003-000045호
임프린트 교유서가

주소 413-120 경기도 파주시 회동길 210
문의전화 031)955-1935(마케팅) 031)955-2692(편집)
팩스 031)955-8855
전자우편 gyoyuseoga@naver.com

ISBN 978-89-546-3594-3 03810

www.munhak.com